वास्तु द्वारा सुखी जीवन

वास्तु द्वारा सुखी जीवन

रमेश पंडित

नीलकंठ प्रकाशन

नई दिल्ली -110002

प्रकाशक : नीलकंठ प्रकाशन
पता : 4760-61, 23, अंसारी रोड
दरियागंज, नई दिल्ली -110002
फ़ोन: 9810675061
व्हाट्सएप नंबर: +91 9810675061

ईमेल: neelkanthprakashan47@gmail.com

Vaastu Dvaara Sukhee Jeevan
Ramesh Pandit

ISBN: 978-93-81067-54-3

प्रथम संस्करण : 2025

मूल्य: 460/-

प्रस्तावना

गृह निर्माण करने योग्य भूमि वास्तु कहलाती है। इस प्रकार वे मकान, भवन, नगर इत्यादि जिनमें मनुष्य रहते हैं-वास्तु कहलाती है "वस वासे" नामक धतु से वास्तु शब्द बना है और अर्थ है- जिसमें मनुष्य रहते हैं। उस शास्त्र को वास्तुशास्त्र कहतें है। जिस शास्त्र में भूमि और भवन में आवास करने वाले लोगों को अध्कितम सुख, सुविध और शांति प्राप्ति वेफ नियमों, सि(ांतों और प्रविध्यिों का प्रतिपादन किया जाता है। वास्तुशास्त्र की उपयोगिता जितनी सदियों पहले थी उतनी ही प्रयोजकता और उपयोगिता आज भी है। आजकल की जिन्दगी वेफ तनावों और मुश्किलों को झेलतें तन, मन, और जीवन में संतुलन बनाए रखना अत्यन्त आवश्यक है। वास्तुशास्त्र जीवन वेफ संतुलन वेफ लिए भूमि एवम् भवन वेफ संतुलन का प्रतिपादन करता है।

वास्तुशास्त्र का उद्गम वेदों से है। स्थापत्यवेद या वास्तुशास्त्र अथर्ववेद का एक उपवेद है। अनेक पुराणों जैसे मत्स्यपुराण, विश्ष्णुध्र्मोत्तरपुराण इत्यादि में वास्तु वेफ उल्लेख मिलते है। विश्वकर्मा और मय वेफ साथ-साथ अट्ठारह और)षि जैसे भृगु, बृहस्पति, नारद, अत्रि, वशिष्ठ इत्यादि वास्तु वेफ मुख्य प्रवर्त्तक माने गए हैं। वास्तुशास्त्र वेफ सि(ांतो का प्रतिपादन वास्तु विषयक शास्त्रीय ग्रंथ जैसे मानसार, मयमतम् समरांगण सूत्रधर में किया गया है। इस प्रकार वैदिक काल से लेकर आज तक हमारे देश में इस शास्त्र वेफ उद्गम एवम् विकास की दृष्टि से पर्याप्त सामग्री मिलती है।

-लेखक

अनुक्रमणिका

प्रस्तावना — *v*

1. वास्तु के मूलभूत सिद्धांत — 1
2. वास्तु शास्त्र एवं वास्तु पुरुष वर्णन — 17
3. वास्तु एवम् ज्योतिष — 46
4. वास्तु-नियोजन — 53
5. गृहारम्भ शुभाशुभ विचार — 69
6. द्वार निर्माण विचार — 84
7. गृह-प्रवेश विचार — 113
8. कुछ महत्वपूर्ण विषय — 138
9. आवासीय भवन के विभिन्न कक्षों की स्थिति और आंतरिक साज-सज्जा — 147

1

वास्तु के मूलभूत सिद्धांत

भूमिका

गृह निर्माण करने योग्य भूमि वास्तु कहलाती है। इस प्रकार वे मकान, भवन, नगर इत्यादि जिनमें मनुष्य रहते हैं-वास्तु कहलाती है "वस वासे" नामक धातु से वास्तु शब्द बना है और अर्थ है- जिसमें मनुष्य रहते हैं। उस शास्त्र को वास्तुशास्त्र कहतें है। जिस शास्त्र में भूमि और भवन में आवास करने वाले लोगों को अधिकतम सुख, सुविधा और शांति प्राप्ति के नियमों, सिद्धांतों और प्रविधियों का प्रतिपादन किया जाता है।

वास्तुशास्त्र की उपयोगिता जितनी सदियों पहले थी उतनी ही प्रयोजकता और उपयोगिता आज भी है। आजकल की जिन्दगी के तनावों और मुश्किलों को झेलतें तन, मन, और जीवन में संतुलन बनाए रखना अत्यन्त आवश्यक है। वास्तुशास्त्र जीवन के संतुलन के लिए भूमि एवम् भवन के संतुलन का प्रतिपादन करता है।

वास्तुशास्त्र का उद्गम वेदों से है। स्थापत्यवेद या वास्तुशास्त्र अथर्ववेद का एक उपवेद है। अनेक पुराणों जैसे मत्स्यपुराण, विश्ष्णुधर्मोत्तरपुराण इत्यादि में वास्तु के उल्लेख मिलते है। विश्वकर्मा और मय के साथ-साथ अट्ठारह और ऋषि जैसे भृगु, बृहस्पति, नारद, अत्रि, वशिष्ठ इत्यादि वास्तु के मुख्य प्रवर्त्तक माने गए हैं।

वास्तुशास्त्र के सिद्धांतो का प्रतिपादन वास्तु विषयक शास्त्रीय ग्रंथ जैसे मानसार, मयमतम् समरांगण सूत्रधार में किया गया है। इस प्रकार वैदिक काल से लेकर आज तक हमारे देश में इस शास्त्र के उद्गम एवम् विकास की दृष्टि से पर्याप्त सामग्री मिलती है। वास्तु के आध ारभूत सिद्धांतों में से प्रमुख हैं- पंचतत्व-पृथ्वी, जल, अग्नि, वायु, एवम्

आकाश। सारी सृष्टि का निर्माण पंचतत्वों से मिलकर ही हुआ है। वास्तुशास्त्र आन्तरिक और बाह्य संतुलन स्थापित कर मानव और भवन में एक सामंजस्य स्थापित करता है। हर मनुष्य और हर भवन की अपनी कुछ सूक्ष्म तंरगे होती हैं। जनसाधारण को यह शायद कुछ जटिल प्रतीत हो सकता है।

एक छोटे से उदाहरण से विषय को किसी स्थान विशेष को सरलता से समझा जा सकता है। कितनी ही बार आपको अनुभव हुआ होगा कि किसी स्थान विशेष पर जाते ही आप अधिक शांत और प्रसन्नचित महसूस करते हैं। इसी प्रकार कुछ स्थानों पर जाते ही आप एक अशांति और अनजानी घबराहट या डर महसूस करने लगते हैं। हमारे शरीर और मन को आसपास का वातावरण प्रभावित करता है और हम अनजाने में वातावरण की उन सूक्ष्म तरंगों से प्रभावित होते हैं।

ऐसे भवन का निर्माण करना जहाँ की सूक्ष्म तरंगें आपके अनुकूलन हों वास्तुशास्त्र का कार्य है। जहाँ रहकर आप एक सुखमय, शांतिपूर्ण और समृद्ध जीवन के सभी पुरुषार्थों की प्राप्ति कर सकें। कहा गया है कि एक बिल्डर या आर्किटेक्ट आपके लिए मकान तो बना सकता है लेकिन सिर्फ वास्तुशास्त्र धर्म, अर्थ, काम और मोक्ष के सभी पुरुषार्थों की पूर्ति करने वाले मकान को घर में बदल सकता है। वास्तुशास्त्र सौर ऊर्जा, चुम्बकीय प्रवाहों, दिशाओं, वायु प्रभावों, गुरूत्वाकर्षण, ब्रह्मांडिय ऊर्जा और प्रकृति की अनन्त शक्तियों का मनुष्य और आवास स्थान में संतुलन और सामंजस्य प्रदान करता है।

वास्तुशास्त्र का इतिहास

वेदों का एक अंग वास्तु है, इसे एक ललित कला माना गया है। चित्रकला, मूर्तिकला, साहित्य, संगीत एवम् नृत्य अन्य मुख्य कलाएं हैं। वास्तु का विशेष संबंध ज्योतिष की सहायता से है। वास्तु सार्वभौमिक सिद्धांतो को व्यक्तिनिष्ठ रूप ज्योतिष की सहायता से दिया जा सकता है।

भारतीय स्थापना एक विशुद्ध विज्ञान है। प्राचीन समय में इसे स्थापत्य वेद के नाम से जानते थे। स्थापत्य वेद अथर्ववेद का एक उपदेव है। अनेक पुराणों, महाभारत और रामायण जैसे प्राचीन ग्रंथों में

हमें इस शास्त्र के अनेक वर्णन मिलते है। इसके अलावा कौटिल्य के 'अर्थशास्त्र', भरतमुनि के 'नाट्यशास्त्र', जैन तथा बौद्ध ग्रन्थ, आगम, तंत्र तथा बृहतसंहिता आदि ग्रंथों में वास्तुविषयक महत्वपूर्ण सामग्री उपलब्ध है।

प्राचीन भारत में वास्तुशास्त्र की जनजीवन के लिए उपयोगी भूमिका का अन्दाजा 'अर्थशास्त्र' एवम् 'नाट्यशास्त्र' जैसे ग्रंथों में प्राप्त प्रचुर वास्तु विषयक सामग्री से हो सकता है। 'नाट्यशास्त्र' में वास्तुशास्त्र अनुरूप निर्मित 'नाट्यशास्त्र' या 'प्रेक्षागृह' का वर्णन भरतमुनि ने अपने अनुपम ग्रंथ में किया है।

कौटिल्य के 'अर्थशास्त्र' में स्थापत्य के संबंध में रोचक उल्लेख उपलब्ध हैं। वास्तु अनुरूप दुर्ग-निर्माण, दुर्ग-सुरक्षा और नगर नियोजन का उल्लेख इस ग्रंथ में मिलता है। कौटिल्य के अनुसार राजधानी की रक्षा के प्राचीर या प्रकार के बाहर एक-दूसरे के समानान्तर तीन खाइयाँ (परिखा) होनी चाहिए।

प्रत्येक को पास की खाई से छः फुट (एक दण्ड) दूर बनाया जाए। इन खाइयों की चौड़ाई क्रमशः चौदह, बारह तथा दस दण्ड निध र्रित की गई। उनकी गहराई चौड़ाई की आधी अथवा तीन-चौथाई होती थीं। खाईयों के किनारों को ईटों और पत्थरों से मज़बूत बनाया जाता था। कौटिल्य के अर्थशास्त्र एवम् वास्तु के अन्य महत्वपूर्ण ग्रंथों में नगर-विधान या टाऊन-प्लानिंग पर र्प्याप्त सामग्री मिलती है।

1921-22 में हडप्पा और मोहनजोदड़ो में खुदाई और सर्वेक्षण से सिन्धु घाटी में भारतीय वास्तुकला की प्राचीनता का नया रूप सामने आया। इन नगरों का निर्माण सुनियोजित व्यवस्था के आधार पर किया गया था। वहाँ सडकों और गलियों की विस्तृत योजना है जिनके बीच मकान बनाए गए थे। सड़कों के किनारे-किनारे नालियों का निर्माण किया गया था। प्रत्येक घर में एक आँगन होता था, जिसके चारों ओर कमरे बने होते थे।

उत्खन्नों से ज्ञात होता है कि सिन्धु घाटी सभ्यता के शहर एक चतुर्भुजाकार ग्रिड पर आधारित थे। सड़कें चौडी और सीधी थीं, उत्तर से दक्षिण तथा पूर्व से पश्चिम जाती थी और एक दूसरे को समकोण पर काटती थी। इन सड़को के बीच-बीच में लगभग समानाकार छोटे खण्ड (मोहल्ले) थे। प्रत्येक मुहल्ले के अन्तर्गत कई वास्तु सम्मत

गृह–निर्माण योजना की तरफ संकेत करतें हैं। अनेक बौद्ध ग्रंथों में भी वास्तु संबधी विवरण मिलते है। संभवतः भारतीय वास्तुशास्त्र का भी बौद्ध धर्म के साथ–साथ भारत में चीन तक प्रसार हुआ। समय के साथ और चीन की भौगोलिक परिस्थितियों के अनुसार हो सकता है। भारतीय वास्तुशास्त्र फेंग शूई के रूप में अपनाया गया हो।

जिन प्राचीन ग्रंथों में वास्तुशास्त्र का उल्लेख मिलता है, वे इस प्रकार हैं:

वेद

- ऋग्वेद
- यजुर्वेद
- सामवेद
- अथर्ववेद
- स्थापत्य वेद (अथर्ववेद का उपवेद)

पुराण

- मत्स्यपुराण
- वराहपुराण
- ब्रह्मवैवर्तपुराण
- स्कन्दपुराण
- अग्निपुराण
- गरूडपुराण
- कल्किपुराण
- विष्णुधर्मोत्तरपुराण
- देवीभागवत पुराण
- श्रीमद्‍भागवत पुराण
- भविष्योत्तरपुराण

प्राचीन साहित्य

- वाल्मीकि रामायण
- महाभारत

प्राचीन वास्तुग्रंथ

- बृहत्संहिता
- विश्वकर्मा वास्तुशास्त्र
- समरांगण सूत्रधार

- अपराजित पृच्छ
- जयपृच्छ
- प्रमाणमंजरी
- वास्तुशास्त्र
- मयमतम्
- मानसार

मत्स्य पुराण में वर्णित वास्तुशास्त्र के प्रवर्त्तक अट्ठारह आचार्यों के नाम हैं:

- भृगु
- अत्रि
- वशिष्ठ
- विश्वकर्मा
- मय
- नारद
- नग्नजित्
- विशालाक्ष
- पुरन्दर
- ब्रह्मा
- कुमार
- नन्दीश
- शौनक
- गर्ग
- वासुदेव
- अनिरूद्ध
- शुक्र
- बृहस्पति

वास्तुशास्त्र का महत्व

वास्शास्त्र एक प्रयोगात्मक और जन–जन के लिए कल्याणकारी विज्ञान है। वास्तुशास्त्र एक शाश्वत और सनातन सत्य है। इसका सही प्रयोग चमत्कारिक परिणाम प्रदान कर मानव जाति के लिए वास्तव में

सार्थक सिद्ध हो सकता है। दोनों ही मानव शरीर और ब्रह्मांड पंच महाभूतों-जल, वायु, पृथ्वी, अग्नि और आकाश से संरचित है। वास्तुशास्त्र इन पंचमहाभूतों की संरचना का मानव जीवन में सुख और समृद्धि के लिए सामंजस्य और तारतम्यता का संतुलित सम्मिक्षण करता है। वास्तुशास्त्र के ज्ञान का मूलाधार स्त्रोत वेद है। वास्तुविद्या मानवजाति की भौतिक समृद्धि, मानसिक शान्ति, घर और घर से बाहर कार्यस्थल में मनुष्य में हर्ष और उल्लास की भावना का संचार करती है। वास्तुशास्त्र मानव मात्र के मानसिक, शारीरिक और भावात्मक कल्याण के लिए है। वास्तुशास्त्र का ध्येय है कि मनुष्य जीवन के चारों पुरूषार्थो-अर्थ, धर्म, काम और मोक्ष की प्राप्ति।

यथा पिण्डे तथा ब्रह्माण्डे-मनुष्य शरीर में अधीष्ठित सात चक्र पंच महाभूतों से प्रभावित होते हैं और जब उनका सही समीकरण नहीं बैठ पाता तब मनुष्य अपनी शारीरिक, मानसिक और भावात्मक क्षमताओं में संतुलन खो बैठता है।

ब्रह्मांड में निरन्तर उत्पन्न हो रही विभिन्न ऊर्जाओं को अपनी दिव्य दृष्टि से हमारे ऋषियों ने पहचाना और उनका उत्तम प्रयोग मानवता के उद्धार हेतु किस प्रकार किया जाय उसे वास्तुशास्त्र के माध्यम से जन कल्याण के लिए सूत्रों में समेटा। यह पुस्तक आपको सुख, समृद्धि, हर्ष और एक बेहतर जीवन प्रणाली प्रदान करे, यही हमारा लक्ष्य है।

पंचतत्व और इन्द्रियाँ

हमारी पाँचों इन्द्रियों से प्रकृति के पाँच तत्व जुड़े हुए और श्रवण, स्पर्श, प्राण, दृष्टि और स्वाद के प्रतीक हैं। हमारी प्राण शक्ति का संबंध पृथ्वी तत्व से है।

तालिका 1 : पंचतत्व और इन्द्रियाँ

तत्व	इन्द्रियाँ	कर्मेन्द्रियाँ	अधीष्ठित देव	ग्रह
पृथ्वी	प्राण	नाक	अश्विनी कुमार	बुधा
जल	स्वाद	जिव्हा	वरूण	चन्द्र
अग्नि	दृष्टि	नेत्र	सूर्य	सूर्य और मंगल

तत्व	इन्द्रियाँ	कर्मेन्द्रियाँ	अधीष्ठित देव	ग्रह
वायु	स्पर्श	त्वचा	मरूत	शनि
आकाश	श्रवण	कान	दिक्	गुरु

प्रकृति ही जीवन का आधार है, मानव और अन्य प्राणी प्रकृति की ही देन हैं। यदि हम अपने दैनिक जीवन को ही प्रकृति से अलग कर लेंगे तो मानव जीवन विक्षिप्तता को प्राप्त हो जाएगा। इसलिए पंचमहाभूतों का संतुलन और सही उपयोग ग्रह या कार्यस्थल में आवश्यक है। घर में स्वच्छ और स्वछंद वायु का संचार करती है। एक वास्तु सम्मत घर पंचमहाभूतों के सही सम्मिश्रण से हर्ष और उल्लास प्रदान करने वाला और स्वतः स्फूर्त करने वाला वातावरण उत्पन्न करता है।

वास्तुशास्त्र के मूलभूत सिद्धांत

यथा पिण्डे तथा ब्रह्मण्डे–हमारे ऋषियों का सारगर्भित निष्कर्ष है। जिन पंचमहाभूतों से पूर्ण ब्रह्माण्ड संरचित है उन्हीं तत्वों से हमारा शरीर निर्मित है और मनुष्य की पाँचों इन्द्रियाँ भी इन्हीं प्राकृतिक तत्वों से पूर्णतया प्रभावित है। आनन्दमय, शांतिपूर्ण और स्वस्थ जीवन के लिए शारीरिक तत्वों का ब्रह्माण्ड और प्रकृति में व्याप्त पंचमहाभूतों से एक सामंजस्य स्थापित करना ही वास्तुशास्त्र की विशेषता है। वास्तुशास्त्र जीवन के संतुलन का प्रतिपादन करता है। यह संतुलन बिगड़ते ही मानव एकाकी और समग्र रूप में कई प्रकार की कठिनाईयों और समस्याओं का शिकार हो जाता है। वास्तुशास्त्र के अनुसार पंचमहाभूतों पृथ्वी, जल, वायु, अग्नि और आकाश के विधिवत उपयोग से बने आवास में पंचतत्व निर्मित प्राणी की क्षमताओं को विकसित करने की शक्ति स्वतः स्फूर्त हो जाती है।

पृथ्वी

प्राणी और पृथ्वी मात्र का मिटट्‌ी (पृथ्वी तत्व) से स्वाभाविक और भावात्मक संबंध है। पृथ्वी सूर्य की परिक्रमा करती है। इसमें गुरूत्वाकर्षण और चुम्बकीय शक्ति है। यह वैज्ञानिक रूप से सिद्ध है कि पृथ्वी एक विशालकाय पिण्ड है। एक चुम्बकीय पिण्ड होने के

कारण पृथ्वी के दो ध्रुव–उत्तर और दक्षिण ध्रुव है। पृथ्वी पर रहने वाले सभी प्राणी, सभी जड़ और चेतन वस्तुएँ पृथ्वी के गुरूत्वाकर्षण से प्रभावित होते हैं। जिस प्रकार पृथ्वी अनेक तत्वों और अनेक प्रकार के खनिजों जैसे लोहा, तांबा इत्यादि से भरपूर है उसी प्रकार हमारे शरीर में भी अन्य धातुओं के अलावा लौहा धातु भी विद्यमान है। कहने का तात्पर्य है कि शरीर भी चुम्बकीय है और पृथ्वी की चुम्बकीय शक्ति से प्रभावित होता है। वास्तु के इसी सिद्धान्त के कारण यह कहा जाता है कि दक्षिण की ओर सिर करके सोना चाहिए। इस प्रकार सोते समय हमारा शरीर ब्रह्माण्ड से अधिक से अधिक शक्ति को ग्रहण करता है और एक चुम्बकीय लय से सोने की स्थिति से मनुष्य शांतिप्रिय निद्रा को प्राप्त होता है और सुबह उठने पर तरोताजा महसूस करता है।

वास्तुशास्त्र में पृथ्वी (मिट्टी) का निरीक्षण, भूखण्ड निरीक्षण, भूमि आकार, ढलान और आयाम आदि का ध्यान रखना अत्यन्त आवश्यक है। मात्र पृथ्वी तत्व ही एक ऐसा विशेष तत्व है जो हमारी सभी इन्द्रियों पर पूर्ण प्रभाव रखता है।

जल

जल तत्व पृथ्वी तत्व के बाद अत्यन्त महत्वपूर्ण तत्व है। इसका संबंध हमारी ग्राहम इन्द्रियों, स्पर्श, दृष्टि, स्वाद और श्रवण से है। मानव के शरीर का करीब सत्तर प्रतिशत भाग जल के रूप में और पृथ्वी का दो तिहाई भाग भी जल से पूर्ण है।

अधिकतर पुरानी सभ्यताएँ नदियों और अन्य जल स्त्रोतों के पास ही बसी होती हैं। वास्तुशास्त्र जल के संदर्भ में भी अत्यन्त महत्वपूर्ण भूमिका निभता है, जैसे कि कुएँ, तलाब या हैंडपम्प की खुदाई किस दिशा में होनी चाहिए, स्वच्छ और मीठा पानी भूखंड की किस दिशा में मिलेगा, नगर को या घर को पानी के सापेक्ष में किस दिशा में रखा जाये या पानी की टंकी या जल संग्रहण के साधन को किस स्थान पर स्थापित किया जाए इत्यादि। पानी के भंडारण के आलावा पानी की निकासी, नालियों की बनावट, सीवरेज और सेप्टिक टेंक इस प्रकार से रखें जाए जिससे जल तत्व का गृहस्थ की खुशहाली से अधिकतम सामंजस्य बैठे।

अग्नि

सूर्य संपूर्ण ब्रह्माण्ड की आत्मा है। सूर्य अग्नि तत्व का प्रथम द्योतक है। क्योंकि सूर्य ऊर्जा और प्रकाश दोनों का सबसे महत्वपूर्ण स्त्रोत है। रात्रि और दिवस का उदय होना और ऋतुओं का परिवर्तन सूर्य के संदर्भ में पृथ्वी की गति से ही निर्धारित होता है। अग्नितत्व हमारी श्रवण, स्पर्श और देखने की शक्ति से संबंध रखता है। सूर्य के बिना जीवन की कल्पना भी असंभव है।

उषाकाल का सूर्य सकारात्मक शक्तियों का प्रतीक है और आरोग्य वृद्धि करता है। सूर्य की प्रकाश और ऊर्जा रश्मियाँ सूर्योदय से सूर्यास्त तक पल-पल बदलती हैं। भवन का पूर्व दिशा में नीचा रहना और अधिक खुला रहना सूर्य की इन प्रभावशाली किरणों को घर में निमंत्रित करता है। इसी प्रकार दक्षिण-पश्चिम में ऊँचे और बड़े निर्माण दोपहर बाद के सूर्य की नकारात्मक और हानिकारक किरणों के अवरोधन के लिए वास्तुसम्मत है।

सूर्य की (7+2) नौ किरणों का विभाजन नौ रंगो में किया जा सकता है। सर्वाधिक उपयोगी पूर्व में उदित होने वाली परा-बैंगनी किरणें हैं जिसका ईशान कोण से सीधा संबंध है। इसके बाद सूर्य के रश्मि-जाल में बैंगनी, गहरी नीली, नीली, हरी, पीली, संतरी, लाल तथा दक्षिण-पूर्व में रक्ताभ किरणों में विभक्त किया जा सकता है। सूर्य रश्मिजाल के परा-बैंगनी और ठंडे रंग स्वास्थ्य पर अत्यन्त लाभदायक और शुभ प्रभाव छोड़ते हैं। इसलिए ईशान कोण में अधिक से अधिक जगह खाली रखी जानी चाहिए। यह किरणें और भी लाभदायक हो जाती है जब इन किरणों का संबंध जल से होता है। इसलिए सुझाव दिया जाता है कि पानी के भंडारण के लिए ईशान कोण का प्रयोग करें।

भवन के उत्तरपूर्व में शौचालय या इस तरफ दीवार इत्यादि बनना भी भवन की सबसे पवित्र दिशा को दूषित करता है। इस दोष से इस दिशा का सही उपयोगी और लाभ नहीं मिल पाता अपितु घर में कलह और बीमारी के कारण बन सकतें हैं। उषाकाल के सूर्य की परा-बैंगनी किरणें शरीर की रचनात्मक क्रिया को संतुलित रखते हैं। भारतीय जीवन में सूर्य नमस्कार और सुबह सूर्य को जल चढ़ाने जैसे उपाय

परा–बैंगनी किरणों के शुभ प्रभावों में और भी सशक्त और उपयोगी हो जाती हैं।

दोपहर बाद वाली और शाम के सूर्य की रक्ताभ किरणें स्वास्थ्य के लिए हानिप्रद हैं और इनका अस्वीकृत करना अति उत्तम है। वास्तु के अनुसार दक्षिण दिशा में ऊँचे और बड़े वृक्ष लगाए जाने चाहिए जिससे दूषित किरणों से बचाव हो सके या यह किरणें परावर्तित हो सकें।

वायु

जीवन के लिए वायु अत्यन्त उपयोगी तत्व है। हमारी श्रवण और स्पर्श इन्द्रियों से वायु का सीधा संबंध है। पृथ्वी और ब्रह्माण्ड में स्थिति वायु नाइट्रोजन, ऑक्सीजन, हाइड्रोजन और हीलयम जैसे गैसों का सम्मिश्रण है। जीवन के इन सभी गैसों की सही प्रतिशतता, सही वायुमंडल दबाव और आर्द्रता का सही अनुपात होना आवश्यक है। वास्तुशास्त्र में जीवनदायिनी वायु के शुभ प्रभाव के लिए दरवाज़े, खिड़कियाँ, रोशनदानों, बालकॅनी और ऊँची दीवारों को सही स्थान और अनुपात में रखना बहुत आवश्यक है। वायुतत्व को संतुलित करने में घर के आसपास लगे पेड़ और पौधों भी अत्यन्त महत्वपूर्ण भूमिका निभाते हैं।

आकाश

पाश्चात्य निर्माण कला में अभी तक आकाश को एक प्रमुख तत्व की मान्यता नही दी गयी थी इसलिए वास्तुशास्त्र आधुनिक और प्राचीन निर्माण काल में सबसे श्रेष्ठ है। वास्तुशास्त्र की वैदिक परम्परा ही एकमात्र वैचारिक पद्धति है जिसमें 'आकाश' को एक प्रमूख तत्व की संज्ञा दी है। यह अनन्त और असीम है। इसका संबंध हमारी श्रवण शक्ति से है। एक घर में आकाश तत्व की महत्ता घर के मध्य में होती है और इसी कारण इसे ब्रह्म स्थान कहते हैं। गृह में यह स्थान प्रकाश और ऊर्जा के स्वछंद प्रवाह के लिए खुला, हवादार और मुक्त रखा जाना चाहिए। घर या फैक्ट्री को या उसमें रखे समान को अव्यवस्थित ढंग से रखना आकाश तत्व को दूषित करना है। आकाश तत्व में अवरोधकता घर या कार्य स्थल में वृद्धि में बाधक हो सकती है।

बेवजह के समान से कमरों को ठूसे रखना, मकान में अपनी ज़रूरत से अधिक अनावश्यक निर्माण और फिर उन फ्लोर या कमरों को उपयोग में न लाना, भवन के आकाश तत्व को दूषित करता है। नकारात्मक शक्तियों के दुष्प्रभाव से बचने के लिए सुझाव है कि भवन में उतना ही निर्माण करें जितना आवश्यक है।

वास्तुशास्त्र भवन में पंचमहाभूतों का सही संतुलन और सामंजस्य पैदा कर के सभी सदस्यों के लिए सौहार्दपूर्ण की संरचना करता है। अगर कमी होती है तो प्राकृतिक प्रकाश, वायु और पंचतत्वों के सही संतुलन की। एक घर में सही स्थान पर बनी एक बड़ी खिड़की की उपयोगिता कीमती और अलंकृत साजसज्जा से कहीं ज्यादा है। आजकल घरों में साजसज्जा के बेहतरीन नमूने और अत्याधुनिक उपकरणों की कोई कमी नही पायी जाती।

वास्तुविद्या ईट-गारे के मकान को एक शांत, सुसंस्कृत और सुसज्जित घर में तब्दील करती है। वह घर जो परिवार के सभी सदस्यों को एक हर्षपूर्ण, संतुलित और समृद्ध जीवन शैली की ओर ले जाता है।

वास्तुपुरुष

वास्तुपुरुष के संदर्भ में पौराणिक कथाओं में कई किंवदन्तियाँ मिलती हैं। मत्स्यपुराण के अनुसार भगवान शंकर और दैत्य अंधकासुर में भीषण युद्ध हुआ। युद्ध के समय भगवान शंकर के पसीने की कुछ बूंदे धरती पर गिरी। इन बूंदों ने गिरते ही एक भयानक दैत्याकार आकृति का रूप ले लिया और जो भी इसके मार्ग में आया उसे ध्वस्त करता चला गया। देवलोक भयभीत हो गया और देवता ब्रह्मा की शरण में पहुँचे। ब्रह्मा ने इस दैत्याकार आकृति को काबू करने की युक्ति सुझाई। उसकी शक्ति का दमन करने के लिए पैंतालीस देवताओं ने उसका मुख नीचे की ओर कर उसे पृथ्वी में दबा दिया। यही अकृति वास्तुपुरुष के नाम से प्रसिद्ध हुई।

वास्तुपुरुष द्वारा ब्रह्मा की बहुत स्तुति करने पर उन्होनें वास्तुपुरुष को वरदान दिया कि वह हर भूखंड के पूर्ण स्वामी के रूप में पूजा जाएगा और अन्य पैंतालीस देवता उसके विभिन्न अंगो के अधिष्ठित देवता कहलाएंगे।

एक अन्य कथानक में विश्वकर्मा प्रकाश के अनुसार त्रेता युग में एक विशालकाय भयानक आकृति ने पूर्ण संसार को भयभीत कर दिया। ब्रह्मा ने उसे वास्तुपुरुष का नाम दिया और वर दिया कि वह हर भूखंड में रहने वालों का रक्षक होगा।

यहाँ पर वास्तुपुरुष के संबंध में उन धार्मिक विधियों का संक्षेप में उल्लेख करना अत्यन्त आवश्यक हो जाता है जिनमें ग्राम देवता, द्वारा देवता और योगनियाँ आदि का पूजन करते हैं। इन सभी विधि यों और भूखंड के आकार में वास्तुपुरुष की संस्थिति महसूस करते हुए हमें यह स्पष्ट होना चाहिए कि भूखंड जमीन का एक निर्जीव टुकड़ा नही अपितु एक जीता-जागता, सांस लेता प्राणी है और अगर हम उसका आदर-सम्मान नही कर पाते तो वहाँ रहने वाले मनुष्य का जीवन दुष्कर हो जाता है। वास्तुपुरुष भूखंड में स्थित अनेक प्रकार की ऊर्जा और शक्तियों का मूर्त्तिवान रूप है। इसी कारणवश हमारे पौराणिक ग्रंथ भूखंड के स्वामी वास्तुपुरुष के साथ सक्षमता एक आत्मिक संबंध स्थापित करने की महत्ता को पुनः-पुनः रेखांकित करतें हैं। भूखंड में, वास्तुपुरुष की स्थिति चित्र 1.02 के अनुसार होती है जिसमें वास्तुपुरूष का शीर्ष ईशान कोण में और पैर नैर्ऋत्य दिशा में दर्शाए गए हैं।

आकृति से स्पष्ट है कि वास्तुपुरुष एक पूर्ण वर्गाकार स्थिति में स्थित है। अतः वास्तुशास्त्र में वर्गाकार प्लॉट सर्वोत्तम माना गया है। बेढंगे आकार के प्लॉट अशुभ माने जाते हैं क्योंकि वास्तुपुरूष के शरीर का कोई न कोई अंग उसमें कट जाने से स्थान रहने के लिए अशुभ होता है। वर्गाकर आकृति में वास्तुपुरुष के सभी अंग अपनी मूल प्राकृतिक स्थिति में समा सकते हैं।

वास्तुपुरुष की परिकल्पना के भीतर कला और दर्शन दोनों छिपें हैं। कला की दृष्टि से वास्तु पद-विन्यास भवन का नक्शा है। दर्शन की दृष्टि से यह भवन की रक्षा है और भवन निवासियों के कल्याण के लिए यह एक जीवन दर्शन है।

वास्तुपूजन

वास्तुपुरुष को ब्रह्माजी के आदेशानुसार पैंतालीस देवताओं ने औंधा

लिटा दिया और वह भी उसी में स्थापित हो गये। सभी पद्-देवों को भी वर प्राप्त हुआ कि वास्तुपुरुष के साथ-साथ उनकी भी पूजा होगी। वास्तुपूरुष की पूजा होगी। वास्तुपुरुष की पूजा के साथ-साथ ब्रह्मा, विष्णु और महेश का भी आह्वान किया जाता है। वास्तु संकल्प से किया जाता है कि वास्तुपुरुष उस स्थान में रहने वालों की सुख समृद्धि और अन्य प्रकार के सभी वैभवों की रक्षा करें।

वास्तु पूजन सभी प्रकार के दोषों का शमन और शान्ति कर विघ्न, बाधाओं को समाप्त करता है तथा वातावरण में विवरण में विचरण करने वाली अन्य अदृष्ट शक्तियों को शान्त करता है। वास्तु स्तुति में कहा गया है।

सरौल सागरां पृथ्वी राथा वहसिमूर्धानि ।
तथा माँ वह कल्याण संपद् संतति भिः सह ॥

हे वास्तु पुरुष, प्रभो, जिस प्रकार आप पृथ्वी, पर्वतों और सागरों के भार को वहन करतें हैं, उसी प्रकार मेरी संतान, संपत्ति और घर की रक्षा करें।

भवन निर्माण के कार्य में कई प्रकार की प्रक्रियाओं से गुज़रना होता है, जिस प्रकार भूमि की खुदाई, शल्योद्धार, निर्माण आरम्भ, कुएँ की खुदाई, नींव की खुदाई, नींव का पत्थर रखना, द्वारा स्थापना इत्यादि। इन सभी के लिए अलग-अलग मुहूर्त और वास्तु पूजा का विधान है।

दिशाएँ

दिशा ज्ञान

वास्तु विज्ञान से लाभान्वित होने और उसे समझने के लिए सबसे पहले दिशाओं का ज्ञान होना आवश्यक है। जब आप पूर्व दिशा की ओर उन्मुख होकर खड़े होते हैं तो आपके बायीं ओर उत्तर और दाहिनी ओर दक्षिण होता है और पीठ पीछे पश्चिम दिशा होती है। वह कोण जहाँ दोनों दिशाएँ मिलती हैं अधिक महत्वपूर्ण होता है, क्योंकि वह दोनों से आने वाली शक्तियों और ऊर्जाओं सम्मिक्षण करता है। उत्तर और पूर्व के बीच वाले कोण को उत्तर पूर्व या ईशान कहते हैं, पूर्व और दक्षिण के बीच वाले कोण को दक्षिण-पूर्व या आग्नेय कहते

हैं, दक्षिण और पश्चिम के बीच वाले कोण को दक्षिण–पश्चिम या नैर्ऋत्य कहते हैं, उसी प्रकार पश्चिम और उत्तर के कोण उत्तर पश्चिम कहा जाता है और मध्य स्थान को बह्मस्थान के रूप में जाना गया है।

उत्तर–उत्तर दिशा के अधिष्ठित देवता कुबेर है जो धन और समृद्धि के द्योतक हैं। ज्योतिष अनुसार बुद्ध ग्रह उत्तर दिशा के हैं। उत्तर दिशा में स्थान खाली रखना या कच्ची भूमि छोड़ना धन और समृद्धि कारक है। उत्तर दिशा को मातृ स्थान भी कहा गया है।

पूर्व–पूर्व दिशा के देवता इन्द्र हैं। आत्मा के कारक और सृष्टि प्रकाश सूर्य पूर्व दिशा से उदय होते हैं। पूर्व दिशा पितृस्थान का द्योतक है। इस दिशा में कोई रूकावट नही होनी चाहिए। यह दिशा नर–शिशुओं की उत्पत्ति का स्त्रोत भी है। पूर्व दिशा में खुला स्थान परिवार के मुखिया की लम्बी उम्र का द्योतक है।

पश्चिम–वरूण पश्चिम दिशा के देवता हैं और ज्योतिष के अनुसार शनिदेव पश्चिम दिशा के स्वामी हैं। यह दिशा प्रसिद्धि, भाग्य और ख्याति का प्रतीक है।

दक्षिण–यम दक्षिण दिशा के अधिष्ठित देव हैं। दक्षिण दिशा में वास्तु के नियमानुसार निर्माण करने से सुख, सम्पन्नता और समृद्धि की प्राप्ति होती है।

ईशान कोण–पूर्व और उत्तर दिशाऐं जहाँ पर मिलती हैं उस स्थान को ईशान कोण की संज्ञा दी गई है। यह दो दिशाओं का सर्वोत्तम परिणाम देती है। पूजा स्थान के लिए ईशान कोण को विशेष महत्व दिया जाता है। इस स्थान पर कूड़ा–करकट रखना, स्टोर, टायलेट आदि बनाना वर्जित है।

आग्नेय कोण–दक्षिण और पूर्व के मध्य का कोणीय स्थान आग्नेय स्थान के नाम से जाना जाता है। नाम से स्वतः ही स्पष्ट है कि यह स्थान अग्नि देवता का प्रमुख स्थान है अतः रसोई या अग्नि संबंधी (इलैक्ट्रोनिक इत्यादि उपकरणों) के रखने के लिए विशेष स्थान है। शुक्र ग्रह इस दिशा के स्वामी हैं। आग्नेय का वास्तुसम्मत होना निवासियों के उत्तम स्वास्थ्य के लिए आवश्यक है।

नैर्ऋत्य कोण–दक्षिण और पश्चिम दिशा के मध्य के स्थान को

नैर्ऋत्य दिशा का नाम दिया गया है। इस दिशा पर निरूति या पूतना का आधिपत्य है। ज्योतिष के अनुसार राहु और केतु इस दिशा के स्वामी हैं। इस क्षेत्र का मुख्य तत्व पृथ्वी है। पृथ्वी तत्व की प्रमुखता के कारण इस स्थान को ऊँचा और भारी रखना चाहिए। इस दिशा में गड्ढे, बोरिंग, कुंए इत्यादि नहीं होने चाहिए।

वायव्य कोण-उत्तर और पश्चिम दिशा के मध्य के कोणीय स्थान को वायव्य दिशा का नाम दिया गया है। इस दिशा का मुख्य तत्व वायु है। इस स्थान का प्रभाव पड़ोसियों, मित्रों और संबंधियों या बुरे संबधों का कारण बनता है। वास्तु के सही उपयोग से इसे सदुपयोगी बनाया जा सकता है।

सभी कोणीय दिशायें दो दिशाओं के लम्बीय कोण पर आधारित है अतः इनको पुनः दो भागों में विभक्त किया जा सकता है और आकृति 1.05 के अनुसार सोलह दिशाऐं इंगित हैं।

दिशा निर्धारण

वास्तुशास्त्र विभिन्न दिशाओं की शक्ति और ऊर्जा पर आधारित विज्ञान है। अतः वास्तुशास्त्र के अन्य मूल्यों की अवधारणा करने से पहले अत्यन्त आवश्यक है ऊर्जा शक्ति और भवन में उनके सामंजस्य पर आधारित है और वास्तु मूल्यांकन से पहले दिशा निधरिण किया जा सकता है लेकिन यह बहुत सटीक नहीं होगा क्योंकि सूर्य सही पूर्वीय दिशा से सिर्फ सितम्बर 21 और मार्च 21 को ही उदय होता है। इन दोनों दिनों को दिन और रात की अवधि बराबर होती है।

प्राचीन काल में भूखण्ड के मध्य में शंकू स्थापना और दिन के अलग-अलग प्रहरों में उसकी छाया के अनुसार दिक्साधन किया जाता था। आधुनिक समय में दिशा निर्धारण के लिए कम्पास (दिशा सूचक यंत्र) का प्रयोग करना उचित है। आजकल सहज ही उपलब्ध हैं और दिन हो या रात, चौबीस घंटे आप इस यंत्र माध्यम से सहज ही दिशा ज्ञान प्राप्त कर सकते हैं।

अधिकतर दो तरह के कम्पास उपलब्ध हैं। जो अधिक प्रचलित है उसे Pivotal Needle कहते हैं। इसमें सुई सदा उत्तर दिशा को संकेत करती है। इसका प्रयोग करते समय इसे भूखण्ड, घर या कार्य

स्थल के मध्य में रखा जाता है। सुई को स्थिर होने के बाद कम्पास को धीरे-धीरे घुमायें जिससे कि सूई 'N' उत्तर दिशा पर स्थिर हो जाए। अन्य तीन दिशाओं का निर्धारण स्वतः हो जायेगा। Floating Disc वाली कम्पास को भी स्थान के मध्य में रखें और यह स्वतः ही दिशा निर्धारण कर देगी।

2

वास्तु शास्त्र एवं वास्तु पुरुष वर्णन

इस अध्याय में वास्तुशास्त्र क्यों पढ़े?, इसको किसने किससे कहा?, वास्तु पुरुष की उत्पत्ति और वास्तुशान्ति कब करें? आदि की चर्चा 'विश्वकर्मा प्रकाश' के आधार पर करेंगे।

वास्तु शास्त्र क्यों पढ़ें?

आब्रह्मभुवनाल्लोका गृहस्थाश्रममाश्रिताः ।
यतस्तस्माद् गृहारम्भप्रवेशसमयं ह्महम् ॥ 1 ॥

ब्रह्म से प्रारम्भ करके भुवन पर्यन्त जितनें लोक हैं उनमें गृहस्थाश्रम के लोग हैं, इस कारण मैं गृहारम्भ और गृहप्रवेश के मुहूर्त कहता हूँ।

हे मुनि श्रेष्ठ ! तुम एकाग्रचित होकर सुनों मैं वही प्राचीन वास्तुशास्त्र कह रहा हूँ जो पूर्वकाल में उमापति उमेश ने कहा।

वास्तुशास्त्र किसने किसको कहा ?

कथयामि मुनिश्रेष्ठ श्रृणुष्वैकाग्रमानसः ।
यदुक्तं शम्भेना पूर्वं वास्तुशास्त्रं पुरातनम् ॥ 2 ॥
पराशरः प्राह बृहद्रथाय बृहद्रथः प्राह च विश्वकर्मणे ।
स विश्वकर्मा जगतः हिताय प्रोवाच शास्त्रं बहुभेदयुक्तम् ॥ 3 ॥
वास्तुशास्त्रं प्रवक्ष्यामि लोकानां हितकाम्यया ॥ 4 ॥

वास्तु शस्त्र को पराशर जी ने बृहद्रथ को कहा, बृहद्रथ ने विश्वकर्मा को, उसी अनेक प्रकारों से युक्त वास्तुशास्त्र को जगत् के कल्याण हेतु विश्वकर्मा जी ने कहा है।

विश्वकर्मा जी कहते हैं की जगत् के कल्याण की इच्छा से वास्तुशास्त्र को कहता हूँ।

वास्तुशास्त्र की उत्पत्ति

पुरा त्रेतायुगे ह्यासीन्महाभूतं व्यवस्थितम् ।
स्वाप्यमानं शरीरेण सकलं भुवनं ततः ॥ 5 ॥
तं दृष्ट्रा विस्मयं देवा मताः सेन्याभयावृताः ।
ततस्ते भ्यमापन्ना ब्रह्माणं शरणं ययुः ॥ 6 ॥
भूतभावन भूतेश महद्भयमुपस्थितम् ।
क्व यास्यामः क्व गच्छामो वयं लोकपितामहः ॥ 7 ॥
मा कुर्वन्तु भयं देवा विगृह्यैतन्महाबलम् ।
निपात्याधोमुखं भूमौ निर्विशकङा भविष्यथ ॥ 8 ॥
ततस्तैः क्रोधसन्तप्तैर्गृहीत्वा तं महाबलम् ।
विनिक्षिप्तमधो वक्रं स्थितास्तत्रैव ते सुराः ॥ 9 ॥

पूर्व त्रेतायुग में एक महाभूत उत्पन्न हुआ जिसने अपने सुप्त शरीर से समस्त संसार को आच्छादित कर लिया।

उसे देखकर इन्द्र सहित समस्त देवगण अचम्भ्ति और यम भयभीत होकर बह्मा जी की शरण में गए। वहाँ जाकर बोले- हे भूत भावन !

हे भुतेश लोकपितामह ! बहुत भय हुआ है, अब हम लोग कहाँ जाएँ।

हे देवगण ! भय मत करो। इस महाबली को पकड़कर भूमिपर अधोमुख गिराकर तुम सब निर्भय हो जाओगे।

बह्मा की बात सुनकर क्रोध में संतप्त देवगण उस महाबली भूत को पकड़कर और अधोमुख गिराकर सभी देवतागण उस पर बैठ गए अर्थात् स्थापित हो गए।

टिप्पणी-जब उस महाभूत को देवतताओं ने अधोमुख गिराया था तो उसका सिर ईशान (उत्तर-पूर्व) कोण में एवं पैर नैर्ऋत्य (दक्षिण-पश्चिम) कोण में थे। देखें चित्र-एक-वास्तुपुरुष। वास्तु पुरुष पर देवता स्थापित हो गए, इसके लिए देखें-चित्र-दो-वास्तुपुरुष पर स्थापित देवता।

देवता वास्तुपुरुषं ब्रह्मासमसृजत्प्रभुः ।

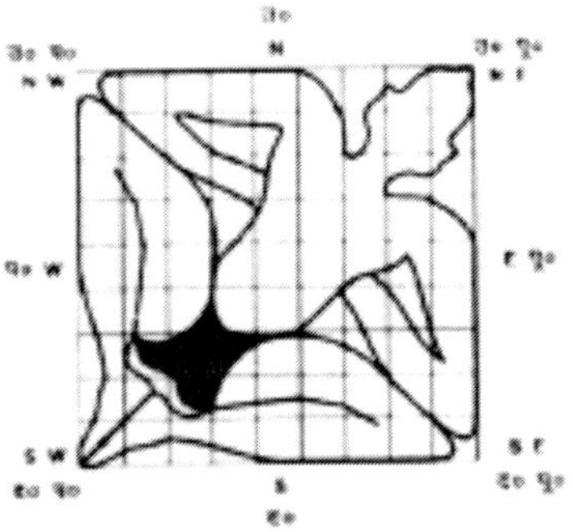

चित्र-एक—वास्तुपुरुष

वायव्य — उत्तर — ईशान

पश्चिम (बाएँ) — पूर्व (दाएँ)

रोग	नाग	मुख्य	भल्लाट	सोम	सर्प	अदिति	दिति	शिखि
पाप	रुद्र	मुख्य	भल्लाट	सोम	सर्प	अदिति	[illegible]	पर्जन्य
शोक	शोष	रुद्र राजयक्ष्मा	पृथ्वीधर	पृथ्वीधर	पृथ्वीधर	आप आपवत्स	जयन्त	जयन्त
असुर	असुर	मित्र	ब्रह्मा	ब्रह्मा	ब्रह्मा	अर्यमा	कुलि [illegible]	कुलि [illegible]
वरुण	वरुण	मित्र	ब्रह्मा	ब्रह्मा	ब्रह्मा	अर्यमा	सूर्य	सूर्य
पुष्पदन्त	पुष्पदन्त	मित्र	ब्रह्मा	ब्रह्मा	ब्रह्मा	अर्यमा	सत्य	सत्य
सुग्रीव	सुग्रीव	इन्द्र इन्द्रराज	विवस्वान	विवस्वान	विवस्वान	सवित्र सविता	भृश	भृश
दौवारिक	जया	भृंगराज	गंधर्व	यम	गृहक्षत	वितथ	सावित्र	आकाश
पितृ	भृग	भृंगराज	गंधर्व	यम	गृहक्षत	वितथ	पूषा	अग्नि

नैर्ऋत्य — दक्षिण — आग्नेय

चित्र –इक्यासी कोष्ठक वास्तुपुरुष पर स्थापित देवता

कृष्णपक्षे ततीयायां मासि भाद्रपदे तथा ॥ 10 ॥
शनिवारे भवेज्जन्म नक्षत्रे कृत्तिकासु च।
योगस्तस्य व्यतीपातः करणं विष्टिसंज्ञकम् ॥ 11 ॥
भद्रान्तरे भवेज्जन्म कुलिके तु तथैव च ।
क्रोशमानं महाशब्दं ब्रह्माणं समपद्यत ॥ 12 ॥
चराचरमिदं सर्वं तव्या सृष्टं जगत्प्रभो ।
विनापरोधान च मां पीडयन्ति सुराभृशम् ॥ 13 ॥

उसी को (महाभूत को) समर्थ ब्रह्माजी ने वास्तुपुरुष की संज्ञा दी है। भाद्रपद मास के कृष्णपक्ष की तिथि, शनिवार, कृतिका नक्षत्र, व्यतीपात योग, विष्टि करण, भद्रा के मध्य में, कुलिक मूहुर्त में इसकी उत्पत्ति हुई।

उस समय यह भयंकर गर्जना करता हुआ ब्रह्माजी के सम्मुख पहुँचा।

वहाँ पहुँचकर उनसे बोला- हे प्रभो ! आपने इस सम्पूर्ण चराचर जगत् की रचना की है किन्तु बिना अपराध के देवगण मुझे अत्यन्त कष्ट देते हैं।

वरं तस्मै ददौ प्रीतो ब्रह्मा लोकपितामहः ।
ग्रामे वा नगरे वापि दुर्गे वा पत्तनेऽपि वा ॥ 14 ॥
प्रासादे च प्रपायां च जलोद्याने तथैव च ।
यस्त्वां न पूजयेन्मर्त्यो मोहाद्वास्तुनर प्रभो ॥ 15 ॥
अश्रियं मृत्युमाप्नोति विघ्नस्तस्य पदे पदे ।
वास्तुपूजामकुर्वाणस्तवाहारो भविष्यति ॥ 16 ॥
इत्युक्त्वान्तर्दधे सद्यो देवो ब्रह्माविदांवरः ।
वास्तुपूजां प्रकुर्वीत गृहारम्भ-प्रवेशने ॥ 17 ॥

इसके वचन सुनकर लोकपितामह ने प्रसन्न होकर उसे वरदान दिया कि ग्राम, नगर, दुर्ग, शहर, मकान, प्रासाद, जलाशय, उद्यान के निर्माणारम्भ के समय मोहवश हे प्रभु वास्तुपुरुष जो तुम्हारा पूजन नहीं करेगा, वह दरिद्रता और मृत्यु को प्राप्त होगा। उसे पग-पग पर बाधाओं का सामना करना और भविष्य में तुम्हारा आहार बनेगा। ऐसा कहकर ब्रह्मणों में श्रेष्ठ ब्रह्माजी अर्न्तध्यान हो गए। अतः गृहारम्भ और गृहप्रवेश के समय वास्तुपूजा करनी चाहिए।

वास्तु शान्ति कहां कराएं ?

द्वाराभिवर्त्तने चैव त्रिविधे च प्रवेशने।
प्रतिवर्षञ्ज यज्ञादौ तथा पुत्रस्य जन्मनि ॥ 18 ॥
व्रतबन्धे विवाहे च तथैव च महोत्सवे।
जीर्णोद्धारे सस्यन्मासे चैव विशेषतः ॥ 19 ॥

वजा्भिदूषिते भग्ने सर्पचाण्डालवेष्टिते ।
उलूकवासिते सप्तरात्रौ काकाधिवासिते ॥ 20 ॥
मृगाधिवासिते रात्रौ गोमार्जाराभिनादिते ।
वारणाश्वादिविरूते स्त्रीणं युद्धाभिदूषिते ॥ 21 ॥
कपोतकगृहावासे मधूनां निलये तथा ।
अन्यैश्रचैव महोत्पातैर्दषिते शान्तिमाचरेत् ॥ 22 ॥

द्वार निर्माण और त्रिगृह प्रवेश (यात्रा से लौटने पर, नूतन गृह प्रवेश और यात्रा से आकर नवीन गृह प्रवेश) में, प्रत्येक वर्ष यज्ञादि में, पुत्र जन्म पर, यज्ञोपवीत, विवाह, महोत्सवों में, जीर्णोद्धार, धन्य संग्रह में बिजली गिरने से टूटे हुए घर में, अग्नि से जले हुए घर पर, सर्प व चांडाल से घिरे हुए घर पर, उल्लू और कौआ सात दिन तक जिस घर में रहते हैं, जिस घर में रात्रि में मृग वास करें, गौ व मार्जार गर्जना करें, हाथी, घोड़े विशेष शब्द करें और जिसमें स्त्रियों के झगड़े होते हों, जिस घर में कबूतर रहतें हों, मधुमक्खियों का छत्ता हो और अनेक प्रकार के उत्पात होते हों वहाँ वास्तुशान्ति अवश्य करानी चाहिए।

भूमि लक्षण विचार

भवन निर्माण से पूर्व भूमि की महत्ता को विस्मृत नहीं किया जा सकता है। भूमि ही भवन का आधार है। भूमि के बिना भवन नही बन सकता है। अब 'विश्वकर्मा प्रकाश' के आधार पर भूमि संबंधी विचार की चर्चा करेंगे। उपयुक्त भूमि चयन करके ही भवन का निर्माण करना चाहिए।

अथाऽत्: सम्प्रवक्ष्यामि लोकानां हितकाम्यया ।
श्वेता रक्ता तथा पीता कृष्णवर्णानुपूर्वतः ॥ 23 ॥
सुगन्धा ब्राह्मणी भूमी रक्तगन्धा तु क्षत्रिया ।
मुधगन्धा भवेद्वैश्या मद्यगन्धा च शूद्रिणी ॥ 24 ॥
मधुरा ब्राह्मणी भूमिः कषाया क्षत्रिया मता ।
अम्ला वैश्या भवेद् भूमिस्तिक्ता शूद्रा प्रकीर्त्तिता ॥ 25 ॥

अब मैं संसार के कल्याण हेतु भूमि के लक्षण को कहता हूँ। ब्राह्मणादि वर्ण के क्रम से श्वेत, पीत और कृष्ण रंग की भूमि शुभ फलदायी होती है। अतः स्पष्ट है कि श्वेत मिट्टी वाली भूमि ब्राह्मणों के लिए, लाल मिट्टी वाली भूमि क्षत्रियों के लिए, पीली मिट्टी वाली भूमि वैश्यों के लिए और काली मिट्टी वाली भूमि शूद्रों के लिए शुभ होती है।

सुंन्दर गन्धवाली भूमि ब्राह्मणी, रक्त गंधा वाली भूमि क्षत्राणी, मधु (शहद) के गंध वाली भूमि वैश्या और मदिरा के गंध वाली भूमि शूद्रा होती है।

जिस भूमि की मिट्टी स्वाद में कषैली हो वह क्षत्रिणी, जिस भूमि की मिट्टी स्वाद में खट्टी हो वे वैश्या और जिसकी मिट्टी स्वाद में तिक्त हो वह शूद्रिणी होती है। स्पष्टता के लिए देखें-भूमि लक्षण चक्रमम्।

भूमि लक्षण चक्रम्

भूमि का प्रकार	भूमि का रंग	भूमि की गन्ध	भूमि का स्वाद	किसके लिए शुभ।
ब्राह्मणी	श्वेत	मधुर	मधुर	ब्राह्मण
क्षत्रिणी	रक्त	रक्त सदृश	कषैली	क्षत्रिय
वैश्या	पीत	मधु सदृश	खट्टी	वैश्य
शूद्रिणी	कृष्ण	मदिरा सदृश	तिक्त	शूद्र

शुभाशुभ आकार वाली भूमि

चतुरस्त्रां द्विपाकारां सिंहोक्षाश्वेभरूपिणीम् ।
वृत्तश्च भद्रपीठश्च त्रिशूलं लिङ्गसन्निभम् ॥ 26 ॥
प्रासादध्वजकुम्भादि-देवानामपि दुर्लभम् ।
त्रिकोणं शकटाकारां शूर्पव्यजनसन्निभाम् ॥ 27 ॥

मुरजाकारसदृशां सर्प-मण्छूक-रूपिणीम् ।
खराजगरसकङ्क्शां वक्राश्चिपिटरूपिणीम् ॥ 28 ॥
कृकत्मासशवाकारां दुर्गम्यां च विवर्जयेत् ।
मनोरमा च या भूमिः परीक्षेत प्रयत्नतः ॥ 29 ॥

जो भूमि चौकोर हो, जिसका हाथी जैसा आकार हो, सिंह, बैल, घौड़ा व हाथी सदृश रूप हो, गोल, भद्रपीठ, (लम्बाई व चौड़ाई समान व मध्य भाग समतल), त्रिशूल और शिवलिंग के सदृश हो और कुम्भादि जिसमें हो ऐसी भूमि देवताओं को भी दूर्लभ है।

जो भूमि त्रिकोण, गाड़ी के आकार (शकटाकार), शूर्प (सूप), बीजने (Seeder) के सदृश हो। मृदंग के आकार, सर्प, मेढ़क के रूप की, गधा, अजगर, बगुला और चिपिट सदृश जिसका रूप हो, मुद्गर, उल्लू, कौवा, सेर्य सदृश, सुअर, ऊँट, बकरी, धनुष, कुल्हाड़ी, गिरगिट, शव-सदृश और जहाँ जाना कष्ट साध्य हो, भूमियों को त्याज्य देना चाहिए। जो भूमि सुंदर अर्थात् योग्य हो उसकी भू-परीक्षा करनी चाहिए।

चित्र-तीन

टिप्पणी-आकार की दृष्टिकोण से भुमि के टुकड़े अर्थात् भूखण्ड वर्गाकार, आयताकार, वृत्ताकार शुभ है। इसके अतिरिक्त चतुष्कोणाकार षटकोणाकर, अष्टकोणाकार, गोमुखाकार (सामने से कम व पीछे से अधिक हा), सिंह मुखाकार (सामने से अधिक पीछे से कम हो), भद्रासन मुखण्ड (जिसकी लम्बाई व चौड़ाई बराबर और मध्य भाग समतल हो) और काक मुखी मुखण्ड (आगे से संकरा व पीछे से चौड़ा) भी शुभ है।

प्रायः त्रिकोणाकार, चक्राकार, पंखीनुमा, शकटाकार, सूपाकार, धानुषाकार, तबला या मृदंगाकार, व्यंजनाकार, पंखीनेमा, चिमटाकार,

अण्डाकार, विषमबाहु एवं अर्द्ध-वृत्ताकार, भूखण्ड अशुभ होने के कारण भवन निर्माण के लिए अशुभ है।

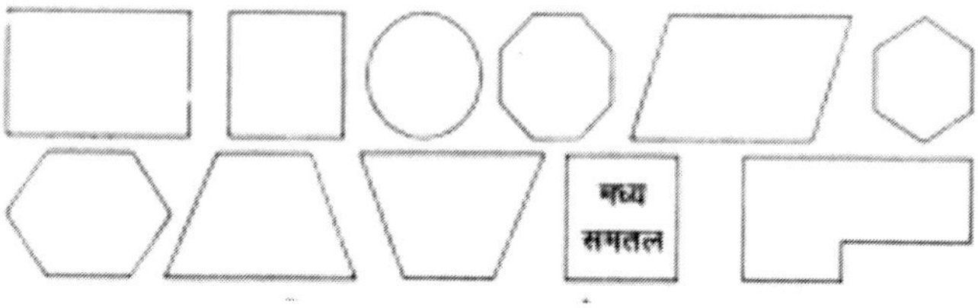

चित्र- शुभ आकार के भूखण्ड

द्वितीया दृढभूमिश्च निम्ना चोत्तरपूर्वके।
गम्भीरा ब्राह्मणी भूमिर्नृपाणां तुङ्गमाश्रिता ॥ 30 ॥
वैश्यानां समभूमिश्च शूद्राणां विकटा स्मृता ।
सर्वेषां चैव वर्णानां समभूमिः शुभावहा ॥ 33॥

जो भूमि उत्तर और पूर्व की ओर नीची हो वह दूसरी दृढ़ भूमि कही जाती है। ब्राह्मणों के लिए गम्भीर भूमि, क्षत्रियों के लिए ऊँची, वैश्यों के लिए समतल भूमि, और शूद्रों के लिए विकट भूमि भवन निर्माण के लिए शुभ होती है अथवा सभी वर्णों के लिए सतमल भूमि शुभ होती है।

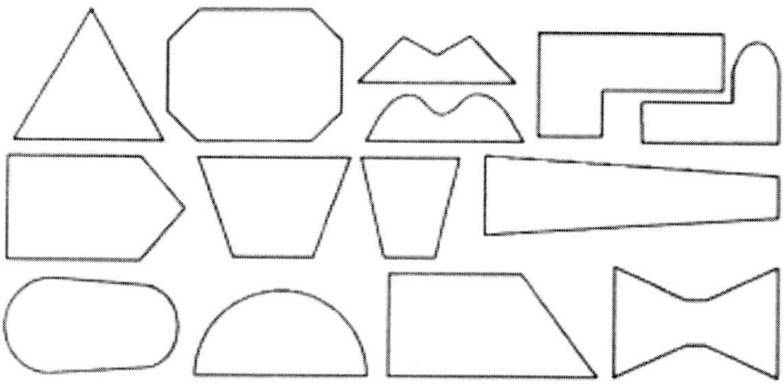

चित्र-पांच—अशुभ आकार के भूखण्ड

शुकल्वर्णा च सर्वेषां शुभा भूमिरूदाहृता ।
कुशकाशयुता ब्राह्मी दूर्वा नृपतिवर्गगा ॥ 31 ॥
फलपुष्पलता वैश्या शूद्राणां तृणसंयुता ।
नदीपातश्रितां तद्वन्महापाषाणसंयुताम् ॥ 32 ॥
पर्वताग्रेषु संलग्रां गर्तां विवरसंयुताम् ।
वक्रां सूर्पनिभां तद्वल्लकुटाभां कुरूपिणीम् ॥ 33 ॥
मुसलाभां महाघोरां वायुना वापि पीडिताम् ।
भल्लभल्लूकसंयुक्तां मध्ये विकटरूपिणीम् ॥ 34 ॥
श्वश्रृगालनिभां रूक्षां दन्तकैः परिवारिताम् ।
चैत्यश्मशानवल्मीकधूर्त्तकालयवर्जिताम् ॥ 35 ॥
चतुष्पदमहावृक्षदेवमंत्रिनिवासिमाम् ।
दूराश्रितां च भूगर्ययुक्तां चैव विवर्जयेत् ॥ 36 ॥

श्वेत वर्ण की भूमि सभी वर्णों के लिए शुभ होती है। जिस भूमि पर कुश, काश उत्पन्न हों वह ब्राह्मणी भूमि है और ब्राह्मणों के लिए शुभ होती है। दूर्वा से युक्त भूमि क्षत्रियों के लिए शुभ होती है। फल, पुष्प से युक्त भूमि वैश्यों के लिए शुभ होती है। तृणयुक्त भूमि शूद्रों के लिए शुभ होती है।

जो भूमि ददी के कटाव के आश्रय में हों और बड़े पत्थरों से युक्त हो, जो भूमि पर्वतों के अग्रभाग से युक्त हो, उसमें गड्ढे या छिद्र हों, टेढ़ी हो, सूपाकार हो, दंड सदृश, निस्तेज, भालू और रीच से युक्त हो और मध्य में विकट रूप हो।

कुत्ता व सियार के सदृश हो, रूखी व दाँतों से युक्त हो, चैत्य, श्मशान, बाँबी, जंबुक के स्थान से युक्त हो, चौराहा, बड़े-बड़े वृक्षों वाली, भूतादि के निवास वाली नगर से दूर गड्ढ़ो से युक्त भूमि को त्याज्य देना चाहिए। इन पर भवन निर्माण नही करना चाहिए।

भूमिफल विचार

स्ववर्णगन्धा सुरसा-धनधान्यसुखावहा ।
व्यत्यये व्यत्ययफला अतः कार्यं परीक्षणम् ॥ 37 ॥

जिस भूमि में निज वर्ण की गन्ध आती हो और वह सुन्दर स्वाद से युक्त हो उस भूमि पर वास करने से धन-धान्य और सुख होता है। यदि भूमि इससे विपरीत लक्षणों वाली हो तो फल भी विपरीत होता है, ऐसे में भूमि की परीक्षा करनी चाहिए।

चतुरस्त्रा महाधन्या द्विपाभा धनदायिनी।
सिंहाभा सगुणान् पुत्रान् वृषाभा पशुवृद्धिदा ॥ 38 ॥
वृत्ता दस्वृत्तदा भूमिर्भद्रपीठनिभा तथा ।
त्रिशूलरूपा वीराणामुत्पत्तिर्धनयासौख्यदा ॥ 39 ॥

चौकोर, भूमि बहुत धन-धान्यादि देती है। हाथी सदृश भूमि धन लाभ कराती है। सिंह सदृश भूमि गुणवान् पुत्रों की वृद्धि करवाती है। जबकि बैल सदृश भूमि पशुओं की वृद्धि कराती है।

लिग्ङाभा लिग्ङिनां श्रेष्ठा प्रासादध्वजसन्निभा ।
पदोन्नतिं प्रकुरुते कुम्भाभा धनवर्धिनी ॥ 40 ॥
त्रिकोणा शकटाकारा शूर्पव्यजनसन्निभा ।
क्रमेण सुतसौख्यार्थ-धर्महानिकरी स्मृता ॥ 41 ॥
मुरजा वंशहा सर्पमण्डूकाभा भयापहा ।
नैःस्वं खरानुकारा च मृत्युदाऽजगरन्विता ॥ 42 ॥
चिपिटा पौरुषैर्हीना मुद्‌गराभा तथैव च ।
काकोलूकनिभा तद्वद् दुःखशोकभयप्रदा ॥ 43 ॥
सर्पाभा पुत्रपौत्रघी वंशाभा वंशहानिदा ।
शूकरोष्ट्रानसदृशी धनुः परशुरूपिणी ॥ 44 ॥
कुचैलान्मलिनान् मूर्खान् ब्रह्मघान्जनयेत्सुतान् ।
कृकलास-शवाकारा मृतपुत्रा धनार्तिदा ॥ 45 ॥

शिवलिंग के आकार का भूखण्ड साधुओं के लिए श्रेष्ठ होता है। प्रासाद के ध्वज के आकार की भूमि पदोन्नति कराने वाली होती है।

घड़े (कुम्भ) कुम्भ के आकार की भूमि धन वृद्धि कराने वाली होती है।

त्रिकोणाकार भूमि पुत्रहानि, शकटाकार भूमि संखहानि, सूपाकार भूमि धनहानि और बीजने के सदृश भूमि धर्म की हानि कराती है।

मृदंगाकार भूमि वंशहानि, सर्पाकार व मेंढकाकार भूमि भय कराती है। गधों के सदृश भूमि पुरुषार्थ से हीन करती है। कौवे और उल्लू सदृश भूमि पुत्र-पौत्र का नाश करती है, और बाँस के सदृश भूमि वंशनाश करने वाली होती है। सूअर, ऊँट, बकरे, धनुष, तथा फरसाकार भूमि दुर्बल, मलिन, मूर्ख व ब्राह्मण को नशा करने वाले पुत्रों को देती है। गिरगिट और मुर्दे की तरह की भूमि पुत्रनाश, धनहानि और पीड़ा देने वाली होती है।

दुर्गम्या पापिनां वंशप्रजाभूमिं परित्येजत् ।
मनोरमा सुतप्रदा दृढा धनप्रदा मता ।
सुतार्थदा तथाऽप्युदक्सुरेशदिक्प्लवा मही ॥ 46 ॥

जिस भूमि पर जाना दुर्गम व कठिन है, ऐसे पापियों की भूमि को त्याज्य देना चाहिए। मनोरमा भूमि पुत्रदायक, दृढ़ भूमि धनदायक और उत्तर-पूर्व (ईशान कोण) से अवलन (नीची) भूमि पुत्र और धन लाभ कराने वाली होती है।

गम्भीरशब्दा जनयेत्पुत्रान् गम्भीरनिः स्वनान् ।
तुग्ङा पदान्वितान्कुर्यात् समा सौभाग्यदायिनी ॥ 47 ॥

गम्भीर शब्द या ध्वनि करने वाली भूमि पुत्रकारक, उन्नत भूमि उच्च पदस्तथ पुत्रों को देने वाली और समतल (सम) भूमि सौभाग्य कारक होती है।

विकटा शूद्रजातीनां तथा दुर्गनिवासिनाम् ।
शूभदानापरेषां च तस्कराणां शुभावहा ॥ 48 ॥

विकटा (Horrible) भूमि शूद्रों, दुर्गवासियों तथा चोरों के लिए शुभ होती है, जबकि अन्य के लिए शुभ नहीं है।

स्ववर्णवर्णा स्वान्यवर्णावराधिपत्यदा ।
शुक्लवर्णा च सर्वेषां पुत्रपौत्रविवर्धिनी ॥ 49 ॥

स्वर्ण सदृश भूमि स्वर्ण वालों के लिए सुखकारक होती है जबकि अन्य वर्ग वालों को अधोगति देती है। शुभवर्ण वालों की भूमि साथी के लिए पुत्र-पौत्र का लाभ कराने वाली होती है।

कुशकाशान्विता ब्रह्मवर्चसमां कुरुते सुतान् ।
दूर्वान्विता वीरजातिः फलाढ्या धनपुत्रदा ॥ 50 ॥

कुश-काश से युक्त भूमि ब्रह्मतेज सदृश पुत्रों को देती है। दूर्वा से युक्त भूमि वीर पुत्रों और फलों से युक्त भूमि धन और पुत्र को देने वाली होती है।

नदीपाताश्रिता मूर्खान्मृतवत्सांस्तथैव च ।
दरिद्रानश्ममध्यस्था गर्तावस्था मृषायुतान् ॥ 51 ॥

नदी के कटाव की भूमि मूर्ख और सन्तानहीनों को जन्म देती है, जिस भूमि में पत्थर हों वह क्षत्रियों को और जिस भूमि में गड्ढ़ा हो वह झूठे पूत्रों को उत्पन्न करती है।

विवरा पशुपुत्रार्त्तिदायिनी सौख्यहारिणी ।
वक्रातिवक्रा जनयेत्पुत्रान् विद्याविहीनकान् ॥ 52 ॥

छिद्रों से युक्त भूमि पशु व पुत्रों को दुख:सुख देने वाली और सुखनाशक होती है। टेढ़ी और सीधी भूमि अनपढ़ पुत्रों को उत्पन्न करती है।

शूर्पमार्जारलकुटनिभा भीति-सुतार्तिदा ।
मुसला मुसलान् पुत्रान् जनयेद् वंशघातकान् ॥ 53 ॥

सूपाकार, बिलार व लकुट सदृश भूमि भय और पुत्रों को कष्ट देती है। मूसलाकार भूमि मूसल सदृश वंश नाशक पूत्रों को जन्म देती है।

घोरा घोरप्रदा वायुपीडिता वायुभीतिदा ।
भल्लभिल्लकसंयुक्ता पशुहानिप्रदा सदा ॥ 54 ॥

घोरा भूमि भयभीत करने वाली और वायु से पीडित भूमि वायू के भय को देती है। भल्ल-भिल्लों से युक्त भूमि सदैव पशु हानि कराती है।

विकटा विकटान् पुत्रान् श्वश्रृगालवनिभांस्तथा ।
ददाति रुक्षा परुषा दुर्वचान् जनयेत् सुतान् ॥ 55 ॥

विकटा भूमि विकट पुत्रों को, कुत्ता या सियार सदृश भूमि भी विकट पुत्रों को जन्म देती है। शुष्क (रूखी) भूमि शुष्क स्वभाव के पुत्रों को तथा दूर्वा युक्त भूमि दुर्वचन कहने वाले पुत्रों को जन्म देती है।

गृहस्वामिभयं चैत्ये वल्मीके विपदः स्मृताः ।
धूर्तालयसमीपे तु पुत्रस्य मरणं ध्रुवम् ॥ 56 ॥

चैत्य भूमि भूस्वामी को भय देती है बाँबी से युक्त भूमि विपत्ति देती है। धूर्त्त के समीप भवन बनाने से पुत्र की क्षति होती है।

चतुष्पथे त्वकीर्त्तिः स्यादुद्वेगो देवसद्मनि ।
अर्थहानिश्च सचिवे श्वेभ्रे विपद उत्कटा ।
गर्तायां तु पिपासा स्यात्कूर्माभे धननाशनम् ॥ 57 ॥

चौराहे पर गृह निर्माण करने से कीर्ति का नाश होता है। देव मन्दिर पर गृह निर्माण करने से उद्वरेग होता है। मन्त्री के साथ गृह निर्माण करने से धन हानि होती है। गड्ढे में गृह निर्माण करने से अधिक प्यास लगती है और कछुए सदृश भूमि पर भवन निर्माण करने से धनहानि होती है।

भूमि परीक्षण

अब भूमि परीक्षा की रीति बतलाएंगे क्योंकि भूमि परीक्षण से यह पता चलता है कि कोई भी भूमि भवन निर्माण के लिए उपयुक्त है या नहीं।

भूमि परीक्षण का प्रथम प्रकार

निखनेद्धस्तामात्रेण पुनस्तेनैव पूरयेत् ।
पांशुनाधिकमध्योना श्रेष्ठा मध्याधमा क्रमात् ॥ 58 ॥

जिस भूमि या भूखण्ड पर भवन निर्माण करना है उसमें कहीं पर एक लम्बा, चौड़ा और गहरा गड्ढ़ा खोदकर निकाली गई मिट्टी से पुनः भरने पर यदि मिट्टी पूर्ण हो या कम हो तो क्रमानुसार श्रेष्ठ, मध्यम और अघम फलदायी होती है।

टिप्पणी—भूमि परीक्षण से यह पता चलता है कि भूमि कहीं झिरझरी, ढीली या पोली तो नहीं है। झिरझिरी, पोली व ढीली भूमि भवन निर्माण के लिए अनुपयुक्त होती है। भवन की नींव को भी ठोस आधार चाहिऐ जो कि ठोस भूमि पर ही तैयार हो सकता है। एक हाथ अर्थात् लगभग सवा दो फुट अर्थात 2.25 फुट गहरा, चौडा व लम्बा गड्ढा खोदकर पुनः भरने पर मिट्टी शेष बचे अर्थात अधिक हो तो 'श्रेष्ठ भूमि' है, यदि शेष न बचे अर्थात् मिट्टी गड्ढा भरने हेतु पूर्ण हो तो 'श्रेष्ठ भूमि' है, यदि शेष न बचे अर्थात् मिट्ी गड्ढा भरने हेतु पूर्ण हो तो 'मध्यम भूमि' और यदि मिट्टी गड्ढा भरने में कम पड जाये तो 'अधम भुमि' है। वस्तुतः सावधानी से भूमि का परीक्षण करना चाहिए।

भूमि परीक्षण का द्वितीय प्रकार

जलेनापूरयेच्छ्वभ्रं शीघ्रं गत्वा पदैः शतम् ।
तत्रैवागत्य वीक्षेत न हीनसलिला शुभा ।
अरत्निमात्रे श्वभ्रे वा ह्यनुलिप्ते च सर्वतः ॥ 59 ॥
घृतमामशरावस्थं कृत्वा वर्त्तिचतुष्टयम् ।
ज्वालयेद् भूपरीक्षार्थं संपूर्णं सर्वदिङ्मुखम् ॥ 60 ॥

दीप्ता पूर्वादि गृह्णीयाद् वर्णानामनुपूर्वशः ।
हलाकृष्टे तथोदेशे सर्वबीजानि वापयेत् ॥ 61 ॥
त्रिपश्चसप्तरात्रेण न प्ररोहन्ति तान्यपि ।
उप्तबीजा त्रिरात्रेण सांकुरा शोभना मही ॥ 62 ॥
मध्यमा पश्चरात्रेण सप्तरात्रेण निन्दिता ।
तिलान् वा वापयेत्तत्र यवांश्चापि सर्षपान् ॥ 63 ॥
अथवा सर्वधान्यानि वापयेच्च समन्ततः ।
यत्र नैव प्ररोहन्ति तां प्रयत्नेन वर्जयेत् ॥ 64 ॥
व्रीहयः शालयो मुद्गा गोधूमाः सर्षपास्तिलाः ।
यवाश्चोषधयः सप्त सर्वबीजानि चैव हि ॥ 65 ॥
सुवर्णताम्रनुष्याणि श्वभ्रममध्यगतानि च ।
यस्य नाम्रि समायान्ति सा भूमिस्तस्य शोभना ॥ 66 ॥

एक हाथ के गड्ढे को जल से भरकर सौ कदम शीघ्रता से जाकर पुनः लौटकर। देखें यदि जल कम हो गया तो भूमि शुभ नहीं होती है।

टिप्पणी—कहने का तात्पर्य यह है कि एक हाथ गहरे गड्ढे में मुख तक पानी भरकर सौ कदम शीघ्रता से दूर जाकर पुनः लौटकर देखने पर यदि गड्ढ़े में आधा जल शेष है तो 'भूमि मध्यम' है और यदि जल पूर्णतः सूख गया है तो 'भूमि निकृष्ट अर्थात् अशुभ' है। श्रेष्ठ भूमि भवन निर्माण के लिए उपयुक्त है। निकृष्ट भूमि पर भवन नहीं बनाना चाहिए।

भूमि परीक्षण के अन्य प्रकार

गड्ढ़े को चारों ओर से लीपकर उसमें कच्चे मिट्टी के दीपक में घी भरकर चार बत्ती दिशा की ओर करके जलाएं कि किस दिशा की बत्ती अधिक प्रकाशित है। जिस दिशा की बत्ती अधिक प्रकाशित हो वह भूमि ब्राह्मण (पूर्वा), पश्चिम (क्षत्रिय), उत्तर (वैश्य), दक्षिण (शूद्र) उस वर्ण वाले के उपयुक्त है। जिस भूमि में गृह निर्माण करना हो उस भूमि पर हल से जुतवाकर सभी अनाजों को बो दें। यदि ये

अनाज तीन पाँच या सात रात्रि में न जमें तो भूमि को अशुभ समझना चाहिए। तीन रात्रियों में अंकुर फूट जाए तो भूमि श्रेष्ठ है, पांच रात्रि में अंकुर फूटें तो भूमि माध्यम और सात रात्रियों में अंकुर फूटें तो भूमि अधम है। तिल, व सरसों या सभी धान्यों को बोने पर जितनी भूमि पर बीज न जमें उतनी भूमि को त्याज्य देना चाहिए।

ब्रीहि, शाठी, मूंग, गेहूँ, सरसों, तिल, जौ–ये सात औषधि हैं और इनको सर्वबीज कहा जाता है। इन सर्वबीजों को बोने के बाद इनके फलों को देखना चाहिए। जिस भूमि के गड्ढ़े में स्वर्ण तांबे के रंग के पुष्प दिखायी दें तो वो भूमि भूमिपति के लिए शुभ है।

पांशवो रेणुतां नीत्वा निरीक्षेदन्तरिक्षगाः ।
अधोमध्योर्ध्वगा नृणां गतितुल्यफलप्रदा ॥ 67 ॥
कृष्टां प्ररूढबीजां गोऽध्युषितां ब्राह्मणैस्तथा ।
गत्वा महीं गृहपतिः काले सांवत्सरोदिते ॥ 68 ॥

भूमि के धूल के कण लेकर आकाश में फेंककर देखें कि रेणु नीचे, मध्य भाग या ऊपर की ओर कहाँ जाते हैं। रेणु जहाँ जाएं उसी के अनुरूप भूपति की वृद्धि होती है। हल से जोती हुई, उगे हुए बीजों वाली गौ व ब्राह्मण से पद दलित की हुई भूमि में ज्योतिषी के बताए हुए समय में गृहपति को गृह में प्रवेश करना चाहिए।

भूमि एवं गृह संबंधी शकुन-अपशकुन विचार

अब शकुन-अपशकुन का विचार करेंगे जिससे आप यह निर्णय कर सके कि जो भूमि क्रय कर रहे हैं, वह शुभ है या अशुभ।

वास्तु संबंधी शकुन-अपशकुन विचार

पुत्र्या शङ्खध्ययनाम्बुकुम्भा विप्राश्च वीणापटहस्वनानि ।
पुत्रान्विता स्त्री गुरवो मृदग्ङवाद्यानि भेरी निनदाः प्रशस्ताः ॥ 69 ॥

भूमि पर प्रवेश करते समय पुण्याहवाचन, शंख और अध्यापन

(पढने के शब्द) की ध्वनियाँ, जल से भरा घडा, ब्राह्मणों का समुदाय, वीणा तथा श्रेत्र के शब्द, पुत्र युक्त स्त्री, गुरुजन, मृदंग आदि वाद्य यन्त्रों की ध्वनियों और भेरी का शब्द हो तो शुभ फलदायी भूमि होती है।

कन्या सुधौताम्बरवासकारी मृदः सुरस्यास्सुरभीस्सुगन्धाः ।
पुष्पाणि चामीकररौप्यमुक्ता प्रवालभक्ष्याणि शुभावहानि ॥ 70 ॥

स्वच्छ वस्त्र धारण किए हुए कन्या सुस्वाद एवं सुगंधित मिट्टी, पुष्प, स्वर्ण, चांदी, मोती, मूंगा और अच्छे भोज्य पदार्थों का दर्शन करना (भूमि क्रय, गृहप्रवेश या देखने जाते समय) शुभ फलदायी होता है।

मृगाराश्जनबद्धैकपशुश्रचोष्णीषचदनम् ।
आदर्शव्यजनं वर्धमानाश्चापि शुभावहाः ॥ 71 ॥

भूमि क्रय करने, देखने या गृह प्रवेश के समय मृग, सुरमा, बंधा हुआ पशु, पगड़ी, चन्दन आदर्श भोज्य पदार्थ, कंघी आदि का दर्शन होना कल्याणकारी अर्थात् शुभ है।

आमिषं दधि दुगधं च नृयांनं छत्रमेव च ।
मीनानि मिथुनं पुंसामायुरारोग्यवृद्धिदम् ॥ 72 ॥

इसी प्रकार मांस, दही, पालकी, छाता, मछलियां, स्त्री-पुरूष का जोडा, भूमि क्रय या गृह प्रवेश के समय दिखायी देने पर आयु और आरोग्यवर्धक है।

कमलममलं गीतारावः सितोक्षमृगाद्विजा गमनागमने ।
पुंसां धन्या गृहाद्याधिवासिते गजहयसुवासिन्यास्तथा ।
प्रवराग्ङ्ना धनसुखारोग्यायुष्प्रदा गृहकर्मणि ॥ 73 ॥

स्वच्छ कमल पुष्प, गीत-गाने की ध्वनियाँ, शुभ वर्ण बैल, मृग, विप्र गृहकार्य में जाते समय दिखना उत्तम फलदायी है। गृह कर्म में

हाथी, घोड़ा सौभाग्यवती स्त्री, श्रेष्ठ स्त्री दिखाई पड़े तो धन सुख व आरोग्यता को देने वाली होती है।

गणिका चाङ्कुशं दीपं मालां बालां सुभूषिताम् ।
तथा वृष्टिर्गुहारम्भे निवेशे समभीष्टदा ॥ 74 ॥

गृहारम्भ और गृह प्रवेश के समय वेश्या, अंकुश, दीपक माला, भूषणों से युक्त कन्या दिखना और वर्षा का होना उत्तम फलदायी है।

दुर्वाणी शत्रुवाणी च मद्यं चमास्थिरेव च ।
तृणं तुषं तथा सर्पं चर्मचाग्ङ्रमेव च ॥ 75 ॥

यदि गृहराम्भ या गृहप्रवेश के समय दुष्टवाणी, शत्रु की वाणी, मंदिर, चर्म, हड्डी, तृण, भूसी, सर्प, कोयला दिखायी दे तो अपशकुन होने के कारण अशुभ फलदायी है।

कार्पास-लवण-पक्ङ्क्लीबतैलोषधानि च ।
पुरीषं कृष्णधान्यानि व्याधिताभ्यक्तमेव च ॥ 76 ॥

कपास, नमक, कीचड़, नपुंसक, तेल, औषधि, विष्ठा, काले अनाज, रोगी, उबटन लगाए ष्टहुए लोग दिखाई पड़े तो अपशकुन होने के कारण अशुभ फलदायी है।

पतितो जटिलोन्मत्ततो मुण्डी नग्रशिरास्तथा ।
इंधनानि विरावं च द्विपक्षिमृगामानुषम् ॥ 77 ॥

पतित, जटाधारी, उन्मत, (पागल), गंजा, नंगे सिर वाला (बिना सिर वाला (बिना सिर ढ़के), ईंधन, दुष्ट शब्द, पक्षी मृग व मनुष्य एक साथ दिखाई पडे तो अपशकुन होने के कारण भूमि क्रय, गृहप्रवेश व गृहारम्भ करना अशुभ होता है।

ज्वलिताशासु दग्धासु धूमितासु च पश्यतः ।
मरणं निर्दिशेत् प्राज्ञस्तत्र शल्यं विनिर्दिशेत ॥ 78 ॥

जलती हुई या जली हुई या धूएँ से युक्त दिशाओं को देखता हुआ मनुष्य गृहप्रवेश करे तो उसकी मृत्यु होती है और ऐसी भूमि में शल्य है ऐसा जानना चाहिए।

यस्यापशकुनं तस्य शल्यं तत्र भवेद् गृहे ॥
तत्र वासं न कुर्वीत गृहं चैव न कारयेत् ॥ 79 ॥

जिसको अपशकुन होता है, वह जिस पदार्थ को देखता है उसका शल्य वहाँ होता है, अतः उस में वास नहीं करना चाहिए और न उस भूमि पर गृह निर्माण करना चाहिए।

भूमि खनन विधि विचार

ज्योतिषशास्त्रानुसारेण सुदिने शुभवासरे ।
सुलग्ने सुमुहुर्त्ते च सुस्नातः प्राङ्मुखो गृही ॥ 80 ॥
पूजयेद् गणनाथश्च कलशे स्थितान् ।
परीक्षिते च भूभागे गोमयेनानुलिप्य च ॥ 81 ॥
तत्र संपूजयेद्विप्रान् दैवज्ञं च तथैव च ।
यावत्प्रमाण भूर्ग्राह्या गृहार्थ तावतामही ॥ 82 ॥
पंचगव्यौषधि जलैस्तथा पश्चामृतेन च ।
संचयेच्छुद्धिकामेन भूसंस्कारांश्च कारयेत् ॥ 83 ॥

ज्योतिष के अनुरूप शुभ दिन, वार, लग्न और मुहूर्त में स्नान करके पूर्वाभिमुख होकर कलश के ऊपर गणेश जी और नवग्रहों का पूजन करके परीक्षा की गई भूमि को गोबर से लीपकर उस पर ब्राह्मण और दैवज्ञ का पूजन कर जितनी भूमि पर घर बनाना है उसकी शुद्धि के लिए पंचगव्य सर्वोषधि, जल और पंचामृत से शुद्ध करके अर्थात् उक्त वस्तुओं को भूमि पर छिड़क दें।

तत्र कुम्भं निवेश्यादौ हेमगर्भं फलैर्युतम् ।
सर्वधान्ययुतं सर्वगन्धसर्वौषधैर्युतम् ॥ 84 ॥
पुष्पान्वितं रक्तवर्णं सवस्त्रं मंत्रमन्त्रितम् ।
तस्मिन्नावाह्येत् खेटान् वरुणप्रमुखास्तथा ॥ 85 ॥
तस्मिन्नावाहयेद् भूमिं सशैलवनकाननाम् ।
नदीनदससायुक्तां कर्णिकाभिश्च भूषिताम् ॥ 86 ॥
सागैरर्वेष्टितां तत्र पूजयेत्प्रार्थयेत्तेतः ।
दिक्पालन् कुलदेवींश्च देवान्यक्षास्तथोरगान् ॥ 87 ॥
बलिं च दत्वा विधिवज्जलायेति जपेत्ततः ।
षड्ऋचं रूद्रजाप्यं च कारयेद्विधिपूर्वकम् ॥ 88 ॥
तस्मिन्सम्पूजयेद् वास्तुं प्रार्थयेत्पूजयेत्ततः ।
ॐ नमो भगवते वास्तुपुरूषाय कपिलाय च ॥ 89 ॥
पृथ्वीधराय देवाय प्रधानपुरुषाय च ।
सकलगृहप्रासादपुष्करोद्यानकर्मणि ॥ 90 ॥
गृहारंभप्रथमकाले सर्वसिद्धिप्रदायक ।
सिद्धदेवमनुष्यैश्च पूज्यमानो दिवसनिशम् ॥ 91 ॥
गृहहस्थाने प्रजापतिक्षेत्रऽस्मिंमस्तिष्ठ साम्प्रतम् ।
इहागच्छ इमां पूजां गृहाण वरदो भव ॥ 92 ॥

वहां पर स्वर्ण डाले हुए फल युक्त, सर्वधान्य से युक्त, सर्वगन्ध और सर्वोषधि से युक्त, पुष्प युक्त, लाल रंग के कपड़े से लपेटे हुए मन्त्र से अभिमन्त्रित, कलश के ऊपर ग्रहों और वरूणादि देवताओं का आह्वान करें।

बाद में पर्वत, वन, कानन नदी, नद कर्णिका से विभूषित करके, सागरों से वेष्टित भूमि की पूजा करके दिक्पालों और कुलदेवी, की प्रार्थना करें और देव व नागों का पूजन करें। बलि देकर 'जलाय' मन्त्र का जाप करें। रुद्राष्टाध्यायी का विधि-विधान से पाठ करें। बाद में वास्तु पुरुष का पूजन करके 'ॐ नमो भगवते वास्तुपुरुषाय कपिलाय

च। पृथ्वी धराय देवाय प्रधान पुरुषाय च' मन्त्र का उच्चारण करके नमस्कार करें और कहें-समस्त ग्रह, महल, पुष्कर, उद्यानादि कर्म और गृहारंभ के प्रथम समय में सब सिद्धियों को देने वाले और सिद्ध देवता मनुष्य जिसकी दिन रात्रि सेवा करते हैं। ऐसे वास्तुपुरुष आप इस समय इस प्रजापित क्षेत्र में आकर स्थित हो जाओ और पूजा को ग्रहण करो तथ वर दो।

वास्तुपुरुष नमस्तेऽस्तु भूशय्याभिरत प्रभो ।
मदगृहं धन-धान्यादि समृद्धं कुरु सर्वदा ॥ 93 ॥

हे वास्तुपुरुष ! भूमि रूपी शय्या पर सोने में तत्पर ! हे प्रभो ! आपको नमस्कार है। मेरे गृह को सर्वदा धन-धान्य से समृद्ध करें।

इति प्रार्थ्य ततो भूमौ संल्लिखेदं वास्तुपुरुषम् ।
पिष्टाकैस्तंडुलैर्वा नागरूपधरां विभुम् ॥ 94 ॥

इस प्रकार प्रार्थना करके पीठी (पिसे हुए चावलों की) या चावलों से नागरूप वास्तु पुरुष को बनाऐं।

आवाह्येद् वेदमन्त्रैः पूजयेच्च स्वशक्तितः ।
आवाह्यम्यहं देवं भूमिस्थं च अधोमुखम् ॥ 95 ॥
वास्तुनाथं जगत्प्राणं पूर्वस्यां प्रथमाश्रितम् ।
विष्णोरराटेति मंत्रेण पूजयेत्सर्पनायकम् ॥ 96 ॥
नमोऽस्तु सर्पेभ्य इति वा पूजयेच्च स्वाशक्तितः ।
कुक्षिप्रदेशे निखनेद् वास्तुनागस्य मन्त्रतः ॥ 97 ॥

वेद मन्त्रों से आह्वान कर अपनी सामर्थ्य के अनुरूप पूजन करें। आह्वान के समय यह ध्यान रखें कि भूमि पर अधोमुख लेटे हुए वास्तु पुरुष का आह्वान कर रहा हूँ।

जो वास्तु के नाथ हैं, जो जगत् के प्राण हैं और जो प्रथम पूर्व दिशा में स्थित हैं, ऐसे सर्पों के स्वामी का 'विष्णोरराट' इस मन्त्र से पूजन करें।

अथवा अपनी सामर्थ्य के अनुसार 'नमोस्तु सर्पेभ्य' अस मन्त्र से वास्तुपुरुष का पूजन करें और वास्तुनाग की कुक्षि स्थान से खन करें अर्थात् खोदें।

वास्तु पुरुष की स्थिति से गृहारम्भ विचार

त्रिषु त्रिषु च मासेषु नभस्यादिषु च क्रमात् ।
यद्दिङ्मुखो वास्तुनरस्तन्मुखसदनं शुभम् ॥ 98 ॥

भाद्रपदादि तीन-तीन मासों में क्रम से पूर्वादि दिशा में वास्तुपुरुष का मुख होता है। जिस दिशा में वास्तुपुरुष का मुख हो उसी दिशा में ग्रह का मुख शुभ होता है। सरलता के लिए देखें-'वास्तुपुरुष मुख ज्ञान दिशा चक्रम्'

वास्तुपुरुष मुख ज्ञान दिशा चक्रम्

मास	*मुख दिशा*
भाद्रपद, आश्विन, कार्तिक	पूर्व
मार्गशीर्ष, पौष, माघ	पश्चिम
फाल्गुन, चैत्र, वैशाख	उत्तर
ज्येष्ठ आषाढ, श्रावण	दक्षिण

अन्यदिङ्मुखगेहं तु दुःखशोकभयप्रदम् ।
वृषादित्रिकं वेद्यां सिंहादिगणयेद् गृहे ॥ 99 ॥
देवालये च मीनादि तडागे मकरादिकम् ।
पूर्वादिषु शिरःकृत्वा नागश्शेते त्रिभिस्त्रिभिः ॥ 100 ॥

अन्य दिशा के मुख वाले ग्रह को आरम्भ करने से दुःख, शोक

और भय होता है। कहने का तात्पर्य यह है कि गृहारम्भ उसी उसी मास में रखना चाहिए जिस ओर वास्तुपुरुष का मुख हो। गृह का मुख पूर्व दिशा में रखना है तो भाद्रपद, आश्विन, कार्तिक मास में गृहारम्भ करना चाहिए।

वृष से तीन-तीन राशि के क्रम से वेदी बनाने में, सिंह से तीन-तीन राशि के क्रम से गृह निर्माण में, मीन से तीन-तीन राशि देवालय निर्माण में और मकरादि तीन-तीन राशि तालाब के लेनी चाहिए। उपर्युक्त तीन-तीन राशियों के सूर्य में वास्तु पुरुष पूर्वादि दिशा में मुख करके शयन करता है देखें-'वास्तुपुरुष मुख ज्ञान चक्रम्'

वास्तु पुरुष मुख ज्ञान चक्रम्

स्थान	*नदी*	*गृह*	*देवालय*	*तालाब*
राशि	वृष, मिथुन, कर्क	सिंह, कन्या, तुला	मीन, मेष, वृर्ष	मकर, कुंभ, मीन
मुख	पूर्व	पुर्व	पूर्व	पूर्व
पृष्ठ	पश्चिम	पश्चिम	पश्चिम	पश्चिम

भाद्राद्यैर्वामपार्श्वे च तस्य कोणे गृहं शुभम् ।
ईशानतः कालसर्पः संहारेण प्रसर्पति ॥ 101 ॥

भाद्रपदादि तीन-तीन मास में वास्तुपुरुष के वाम भाग में गृह का बनाना शुभ होता है। ईशान कोण से कालसर्प संहार क्रम से अर्थात् विलोम क्रम से घूमता है।

विदिक्षु शेषवास्तोश्च मुखं त्याज्यं चतुर्थकम् ।
खनेच्च सौरमानेन व्यत्ययं चाऽशुभं भवेत् ॥ 102 ॥

विदिशा (कोण) में चौथी दिशा शेष वास्तु का मुख होती है, उसे त्यागकर सौर मान से (संक्रान्ति) मास लेकर खनन करना चाहिए, विपरीत रीति से करना अशुभ होता है।

चतुस्त्रिकादिशालायामिष्टं दोषो न विद्यते ।
एकं नागोडुसंशुद्ध्या मन्दिरारम्भणं शुभम् ॥ 103 ॥

जो ग्रह चार, या तीन शाला वाला बनाया जाए उसमें यह दोष नहीं लगता है। वास्तु नाग और नक्षत्र के शुद्ध होने पर एक बार मन्दिर का आरम्भ करना शुभ होता है।

अधोमुखे च नक्षत्रे शुभऽेह्नि शुभवासरे ।
चान्द्रतारानुकूले च खननारम्भणं शुभम् ॥ 104 ॥

अधोमुख नक्षत्रों (मूला आश्लेषा, कृत्तिका, विशाखा, पूर्वाफाल्गुनी, पूर्वाषाढा, पूर्वाभाद्रपद, भरणी, मघा) शुभ वार, अनुकूलन चन्द्रमा वाले दिन में खनन आरम्भ करना शुभ होता है।

राहु ज्ञान फल विचार

त्रिषु त्रिषु च मासेषु मार्गशीर्षादिषु क्रमात् ।
पूर्वदक्षिणतोयेश-पौलस्त्याशा क्रमादमुः ॥ 105 ॥
स्तम्भे वंशविनाशः स्याद् द्वारे वह्निभयं भवेत् ।
गमने कार्यहानिः स्याद् गृहारम्भे कुलक्षयः ॥ 106 ॥

मार्गशीर्ष से तीन-तीन मासों में राहु पूर्व, दक्षिण, पश्चिम और उत्तर दिशा में रहता है। सरलता के लिए देखें-राहु ज्ञान चक्रम्।

राहु की दिशा में स्तम्भ स्थापित करने से वंश नाश, द्वार स्थापित करने से अग्नि-भय, यात्रा करने से कार्य की हानि और गृहारम्भ करने से कुल का नाश होता है।

राहु ज्ञान चक्रम्

मास	*राहु ज्ञान*
मार्गशीर्ष, पौष, माघ	पूर्व
फाल्गुन, चैत्र, वैशाख	पूर्व

ज्येष्ठ, आषाढ, श्रावण	पश्चिम
भाद्रपद, आश्विन, कार्तिक	उत्तर

वारानुसार राहु वास विचार

रक्षः कुवेराग्निजलेशटाम्य-वायव्य-काष्ठासु च सूर्यवारात् ।
वसेदगुश्चाष्टसु दिग्भचक्रे मुखे विवर्ज्यो गमनं गृहं च ॥ 107 ॥

सूर्यादि वारों में क्रम से नैर्ऋत्य कोण, उत्तर, आग्नेय कोण, पश्चिम, ईशान कोण, दक्षिण, वायव्य दिशाओं में राहु का मुख रहता है। इसमे यात्रा और गृहारम्भ नहीं करना चाहिए।

राश्यानुसार राहु मुख व खनन फल विचार

शिरस्थाने विनाशः स्यान्मात्रापित्रोश्च पृष्ठके ।
स्त्रीपुत्रनाशः पुच्छे तु गात्रे पुत्रविनाशनम् ॥ 108 ॥
कुक्षौ सर्वसमृद्धिः स्याद्धनधान्यसमागमः ।
सिंहादिषु च मासेषु आग्नेयां कुक्षिमाश्रितः ॥ 109 ॥
वृश्चिकादिषु ईशान्यां कुम्भादिषु च वायुदिक् ।
वृषादिषु न नैर्ऋत्यां मुखं पुच्छं च शोभनम् ॥ 110 ॥

राहु के सिर स्थान में खनन करने से विनाश, पीठ पर खनन करने से माता-पिता का नाश, पूंछ पर खनन करने से स्त्री व पुत्र का नाश, शरीर पर खनन करने से पुत्रनाश होता है।

कोख पर खनन करने में समृद्धि और धन-धान्य का लाभ होता है। सिंहादि तीन राशियों (सिंह, कन्या, तुला) में सूर्य रहने पर ईशान कोण में, कुम्भादि तीन राशियों (कुंभ, मीन, मेष) में सूर्य रहने पर वायव्य कोण में, कुम्भादि तीन राशियों में (वृष, मिथुन, कर्क) में सूर्य रहने पर नैर्ऋत्य कोण में कोख (कुक्षि) रहती है। राहु का मुख और पूंछ शुभ होती है। सरलता के लिए देखें-कुक्षि, मुख व पुच्छ ज्ञान चक्रम्।

कुक्षि, मुख व पुच्छ ज्ञान चक्रम्

राशि	*सिंह, कन्या, तुला*	*वृश्चिक, धनु, मकर*	*कुंभ, मीन, मेष*	*वृष, मिथुन, कर्क*
कुक्षि दिशा	आग्नेय	ईशान	वायव्य	नैर्ऋत्य
मुख दिशा	ईशान	वायव्य	नैर्ऋत्य	आग्नेय
पुच्छ दिशा	नैर्ऋत्य	आग्नेय	ईशान	वायव्य

चक्रवास ज्ञान व चन्द्रदिशा फल कैसे करें ?

कृत्तिकाद्यं सप्तपूर्वे मघाद्यं सप्तदक्षिणे ।
मैत्राद्यं पश्चिमें सदा धष्ठिाद्यं तथोत्तरे ॥ 111 ॥

कृत्तिकादि सात नक्षत्र पूर्व में मघादि सात नक्षत्र दक्षिण में, अनुराधादि सात नक्षत्र पश्चिम में और धनिष्ठादि सात नक्षत्र उत्तर में रहते हैं। देखें–सप्तशलाका चक्र।

अगे चन्द्रे स्वामिभयं कर्ममर्त्ता च पृष्ठके ।
दक्षिण च धनं दद्युर्वामे स्त्रीसुखसंपदः ॥ 112 ॥

चन्द्रमा अग्रभाग में हो तो स्वामी को भय, पीछे (पीठ) हो तो कार्यकर्त्ता को भय, दाहिने हो धन लाभ और बांयें हो तो स्त्री–सुख सम्पति होती है।

गृहोलब्धे ऋक्षेषु यत्र ऋक्षेषु चन्द्रमाः ।
शलाका सप्तके देयं कृत्तिकादिक्रमेण च ॥ 113 ॥
ऋक्षं चन्द्रस्य वास्तोश्च अग्रे पृष्ठे न शस्यते ।
लग्नादृक्षाद्विचार्योऽसौ चन्द्रः सद्यः फलप्रदः ॥ 114 ॥
गृहश्चन्द्रे सम्मुखस्थे पृष्ठस्थे न शुभं गृहम् ।
वामदक्षिणगश्चन्द्रः प्रशस्तो वास्तुकर्मणि ॥ 115 ॥

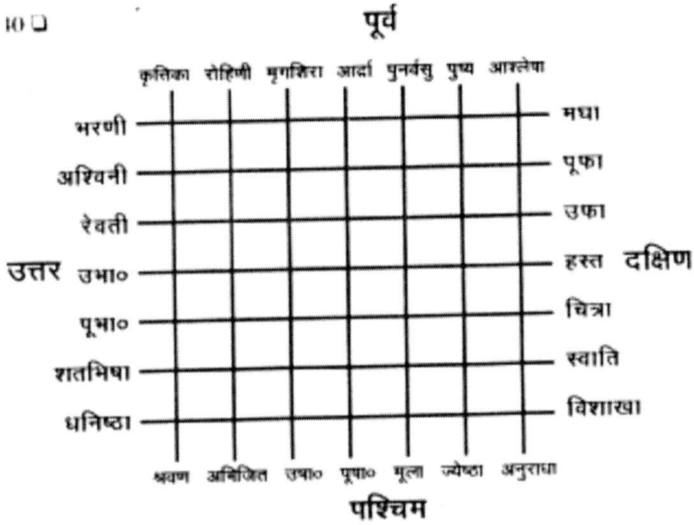

चित्र-सात—सप्तशलाका चक्र

गृह का नक्षत्र और चन्द्रमा के नक्षत्र को सप्त शलाका चक्र में रखकर देखें कि दोनों किस दिशा में हैं चन्द्रमा और वास्तु का नक्षत्र गृहारम्भ के समय अग्र और पृष्ठ भाग या दिशा में शुभ नहीं होता है। लग्न और नक्षत्र से विचार किया हुआ चन्द्रमा शीघ्र फल देता है। गृह में चन्द्रमा सामने और पीछे शुभ नहीं होता है। वास्तु कर्म में वाम और दक्षिण भाग का चन्द्रमा शुभ होता है। सप्तशलाका चक्र में भली-भांति चन्द्रमा और गृह का नक्षत्र देखकर निर्णय करें कि चन्द्रमा वाम अथवा दक्षिण भाग में है अथवा नहीं। यदि नहीं है तो गृहारम्भ नहीं करना चाहिए।

लोहदण्डादि पूजन

लोहदण्डं च सम्पूज्य भैरवश्च तथैव च ।
तद्दिक्पालं नमस्कृत्य पृथिवीश्च तथैव च ॥ 116 ॥
शिवो नामेति मंत्रेण लोहदण्डं प्रपूज्येत् ।
निवर्त्तयामीत्यृचा वै ध्यायेदीशमुमापतिम् ॥ 117 ॥

बलेन लोहदण्डेन निखनेद् वास्तुपुरूषम् ।
यावत्प्रमाणं भुवमेति तावत्त्स्य स्थितिर्भवेत् ॥ 118 ॥

लोहदण्ड और भैरच जी, उस दिशा के दिक्पाल और पृथ्वी की पूजा करके और भूमि को नमस्कार करके 'शिवोनामेति' इस मन्त्र से लोहदण्ड का भलि-भांति पूजन करके और 'निवर्त्तयामि' इस ऋचा से शंकर जी का पूजन करें। पूजन करके लोहदण्ड जितना भूति में प्रविष्ट होता है उतने काल तक गृह की स्थिति होती है।

खनन काल के शुभ शकुन

तं लोहदण्डं वस्त्राक्तं ब्राह्मणाय निवयेत् ।
पुत्राद्यं विषमाङ्गुल्ये समेऽग्ङुल्ये तु कन्यकाम् ॥ 119 ॥
निर्दिशेत्तु तयोर्मध्ये लोहखण्डार्त्तिदं तथा ।
तस्मिन्काले शुभां वाणीं माङ्गल्यं चारूदर्शनम् ॥ 120 ॥
वेदगीतावनिं पुष्प-फललाभं तथैव च ।
वेणुवीणमृदग्ङानां श्रवणं दर्शनं शुभम् ॥ 121 ॥
दधिदूर्वाकुशश्चेति कल्याणद्रव्यदर्शनम् ।
सुवर्णं रजतं ताम्रं शङ्खमौक्तिकविद्रुमान् ॥ 122 ॥
मणयो रत्नवैडूर्यस्फाटिकं सुखदा मृदः ।
गारुडं च फलं पुष्पं मृणमयं गुल्ममेव च ॥ 123 ॥
खाद्यानि कन्दमूलानि सा भूमिः सूखदायिनी ।

उस लोहदण्ड को वस्त्र में लपेटकार ब्राह्मण को दे दें। यदि लोहदण्ड विषम अंगुल का हो तो उस गृह में पुत्र लाभ और सम अंगुल का हो तो कन्या लाभ कराता है। लोहदण्ड न सम अंगुल हो और न विषम अंगुल तो वह दुःखदायी होता है। खनन करते समय शुभ वाणी, मांगलिक वस्तु का दिखाना, वेद और गीत की ध्वनि, पुष्प, फल का लाभ, वेणु, वीणा, मृदंग के शब्द का श्रवण और दर्शन शुभ होता है। दही, दूर्वा, कुशादि, कल्याणप्रद वस्तुओं का दर्शन, सोना, चांदी,

तांबा, शंख, मोती, मूंगा, मणि रतन, वैदूर्य, स्फटिक, सुखदायक मिट्टी, गारूड़ वृक्ष का फल, पुष्प, मिट्टी का गुच्छा, खाद्य पदार्थ, कन्दमूल आदि का दिखाना शुभ फलदायी होता है।

खनन काल के अशुभ शकुन

कण्टकं च तथा सर्प खर्जुरं दद्रमेव च ॥ 124 ॥
वृश्चिकाश्मक-वज्रश्च विवरं लोहमुद्गरम ।
केशाग्ङारक-भस्माश्च चर्मास्थिलवणं तथा ॥ 125 ॥
रुधिरं च तथा मज्जा रसाक्ता ता न शोभना ॥ 130 ॥

कांटो वाले वृक्ष, सर्प, खजूर, दद्र, बिच्छु, पत्थर वज्र छिद्र, लोहदण्ड का मुद्गर, केश, अंगार, भस्म, चर्म, हड्डी, नमक और रक्त, मज्जा का दर्शन एवं ये समस्त पदार्थ जिस भूमि में हों, वह अशुभ भूमि होती है।

3

वास्तु एवम् ज्योतिष

वास्तु एवं ज्योतिष

ज्योतिषशास्त्र और वास्तुशास्त्र एक दूसरे के पूरक हैं। और दोनों में स्वाभाविक और अटूट सम्बन्ध है । ज्योतिष एक वेदांग है और वास्तु को उपवेद की संज्ञा दी गई है। वस्तुतः वास्तु वैदिक ज्योतिष का एक मुख्य भाग है। वास्तु के प्राचीन ग्रंथों में गृह निर्माण संबंधी अन्य शुभ मुहूर्तों का निर्धारण परिवार के मुखिया की जन्मपत्रिका के अनुसार किया जाना विधानसम्मत बताया गया है। जन्म पत्रिका के चतुर्थ भाव से यह निश्चित किया जाता है कि जातक को अपने जीवन में भूमि या भवन का कितना सुख मिलेगा।

ज्योतिष जन्म पत्रिका में दिये गये ग्रहों के बलाबलों के अनुसार मनुष्य पर ग्रहों के होने वाले प्रभावों का एक निश्चित अनुमान प्रदान करता है और गोचर, महादशा और अन्तर्दशा परिणामों के घटित होने के समय का संकेत है। किसी भी भूखण्ड पर बना हुआ भवन पृथ्वी की चुम्बकीय और गुरूत्वाकर्षण शक्तियों से प्रभावित रहता है। इन्हीं शक्तियों का आपस में संतुलन और सामंजस्य बिठाना, विभिन्न दिशाओं से अर्जित हो रही शक्तियों का भरपूर सदुपयोग करना वास्तुशास्त्र का मुख्य ध्येय है।

वास्तु और ज्योतिष एक-दूसरे के पूरक विषय है। और एक-दूसरे पर निर्भर हैं। परन्तु वास्तुशास्त्र ज्योतिषानुसार घटने वाली घटनाओं का निदान नही कर सकता क्योंकि ज्योतिष कर्म के सिद्धान्त पर

आधारित होने के कारण संचित और प्रारब्ध कर्मों को भोगने के लिए बाध्य करता है। यह जरूर है कि वास्तुशास्त्र ज्योतिषि की सीमाओं में रहते हुए मानव को ऐसे आवास का निर्माण करने में सहायता कर सकता है जिससे अधिक से अधिक शांति और शक्ति प्राप्त हो सके। वास्तुशास्त्र का कार्य क्षेत्र पूर्व निर्धारित सीमाओं के अन्तर्गत रहते हुए मानव को सकारात्मक सोच और शक्ति प्रदान करता है।

जन्मकुंडली के चतुर्थ की संभावनाओं का उल्लंघन न करते हुए भी वास्तुशास्त्र भवन में रहने वालों के मानसिक दबावों में कमी और नकारात्मक विचारों को दूर कर आशावाद की तरफ प्रेरित करता है। जिस प्रकार वर्षा होना एक नियति है और उससे बचने के लिए छाता ओढ़ना या न ओढ़ना हमारी अपनी स्वतंत्र इच्छा है उसी प्रकार जन्म पत्रिका के अनुसार होने वाली सम्भावनाओं को देखते हुए वास्तुशास्त्र द्वारा संभावित कठिनाईयों और अवरोंधों को कम करना व्यक्ति की स्वतन्त्र इच्छा के क्षेत्र में आता है।

वास्तु और ज्योतिष दोनों ही ग्रहों की शक्ति और उनके प्रभाव क्षेत्र से संचालित होते हैं। इसलिए किसी भी निर्माण कार्य की प्रक्रिया प्रारम्भ करते समय विभिन्न कार्यों को विशेष मुर्हूतों में करना अत्यन्त आवश्यक माना गया है। मुहूर्त और षड्वर्गों की गणना वास्तु में ज्योतिष के महत्व को रेखांकित करते हैं।

राशि चक्र और दिशाएँ

भारतीय ज्योतिष नव ग्रहों, बारह राशियों और सत्ताईस नक्षत्रों पर आधारित है। यह सभी नक्षत्र और ग्रह हर व्यक्ति पर अपना प्रभाव डालते हैं। सभी राशियों में पंच तत्वों में से किसी न किसी तत्व की प्रधानता रहती है और राशियाँ भी दिशाओं से संबन्धित हैं। भवन की मुख्य दिशा का निर्धारण भवन स्वामी के लग्न या राशि द्वारा संकेतिक दिशा की तरफ होने से व्यक्ति और भवन में एक सांमजस्य उत्पन्न होता है।

नव ग्रह और दिशाएं

सातों मुख्य ग्रह सूर्य, चन्द्र, मंगल, बुध, गुरु, शुक्र, शनि और दो छाया ग्रह राहु केतु अपनी विशेष दिशाओं के स्वामी हैं। इसी प्रकार इन दिशाओं के अधिष्ठ देव भी जोकि चित्र 2.02 में विस्तार से दिए हैं।

व्यक्ति को कौन सी दिशा में रहना शुभ या अशुभ होगा, हमें जन्म पत्रिका में जातक के ग्रहों की स्थिति संकेत देती है। अंकविद्या से भी इन दिशाओं का निर्धारण हो सकता है। ज्योतिष और अंक विद्या का वास्तु के साथ सही तालमेल बिठाकर बढ़िया परिणाम प्राप्त किये जा सकते है।

वास्तु एवं मुहूर्त

किसी भवन का निर्माण आरम्भ करते समय कई प्रक्रियाएँ सामने आती हैं, जैसे नींव का खोदना, पानी के लिए बोरिंग करना, नींव की ईंट रखनी और उसके बाद निर्माण का आरम्भ, सीढ़ियों का आरम्भ, छत का डालना, चौखट का रखना आदि। सभी कार्यों के लिए अलग-अलग मुहूर्तों का चयन करना अत्यन्त आवश्यक है। भवन निर्माण में समय और लागत का सही उपयोग हो। कहा गया है कि आरम्भ शुभ तो अंत भी शुभ। सही मुहूर्त के लिए यदि कुछ दिन रुकना भी पड़ जाये तो श्रेयकर होगा।

गृहारंभ, भूखंड पर भवन निर्माण के लिए उसकी नींव रखना या भवन निर्माण प्रारम्भ करना कहलाता है। भूमि पर फावड़ा लगाने से पहले यानि कि नींव खोदने से पहले यह विद्वान पंडित द्वारा सुनिश्चित करना अत्यन्त आवश्यक है कि क्या भूमि शयन अर्थात सो तो नहीं रही? ऐसी दशा में नींव की खुदाई कदापि भी न करें। विस्तार में वर्णन निम्न हैं-

1 नींव की खुदाई के लिए और भवन निर्माण आरम्भ करने के उत्तरा फाल्गुनी, उत्तराषाढ़ा, उत्तभाद्रपदा, रोहिणी, मृगशिरा,

रेवती, चित्रा अनुराधा, शतभिषा, स्वाति, धनिष्ठता, हस्त और पुष्य नक्षत्र उत्तर माने गये हैं।

वास्तु के कुछ आधुनिक विद्वानों का विचार है कि नींव की खुदाई सदैव उत्तर-पूर्व से ही आरम्भ करें और इस कोण से आरम्भ करके उत्तर-पश्चिम दिशा की ओर बढ़ायें। फिर दक्षिण-पूर्व से दक्षिण-पश्चिम की ओर खुदाई करें।

2 जैसा कि आरम्भ में ही सुझाव दिया है कि जब भूमि शयन कर रही हो कदापि भूमि की खुदाई न करें। सूर्य नक्षत्र से 5, 7, 9, 12, 19 तथा 23वें नक्षत्र में तथा सूर्य संक्रांति से 5, 7, 9, 15, 21, 24वें दिन 'भू-शयन' होता है।

3 जब सूर्य सिंह, कन्या या तुला राशियों में हो तो नींव खुदाई दक्षिण-पूर्व (आग्नेय कोण) से प्रारम्भ करें। जब सूर्य वृश्चिक, धनु या मकर राशि में हो तो खुदाई उत्तर-पूर्व (ईशान कोण) से आरम्भ करें। जब सूर्य कुंभ, मीन या मेष राशियों में हो तो खुदाई वायव्य कोण से आरम्भ करें।

4 गृहारम्भ के लिए वैशाख, श्रावण, मार्गशीर्ष, कार्तिक, माघ एवम् फाल्गुन मास उत्तम है। गृह निर्माण शुक्ल पक्ष में करना चाहिए।

5 **शुभ योग**

(क)रोहिणी, मृगशिरा, श्रवण, अश्लेषा, पूर्वाषाढ़ा, पुष्य, उत्तरफाल्गुनी, उत्तराषाढ़ा और उत्तरभाद्रपदा को गुरुवार के दिन आरब्ध गृह धन-दौलत तथा संतति का पूर्ण सुख प्रदान करता है।

(ख)अश्विनी, रोहिणी, उत्तरफाल्गुनी, चित्रा, हस्त, यदि बुधवार को हो तो उस दिन प्रारम्भ किया गया मकान सुख एवम् पुत्रदायक होता है।

(ग)विशाखा, अश्विनी, चित्रा, धनिष्ठा, शतभिषा, एवम् आर्द्रा नक्षत्र यदि शुक्रवार को हो तो उस दिन गृहारम्भ ध न-धान्यदायक होता है।

6 लग्न विचार-भवन निर्माण का कार्य स्थिर लग्न जैसे वृष, सिंह, वृश्चिक और कुम्भ में आरम्भ करना उत्तम है। द्विस्वभाव लग्नों में भी कार्य आरम्भ किया जा सकता है जैसे मिथुन, कन्या, धनु और मीन। लग्न से छठे और आठवें भाव को छोड़कर शेष भावों में शुभ गृह और 3, 6, 11 में पाप ग्रह हो। दशम भाव में सबल सौम्य गृह और चन्द्रमा 1, 6, 8, 12 में न हो।

7 2, 3, 5, 6, 7, 10, 11, 12, 13 एवम् 15 तिथियाँ शुभ मानी गई है। रिक्त तिथियाँ त्याज्य हैं।

पंचशिला की स्थापना करने से पहले नींव की खुदाई शुभ मुहूर्त में वास्तु पूजन सहित करनी चाहिए। यदि घर में कोई स्त्री गर्भवती है या काई व्यक्ति गंभीर रूप से बीमार हो तो निर्माण कार्य आरम्भ न करें।

जल स्त्रोत की खुदाई

ग्रह नक्षत्रों की शुभ स्थिति से कम खोदनें पर ही आसानी से मीठा पानी मिलने की सम्भावना रहेगी। कुआँ, बोरिंग, जलस्त्रोत के लिए खुदाई, जल स्रोत के लिए बोरिंग करने से पहले भी भूमि का चयन कर लें।

क्षय तिथि, वृद्धि तिथि और कृष्ण त्रयोदशी का बहिष्कार करना चाहिए। मंगलवार, शनिवार और रविवार जल स्रोत खोदने के लिए वर्जित हैं। जल स्रोत की खुदाई के लिए रोहिणी, हस्त, उत्तरा, भरणी, पूर्वषाढ़ा, कृतिका, पूर्वभाद्रपद, मूल अश्लेषा उत्तम नक्षत्र हैं।

शिलान्यास

शिलान्यास किसी भवन निर्माण की नींव रखने को कहते हैं। यह

पूर्वोक्त मुहूर्त में पूजन और अनुष्ठान पूर्वक करना चाहिए। अधिकतर यह सूर्य की राशियों में को ध्यान में रखकर किया जाता है। स्थिर नक्षत्र, शुभ तिथियों, शुभ योगों और स्थिर लग्नों को शुभ समझा गया है। मंगलवार और शनिवार को छोड़कर अन्य वार शुभ हैं।

शिलान्यास मुहूर्त में शुभ तिथियां 1(कृ), 2, 3, 5, 7, 10, 11, 12, 13 (शु)।

शुभवार- सोम, बृहस्पति, बुध, शुक्र, शनि।

शुभनक्षत्र- अश्लेषा, रोहिणी, मृगाशिरा, पुष्य, तीनों उत्तरा, हस्त, श्रवण, रेवता।

भद्रा और अशुभ योगों की भी वर्जना करें। नैसर्गिक शुभ भावों में हो और अशुभ ग्रह तीन तीन, छः एवं ग्यारहवें भाव होने चाहिए।

नवगृह प्रवेश

गृह प्रवेश से पहले विद्वान पण्डित से मुहूर्त निकलवाना अत्यन्त आवश्यक है। निर्माण सम्पन्न होने के पश्चात् परिवारजनों में मकान में जाने की उत्सुकता और एक विशेष उमंग होती है। अतः कार्य पूर्ण होने के बाद यह सबसे महत्वपूर्ण क्षण है।

1 स्थिर लग्न और द्वि स्वभाव लग्न शुभ है। लग्न की राशि जन्म लग्न और जन्म राशि से अष्टम में नही होनी चाहिए। जन्म लग्न का स्वामी, जन्म नक्षत्र का स्वामी और दशा नाथ गृह प्रवेश के समय बलवान होने चाहिए।

2 गृह प्रवेश करने से पूर्व वास्तु पूजन, यज्ञ, हवन तथा जो भी परिवार अनुसार अन्य धार्मिक रीतिरिवाज होते हैं उन्हें शुभ नक्षत्र और मुहूर्त में अवश्य संपन्न करें। तीनों उत्तरा, मृगशिरा, रेवती, चित्रा और मुहूर्त में अवश्य संपन्न करें। तीनों उत्तरा, मृगशिरा, रेवती, चित्रा, अनुराधा, रोहिणी, स्वाति, पुनर्वसु, श्रवणु, धनिष्ठा और शतभिषा नक्षत्र गृह प्रवेश के लिए शुभ माने गये हैं।

3 2, 3, 5, 6, 7, 8, 10, 11, 12, 13, 14, 15 तिथि गृह प्रवेश के लिए शुभ मानी गयी है। मंगलवार और रविवार को छोड़कर अन्य दिन शुभ हैं। भद्रा भी वर्जित है।

4 सूर्य जब उत्तरायण में हो अर्थात मकर राशि से मिथुन पर्यन्त गृह प्रवेश उत्तम है। माघ, फाल्गुन, वैशाख और ज्येष्ठ मास उत्तम है। जब बृहस्पति और शुक्र अस्त हो, ब्रहस्पति सिंह और मकर राशि में और सूर्य मीन राशि में हो तो गृह प्रवेश न करें।

4

वास्तु-नियोजन

चारदीवारी और कम्पाऊंड गेट

आँगन की दीवार की दक्षिणी और पश्चिमी दिशा का निर्माण कार्य तेज गति से करना चाहिए। दक्षिण और पश्चिम की दीवारें अन्य दो दीवारों की अपेक्षा मोटाई में अधिक होनी चाहिए और इन दो दिशाओं की दीवारों की ऊँचाई भी अन्य दो दिशाओं से अधिक होनी चाहिए। आँगन का द्वार पूर्वी या उत्तरी ईशान, दक्षिणी आग्नेय या पश्चिमी वायव्य में भूखण्ड की दिशा के अनुसार सुविधापूर्वक रखा जा सकता है। आंगन का द्वार पूर्वी आग्नेय, पश्चिमी अथवा दक्षिणी नैर्ऋत्य या उत्तरी वायव्य में न रखें। आंगन के द्वार सदैव अन्दर की ओर खुलने चाहिए। द्वार घर को पूरी तरह न ढक ले। आँगन की दीवार परिवार के सदस्यों की सुरक्षा का कवच है अतः ध्यान रहे कि लोहे के नुकीले सरिये या शीशे के टुकडे लगाते समय ऐसी दिशा में न लगें जिससे सुरक्षा की जगह पर वे नकारात्मक शक्तियों का प्रतीक बन जाएं। चारदीवारी का निर्माण चारदीवारी स्थापना के पश्चात करना चाहिए। यह अत्यन्त आवश्यक है कि निर्माण से पूर्व अशुभ विस्तार या कटाव संबंधी दोष को दूर करें और भूखण्ड को वर्गाकर या आयताकार बनाने का प्रयास करें।

नैर्ऋत्य, आग्नेय कोण या दक्षिण और पश्चिम दिशा की टूटी-फूटी चारदीवारी को जल्द से जल्द ठीक करवा लेना चाहिए। खासतौर पर भूखंड की चारदीवारी में दरारें या दीवारों का टूटा-फूटा होना दरिद्रता

और दुर्घटनाओं को निमंत्रण देता है। कम्पाऊंड गेट को हमेशा साफ-सूथरा, रंग रोगन, किया हुआ होना चाहिए, और गेट खोलते हुए आवाज़ नही होनी चाहिए। कम्पाऊंड का गेट भवन के अनुपात में होना चाहिए। बहुत बडे भव्य गेट जोकि भवन के लिए ठीक नहीं है।

वास्तु-नियोजन

आँगन की दीवार का मुख्य उद्देश्य सकारात्मक शक्तियों को घर में ही केन्द्रित करना है। भूखण्ड को चार भागों में बाँटा गया है।

(1) केन्द्रित भाग- ब्रह्म स्थान

(2) दैव स्थान

(3) मनुष्य स्थान

(4) पिशाच स्थान

भारतवर्ष में कई स्थानों पर खुदाई के समय प्राचीन शहर पाए गए। 1921-22 में सिन्धु घाटी में हड़प्पा और मोहनजोदड़ो में उत्खनन और सर्वेक्षण से भारतीय वास्तुकला की प्रचीनता पर किया गया था। वहाँ सड़कों और निर्माण सुनियोजित व्यवस्था के आधार पर किया गया था। वहाँ सड़को और गलियों की विस्तृत योजना है जिनके बीच मकान बनाए गए थे। सड़को के किनारे-किनारे नालियों का भी निर्माण किया गया था। प्रत्येक घर में एक आँगन होता था, जिसके चारों ओर कमरे बने होते थे।

उत्खननों से ज्ञात होता है कि सिन्धु घाटी सभ्यता के शहर एक चतुर्भजाकार ग्रिड पर आधारित थे। सड़कें चौड़ी और सीधी थीं, उत्तर से दक्षिण तथा पूर्व से पश्चिम जाती थी और एक दूसरे को समकोण पर काटती थी। इन सड़को के बीच-बीच में लगभग समानाकार छोटे खण्ड (मोहल्ले) थे।

प्रत्येक मुहल्ले के अन्तर्गत कई मकान थे। यह सब एक परिष्कृत वास्तु सम्मत नगर-निर्माण योजना और वास्तु सम्मत गृह निर्माण योजना की तरफ संकेत करते हैं। जिस प्रकार एक आर्किटेक्ट हमारी सुविधा और जरूरतों के अनुसार नक्शा बनाता है उसी प्रकार प्राचीन काल में

वास्तुशास्त्र के अनुसार वास्तु प्लान या वास्तु मण्डल के अनुसार निर्माण किया जाता था।

आवासीय और व्यावसायिक उपयोग के भवनो में एकाशीतिपद वास्तुमण्डल का प्रयोग किया जाता है। इक्यासी पद वास्तु मण्डल को परमशायिका मण्डल भी कहा जाता है। भवन की भव्यता और उपयोग के अनुसार वास्तुशास्त्रीय ग्रंथों में बत्तीस प्रकार के वास्तु पद मण्डल का विधान है।

परमशयिका मण्डल

परमशायिका मण्डल के अनुसार आयाताकार अथवा वर्गाकार भूखण्ड को कुल इक्यासी बराबर भागों में बाँट दिया जाता है। लम्बाई और चौड़ाई को बराबर बराबर नौ–नौ भागों में बाँट दिया जाता है। इस प्रत्येक भाग को पद कहा गया है।

भूखण्ड की बाह्रय परिधि से लम्बाई या चौड़ाई में से नौ–नौ पद छोड़ दें। यह पिशाच स्थान कहलाता है। मुख्य भवन और चारदीवारी के बीच का यह स्थान खुला छोड़ना चाहिए। इस स्थान पर किसी भी प्रकार के निर्माण का निषेध है। यह क्षेत्र तमोगुण प्रधान क्षेत्र है।

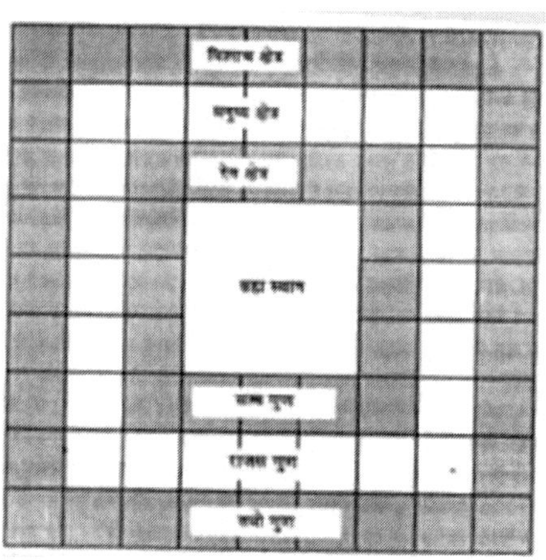

चित्र– ऊर्जा क्षेत्र

ईशान कोण का क्षेत्र अधिक खाली होना चाहिए और मुख्य भवन का निर्माण नैर्ऋत्य में ही होना चाहिए। दूसरा भाग राजसिक भाव का प्रतिनिधित्व करता है जिसमें सोलह पद होते हैं, मुख्य भवन का निर्माण इन पदों में करना शुभ है। बह्मस्थान खुला, निर्मल और पवित्र रखना चाहिए। मध्य स्थान जिसमें नौ पद होते हैं, ब्रह्म स्थान कहलाता है।

ब्रह्म स्थान

बह्म स्थान वास्तुपुरुष की नाभि आसपास का श्रेत्र है। वास्तुपुरुष की नाभि, पेट, गुप्तांग और जांघे ब्रह्मस्थान के क्षेत्र भाग हैं। किसी भी प्रकार के निर्माण कार्य में बह्म स्थान की अत्यन्त महत्वपूर्ण भूमिका है। बृहत्संहिता में इस बात पर विशेष बल दिया गया है कि जो गृह स्वामी खुशहाली चाहता है वह ब्रह्म स्थान को अत्यन्त सुरक्षित रखें। तात्पर्य यह है कि इस स्थान पर गड्ढा, पानी या गन्दगी इकट्ठी नहीं करनी चाहिए। ब्रह्म स्थान के अधिष्टि देवता बह्मा हैं। ब्रह्म स्थान वास्तुपुरुष और भूखण्ड के फेफडे हैं। अतः इस स्थान को खुला रखें। यदि ब्रह्म स्थान किसी भी प्रकार से दबाव में है, गड्ढा है तो भू-स्वामी के मानसिक संतुलन को पगभावित कर सकता है। परिवार के सदस्यों के मानसिक तनाव एवम् दबाव का कारण बन सकता है। ब्रह्म स्थान को भारी वस्तुओं का स्थान न बनने दें। कुआँ, लिफ्ट, पाखाना आदि इस स्थान पर पूर्णतया: वर्जित हैं।

ब्रह्म स्थान में खुला आँगन रखा जा सकता है। छोटे घरों में इस स्थान पर खुला आँगन रखा जा सकता है। छोटे घरों में इस स्थान पर खुला हाल या ड्रईगरूम आदि बनाना शुभ है। मानसार के अनुसार ब्रह्म स्थान पर मंदिर बनाना अत्यन्त शुभ है।

मर्म स्थान

वास्तु के सबसे संवेदनशील स्थान मर्म स्थान कहलाते हैं। वास्तुशास्त्रीय ग्रंथों के अनुसार मर्म स्थान पर दीवार बनाना, कॉलम, बीम, द्वार बनाना, खूँटी और कील आदि गाढ़ना ब्रह्म स्थान में आते हैं।

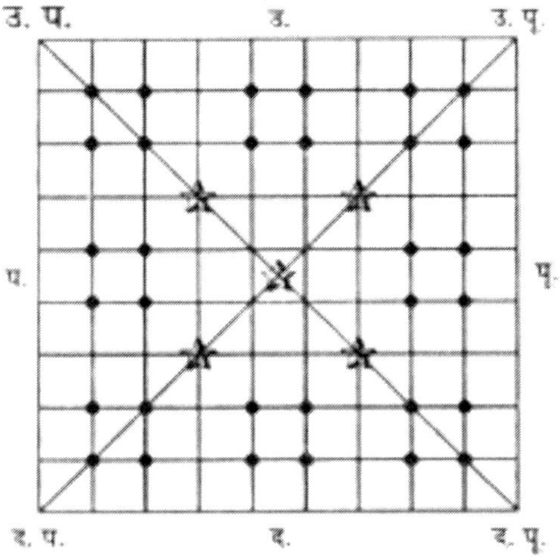

चित्र– मर्म स्थान

नैर्ऋत्य कोण के कोने से ईशान कोण के कोने तक और आग्नेय कोण से वायव्य कोण के कोण तक जो विकर्ण रेखा बनती है, उन्हें कोण सूत्र कहा जाता है। चित्र 5.02 में पाँच तारांकित स्थान महामर्म स्थान हैं और बत्तीस काले बिन्दु मर्म स्थानों के प्रतीक हैं।

निर्माण के साधारण नियम

मर्म स्थान पर निर्माण होने से भूस्वामी को अनेक प्रकार के कष्ट और संताप की संभावना होती है। बृहत्संहिता के अनुसार भवन निर्माण में मर्म स्थानों पर 'चोट' कदापि नहीं होना चाहिए। चोट पहुँच से अभिप्राय है कि इन स्थानों पर कील, खुँटा, स्तम्भ, भारी वस्तु, बीम आदि बनाने से इन मर्म स्थानों पर चोट पहुँचती है।

आँगन के फर्श का स्तर और भवन के फर्श का सड़क या गली के स्तर से सदैव ऊँचा होना चाहिए। वास्तु के अनुसार घर के चारों और आँगन की दीवार अवश्य बनाएँ। उत्तम निवास स्थान प्रायः एक चारदीवारी द्वारा सुरक्षित होते हैं। यह अवश्य ध्यान दें कि जहाँ तक हो सके पूर्वी और उत्तरी दिशा का क्षेत्र पश्चिम और दिशा के अनुपात में अधिक खुला और खाली रहे। ऐसा प्रयत्न करें कि नौकर या चौकीदार

का कमरा, गैराज आदि का निर्माण भवन के ईशान कोण, आग्नेय कोण और वायव्य कोण में चारदीवारी के सहारे न बनाया जाए। भवन निर्माण भूमि के स्तर से कम से कम दो फुट ऊपर होना चाहिए। जल प्रबन्ध न ईशान कोण में होना चाहिए और भवन का निर्माण कार्य अधिक से अधिक नैर्ऋत्य कोण में होना चाहिए। सड़को का पुनः निर्माण होने के कारण समय के साथ-साथ सड़को का स्तर बढ़ता रहता है इसलिए यह पहले से सोचा समझा सुरक्षात्मक कदम है।

मुख्य भवन

यद्यपि स्कूल, कॉलेज, अस्पताल, होटल और अन्य प्रकार के व्यावसायिक संस्थानों का कई खण्डो में निर्माण होना है। निवास के प्रयोजन से बनाए गए भवन प्रायः एक ही खण्ड में निर्मित किए जाते हैं। सुविधा और सुन्दरता हेतु यह खण्ड L, E , U, C और H आदि आकारों में भी बनाए जाते हैं। परन्तु निवास हेतु छोटे मकान प्रायः एक ही खण्ड में निर्मित होने के कारण यह प्रयास करना चाहिए कि उत्तर और पूर्वी दिशा में अधिक से अधिक भू-क्षेत्र खाली रहे और पश्चिम तथा दक्षिण में अधिक से अधिक निर्माण हों। जैसे कि चित्र में दिखाया गया है।

यहाँ यह बताना प्रासंगिक है कि मुख्य भवन को भूखण्ड के नैर्ऋत्य कोण में बनाएँ। प्राचीन वास्तु ग्रंथों में अनेक खण्डों में निर्मित भवन निर्माण के लिए अनेक प्रकार के भवनों की रूप रेखाएँ और उनके प्रभावों का वर्णन किया गया है। परन्तु उन सब का उल्लेख इस पुस्तक की विषयवस्तु से बाहर है।

निर्माण करते समय निम्नलिखित मुख्य बातों को अवश्य ध्यान में रखें-

1 दक्षिण-पश्चिम दिशा में उत्तरों-पूर्व की अपेक्षा ऊँचा निर्माण सब प्रकार से समृद्धि और उत्तम स्वास्थ्य का सूचक है।

2 भवन की दक्षिणी दिशा की ऊँचाई उत्तर दिशा से अधिक होनी चाहिए। ऐसा करने से परिवार के सदस्यों का

स्वास्थ्य उत्तम रहेगा और समृद्धि होगी। यदि उत्तर दिशा दक्षिण से उँची हो तो यह बीमारियों और नुकसान का कारण हो सकता है।

3 बच्चों की सफलता और उन्नति के लिए इस बात का विशेष ध्यान दें कि पश्चिम दिशा से ऊँची हो। यदि पश्चिम दिशा पूर्व से नीची होगी तो बच्चों के संबंध में किसी प्रकार के कष्ट हो सकते हैं।

4 धार्मिक स्थलों, कान्फ्रेंस हॉल, स्मारक तथा अन्य सार्वजनिक स्थलों की ऊँचाई सभी दिशाओं में बराबर रखी जा सकती है।

5 उत्तर और पूर्व की दिशा को खुला और खाली रखा जाना चहिए। दक्षिण और पश्चिम दिशा की अपेक्षाकृत ईशान कोण में कम निर्माण होना चाहिए।

मुख्य प्रवेश द्वार

वास्तुशास्त्रीय प्राचीन सभी ग्रंथों में द्वार की सही स्थिति के विशेष महत्व पर बहुत बल दिया गया है। मुख्य द्वार को शुभ पदों के अन्तर्गत स्थापित किया जाना चाहिए। भवन के मुख्य प्रवेश स्थान को महाद्वार का नाम दिया गया है। मुख्य द्वार पूर्णतया वास्तु सिद्धान्तों के अनुसार स्थापित करने पर अत्यन्त शुभ परिणाम प्राप्त होते है, जैसे उत्तम स्वास्थ्य, समृद्धि और परिवार के सभी सदस्यों का हर्षल्लासमय जीवन।

घर का मुख्य द्वार और मुख्य द्वार का रास्ता सुन्दर और सुसज्जित होना चाहिए। मुख्य द्वार साफ–सुथरा और किसी भी प्रकार के कूड़ा करकट से मुक्त होना चाहिए। मुख्य द्वार भवन की सुन्दरता ही नहीं अपितु गृहस्वामी के स्वभाव और उसके जीवन के प्रति लक्ष्य का द्योतक भी है। दरवाजे की घंटी सदैव ठीक हालत में होनी चाहिए और बेहतर होगा यदि इसकी आवाज़ कर्कश न हो। साफ–सुन्दर मुख्य द्वार और मुख्य द्वार का रास्ता परिवार की सुख–शांति का प्रतीक है।

नाम-पटल साफ और चमकता हुआ होना चाहिए। मुख्य द्वार पूर्ण भवन का परिचायक है अतः मुख्य द्वार का मजबूत, सुन्दर और भव्य होना अत्यावश्यक है। मुख्य द्वार घर के अन्य द्वारों की अपेक्षा बड़ा होना चाहिए।

वरामिहिर के अनुसार जो द्वार स्वतः ही बन्द या खुल जाते हैं, वे अशुभ हैं। अत्यधिक बड़े द्वार परिवार के सदस्यों को एक बौनेपन का एहसास करवाते हैं और निवास स्थानों के लिए अशुभ हैं, यद्यपि सार्वजनिक भवनों, फैक्टरी या बड़े संस्थानों के लिए उत्तम है। द्वार और खिड़कियाँ भवन के अनुरूप होनी चाहिए। भवन के अनुपात में अधिक बड़े और अधिक छोटे दोनों प्रकार के द्वार अशुभ हैं। छोटे द्वार या भिचे हुए (चौड़ाई में कम और ज्यादा लम्बाई लिए दरवाज़े) परिवार के सदस्यों में तनाव उत्पन्न करते हैं।

यदि सभी द्वार ऐसे न बनाए जा सकें तो कम से कम मुख्य द्वार, पूजा कक्ष और गृह स्वामी के शयन कक्ष द्वार अवश्य दो पल्ले वाले हाने चाहिए। प्रयत्न यह होना चाहिए कि द्वार दो पल्ले वाले हों।

मुख्य द्वार के सम्मुख कोई भी वेध नहीं होना चाहिए। वेध, पेड़, कुएँ या मंदिर के रूप में हो सकता है। यदि किसी दूसरे भवन का नुकीला किनारा मुख्य द्वार को चीरता हुआ प्रतीत हो, यह भी वेध है। यदि वेध और मुख्य द्वार में भवन की दूरी से दुगना अन्तर हो तो वेध नही माना जायेगा। मुख्य द्वार की स्थापना सदैव शुभ पद विन्यास में ही होनी चाहिए और इस द्वार का प्रयोग नियमित रूप से करते रहना चाहिए। यदि दिन में कुछ समय के लिए इसे खुला रखा जाये तो घर में सकारात्मक और शुभ शक्तियों का प्रवाह भवन के लिए उत्तम होगा।

एक परिवार ने आग्नेय कोण में स्थापित रसोईघर के द्वार को मुख्य द्वार की जगह प्रयोग में लाना शुरू कर दिया और मुख्य द्वार ज्यादातर बन्द रखना शुरू कर दिया। रसोईघर वास्तु के सिद्धान्त के

अनुसार बने होने के बावजूद भी कष्टकारी सिद्ध होने लगा। वास्तु के अनुसार प्रवेश द्वार का अग्नि से कोई संबंध स्थापित नहीं होना चाहिए। यह प्रगति में बाधक हो सकता है। आग्नेय कोण में द्वार पड़ोसियों से झगड़े और मुकदमेबाज़ी का भी कारण बन सकता है। कई बार देखा गया है कि लोग मुख्य द्वार को बन्द ही रखते हैं और किसी अन्य दिशा के द्वार का प्रयोग निरन्तर करते हैं जो कई बार हानिकारक सिद्ध होता है।

वास्तु नियामानुसार शुभ पदों में स्थापित किया गया मुख्य द्वार परिवार के लिए सुख, समृद्धि एवं खुशहाली प्रदान करता है। यदि द्वार दोषपूर्ण स्थान पर स्थापित कर दिया गया हो तो निवास स्थान दुःख और मुसीबतों का स्थान बन जायेगा।

मुख्य द्वार और निवास स्थान के अन्य द्वारों की स्थापना संबंधी महत्वपूर्ण निर्देशः

1 मुख्य द्वार को भी भूखण्ड के बड़े हुए या कटे हुए भाग में स्थापित न करें।
2 भवन के मध्य में स्थापित द्वार निवास और व्यावसायिक दोनों स्थानों के लिए अशुभ है। समरांगण सूत्रधाार के अनुसार भवन के मध्य में स्थापित द्वार परिवार के नाश का संकेत है। ऐसे द्वार धार्मिक स्थानों के लिए उत्तम हैं।
3 दरवाज़े और खिडकियाँ भवन के अनुपात में होनी चाहिए।
4 मुख्य द्वार भवन के अन्य द्वारों की अपेक्षा बड़ा, सुन्दर और भव्य होना चाहिए। यह सदैव अन्दर की ओर खुलना चाहिए।
5 मुख्य प्रवेश द्वार में दहलीज़ अवश्य होनी चाहिए।
6 द्वार की स्थापना वास्तु अनुसार शुभ पद विन्यास में ही करनी चाहिए।

7 भवन अथवा घर में पूर्व और पशिचम, उत्तम और दक्षिण में द्वार आमने सामने नहीं होने चाहिए।

8 मुख्य द्वार के ठीक सामने किसी सड़क या गली से वेध नहीं होना चाहिए। ऐसी दशा में बेहतर होगा यदि द्वार को मार्ग वेध के एकदम सामने से हटा लिया जाए।

9 मुख्य द्वार को सदैव सुसज्जित रखें। इसे सर्वमंगलकारी तोरण, शुभ चिन्हों जैसे ॐ, कुलदेवता, गजलक्ष्मी, गाय बछड़ा आदि आकृतियो से सजाएँ।

10 मुख्य द्वार मुड़ा हुआ, झुका हुआ अथवा टूटा नहीं होना चाहिए।

11 सार्वजनिक स्थलों, स्मारकों, मन्दिरों, सभागारों में चारों दिशाओं में द्वार स्थापित किए जा सकते हैं।

12 यदि मकान पिछला भाग शुभ दिशा में हो तो पीछे के दरवाज़े को या गली के दरवाज़े को सिर्फ दिशानुसार मुख्य द्वार न बनाएँ। भूखण्ड की मुख्य दिशा की ओर ही उपाय और शुद्धिकरण करके मुख्य द्वार स्थापित करना चाहिए।

13 मुख्य द्वार के सामने कोई वेध नहीं होना चाहिए।

14 मकान के पिछवाड़े का द्वार घर के अन्य द्वारों के अनुपात में कुछ छोटा होना चाहिए।

15 दरवाज़ा खोलते या बन्द करते काई भी दरवाज़ा आवाज न करे। यह अति अशुभ है। दरवाज़े के कब्ज़ों में समय-समय पर तेल लगाते रहें।

16 निवास स्थान में द्वारों की संख्या सदैव सम होनी चाहिए। ध्यान रखे कि द्वारों की संख्या सम तो हो, पर शून्य में न हो, जैसे 10, 20, 30 इत्यादि। ऐसी संख्या द्वारों के लिए अशुभ है।

17 महाद्वार अथवा मुख्य द्वार सदैव वास्तु अनुसार शुभ मुहूर्त में स्थापित करना चाहिए।

18 द्वार की लम्बाई और चौड़ाई एक विशेष अनुपात में होनी चाहिए। लम्बाई और चौड़ाई का सर्वमान्य श्रेष्ठ अनुपात 1:2 है। इन दोनों में 1:3 से अधिक का अनुपात नहीं होना चाहिए। यह सिद्धान्त दुकानों के शटरों पर लागू नहीं होता।

19 मुख्य द्वार के लिए उत्तम और मज़बूत लड़की का प्रयोग करना श्रेयस्कर है ताकि बाद मे द्वार के पल्ले सिकुड़े या झुके नहीं।

20 नये मकान में पुराने दरवाज़े का प्रयोग न करें।

21 मुख्य द्वार सदैव स्वच्छ और साफ रखना चाहिए। समय-समय पर इन्हें पालिश और रंग-रोगन कर अच्छी स्थिति में रखना शुभ होता है।

वास्तु चक्र और मुख्य द्वार की शुभ स्थिति

ईशान कोण से आरम्भ करते हुए अधिष्ठित देवताओं का क्रम शिखि, पर्जन्य, जयंत, इन्द्र, सूर्य आदि है। वास्तुपुरुष के अध्याय में वास्तुपुरुष के विभिन्न अंगों पर स्वामित्व रखने वाले पैंतालिस देवताओं के बारे में जानकारी दी गई है। बाकी क्रम चित्र 5.05 और तालिका 4 के अनुसार है।

81 पदों के इस वास्तु मण्डल को परमशायिका मण्डल से सम्बोधित किया जाता है। भूखण्ड (जैसा कि वास्तु नियोजन अध्याय में चित्र सहित दिया गया है) को 9X9 पदों में विभक्त किया जाता है। यह वास्तु नियोजन निवास स्थानों के लिए उपयुक्त माना गया है। चारों दिशाओं में द्वार की सथापना के लिए विशेष शुभ पद हैं। जिस दिशा में में भवन का द्वार बनाना हो, उस दिशा को बराबर नौ भागों में बांट दें। फिर दाएँ से 5 भाग और बाएँ से 3 भाग छोड़कर शेष एक भाग में मुख्य द्वार बनाएँ। भवन से निकलते समय अपने दाएँ भाग को भवन का दायाँ और अपने बाएँ भाग को भवन का बायाँ भाग मानें।

वास्तुचक्र की चारों दिशाओं के 32 कोष्ठकों के अधिष्ठित के नाम एवम् विभिन्न पदों में द्वार स्थापना के फल तालिका 4 में दिए गए हैं।

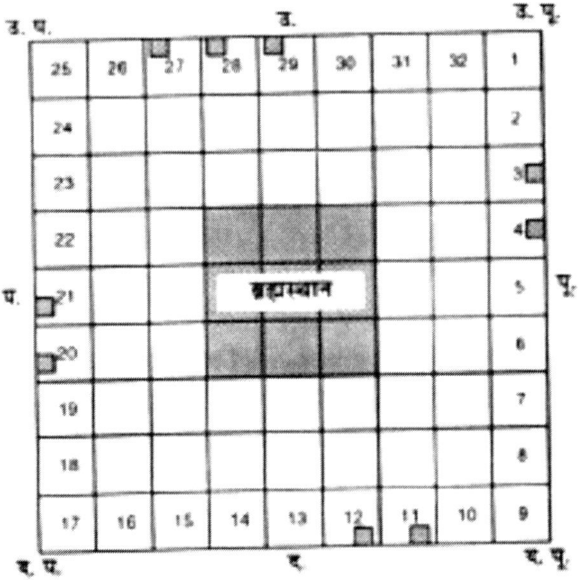

चित्र– वास्तु चक्र और मुख्य द्वार की शुभ स्थितियाँ

तालिका : विभिन्न पदों में मुख्य द्वार की स्थापना का फल

संख्या	*दिशा*	*देवता*	*द्वार स्थापना का फल*
1.	ईशान	ईश	दुर्घटना, अग्निभय
2.	पूर्व	पर्जन्य	स्त्री पीड़ा
3.	पूर्व	जयन्त	धनलाभ
4.	पर्व	इन्द्र/महेन्द्र	धनवान, विजयी
5.	पूर्व	आदित्य/सूर्य	मनस्ताप,तनाव, क्रोध
6.	पूर्व	सत्य	पुत्री कष्ट, झूठ बोलने की आदत

7.	पूर्व	भृश	शत्रुभय
8.	पूर्व	आकाश/अंतरिक्ष	चोरी
9.	आग्नेय	अग्नि/अनिल	अग्निभय, अग्नि, द्वारा दुर्घटना, पुत्र कष्ट
10.	दक्षिण	पूषा	दुर्भाग्य, परिवार कष्ट
11.	दक्षिण	वितथ	कल्याणकारी, शुभ
12.	दक्षिण	गृहत्क्षत/बृहतक्षत	धनी, पुत्र लाभ
13.	दक्षिण	यम	ऋणी, मृत्यु
14.	दक्षिण	गंधर्व	अपमान, अशांति
15.	दक्षिण	भृंगराज	निर्धनता, हानि
16.	दक्षिण	मृग	पुत्र कष्ट, कलह
17.	नैर्ऋत्य	पितृ/निरूति	कानूनी अड़चनें, मुकदमेबाज़ी, पुत्रनाश
18.	पश्चिम	दौवारिक	कर्णरोग
19.	पश्चिम	सुग्रीव	निर्धनता, अर्थसंकट
20.	पश्चिम	पुष्पदंत	धनी, मन:तुष्टि
21.	पश्चिम	वरूण/जलधिप	धनी, आरोग्य, शांति
22.	पश्चिम	असुर	मुकदमेंबाजी, कोर्ट केस, हानि
23.	पश्चिम	शोष	निर्धनता, ऋणी, हानि, अर्थक्षय
24.	पश्चिम	पापयक्ष्मा	दुर्घटना, रोग

25.	वायव्य	रोग	दुर्घटना, रोग, मृत्यु
26.	उत्तर	नाग	मृत्यु, शत्रुवृद्धि, विष द्वारा मृत्यु धनी, सन्तति लाभ
27.	उत्तर	मुख्य	धनवृद्धि
28.	उत्तर	भल्लाट	धनवृद्धि
29.	उत्तर	कुबेर/सोम	धनी, ऐश्वर्य लाभ
30.	उत्तर	शैल	परिजनों का विरोध
31.	उत्तर	दिति	निर्धनता, अशांति, कार्य बाधा

भूखण्ड की दिशाओं को बराबर 9x9 भागों में शुभ पद विन्यासों का चयन दी गई तालिका के अनुसार करें। मुख्य द्वार की स्थापना सड़क या गली की दिशा को ध्यान में रखते हुए शुभ पद विन्यास के अन्तर्गत ही करनी चाहिए। विदिशा भूखण्ड में भूखण्ड की जो दिशा सड़क की ओर हो उसके अनुसार करें। विदिशा भूखण्ड में भूखण्ड की जो दिशा सड़क की ओर हो उसके अनुसार मध्य बिन्दु का निर्धारण कर लें यदि भूखण्ड का झुकाव पूर्व और पश्चिम की दिशा में हो तो उत्तर से दक्षिण की ओर मध्य झुकाव हो तो पूर्व से पश्चिम की ओर मध्य बिन्दु को छूते हुए रेखा खींचे। उस रेखा को बराबर नौ भागों में बाँटकर द्वार की स्थापना शुभ पद में करें।

नैर्ऋत्य कोण के दक्षिण और पश्चिम की ओर, आग्नेय कोण के पूर्व दिशा की ओर तथा वायव्य कोण के उत्तर दिशा की ओर द्वार की स्थापना करना अशुभ है। कुछ आधुनिक वास्तुविदों का मत है कि मुख्य द्वार की स्थापना उत्तरी और पूर्वी ईशान मे की जा सकती है। दक्षिण आग्नेय और पश्चिमी वायव्य में द्वार स्थापना भी शुभ मानी गई है। यह स्थितियाँ इन विद्वानों के अनुसार सकारात्मक और शुभ हैं।

सकारात्मक एवं नकारात्मक ऊर्जा स्थान

सकारात्मक ऊर्जा स्थान

प्रातःकाल सूर्य की पराबैंगनी किरणें हमारे शरीर के लिए अति लाभप्रद हैं और इनका प्रभाव भू-भाग के ईशान कोण से संबंध रखता है। सूर्य की किरणों का अनअवरोधित प्रकाश इन स्थानों पर पड़ने से स्थानों पर शौचालय, सैप्टिक टैंक, गैराज या गोदाम आदि का निर्माण अशुभ फल देते हैं। सूर्य के प्रकाश द्वारा वास्तु के जिन स्थानों पर सकारात्मक ऊर्जा उत्पन्न होती है, उन स्थानों के अधीष्ठित देवता हैं ईश, अग्नि, सूर्य, सोम और ब्रह्मा (कृपया देखिए चित्र 1.03)।

नकारात्मक ऊर्जा स्थान

दोपहर के बाद और सांयकाल के समय सूर्य की हानिकारक रक्ताभ किरणें और प्रकाश यदि वास्तु के उन स्थानों पर पड़े जिनका आधिपत्य यम, पितृ, द्वारपाल, असुर, पाप और रोग करते हैं तो इसके परिणाम हानिकारक और अशुभ होते हैं। सूर्य की इन नकारात्मक किरणों को अवरोध द्वारा रोकना आवश्यक है। पितृ और द्वारपाल के स्थान पर भण्डार गृह का निर्माण करें। बड़े पेड़ उगाएँ। दक्षिणी और पश्चिमी दिशा सदैव भारी और ऊँची रखी जानी चाहिए।

खिड़कियाँ, रोशनदान और बालकनी

घर की दीवारों का करीब 30 प्रतिशत हिस्सा खिड़कियाँ उत्तर और पूर्वी दिशा में स्थापित करनी चाहिए। प्रवेश द्वार की स्थापना का निर्णय करने के बाद खिड़कियों को ऐसी दिशा में स्थापित करें जिससे अधिक से अधिक सकारात्मक शक्तियों का प्रवेश हो। खिड़कियाँ किसी भवन में प्राकृतिक हवा और रोशनी का संचार करती हैं। प्रयत्न रहे कि खिड़कियाँ और बालकनी नकारात्मक ऊर्जा क्षेत्र में स्थापित न की जाएँ। आवासीय और व्यवसायिक दोनों प्रकार के निर्माण में जितना क्षेत्र ईशान कोण की दिशा में खुला रखा जाये उतना ही लाभप्रद है।

इस दिशा से अधिक से अधिक रोशनी और वायु का भवन में आगमन होना शुभ होता है।

दक्षिण और पश्चिम की बालकनी में चिक या पर्दों की व्यवस्था करने से सायंकाल की हानिकारक किरणों से बचाव संभव है। उत्तर और पूर्व दिशा में बालकनी बनाना उत्तम है। दक्षिण और पश्चिम दिशा में सूर्य की रक्ताभ किरणें सांयकाल में हानिकारक प्रभाव छोड़ती हैं। खिड़कियाँ अंदर की ओर खुलनी चाहिए और बेहतर होगा यदि यह खिड़कियाँ दो पल्ले की हों। दोपहर और सांझ के समय दक्षिण और पश्चिम दिशा की खिड़कियाँ बंद रखें। इस दिशा में भारी पर्दे लगायें और उत्तर तथा पूर्व में हल्के पर्दे लगाएँ।

आग्नेय कोण की बालकनी में पानी का भण्डारण न करें। पूर्व और उत्तर की बालकनी सदैव खुली रखें। अगर इसे बंद करना आवश्यक हो तो इसे ग्रिल से बंद करें। उत्तर और पूर्वी दिशा की बालकनी में भारी सामान न रखें।

फर्श का स्तर

बृहत्संहिता भिन्न-भिन्न ऊँचाइयों के फर्शों को पूर्णतया वर्जित मानती है। बृहत्संहिता के अनुसार समृद्धि और सफलता के लिए भवन के फर्शों की ऊँचाई एक स्वरूप अर्थात हर दिशा में समान होनी चाहिए। प्राचीन वास्तु ग्रंथों के अनुसार एक भवन में भिन्न-भिन्न ऊँचाइयों के फर्शों को कभी भी प्रोत्साहन नहीं दिया गया। कुछ आधुनिक वास्तुशास्त्रियों के अनुसार नैर्ऋत्य कोण को शक्तिशाली बनाने के लिए दक्षिण-पश्चिम के कमरे थोड़ी ऊँचाई पर स्थित होने चाहिए। लेकिन ध्यान रहे कि किसी भी हाल में नैर्ऋत्य और आग्नेय कोण की सतह ईशान कोण की अपेक्षा दबी हुई या नीची नहीं होनी चाहिए। उत्तम यही होगा कि सभी कि कमरे एक ही सतह पर हों।

5

गृहारम्भ शुभाशुभ विचार

इस अध्याय में गृहारम्भ सम्बन्धी शुभ कार्यो के लिए शुभ समय का निर्णय करने सम्बन्धी चर्चा 'विश्वकर्मा प्रकाश' के आधार पर करेंगे।

गृहारम्भ शुभाशुभसमय विचार

अथाऽतः सम्प्रक्ष्यामि गृहे कालविनिर्णयम् ।
यथाकालं शुभं ज्ञात्वा तदा भवनमारभेत् ॥ 1 ॥

अब मैं गृहारम्भ करने के लिए कालनिर्णय कहता हूँ। कालानुसार शुभ मुहूर्त को जानकर गृह निर्माण का शुभारम्भ करें।

शुभ नक्षत्र विचार

मृदुध्रुवस्वातिपुष्यधनिष्ठाद्वितये रवौ ।
मूले पुनर्वसौ सौम्यवारे प्रारम्भणं शुभम् ॥ 2 ॥

मृदुसंज्ञक (मृगशिरा, रेवती, चित्रा, अश्विनी), ध्रुव संज्ञक (उफा., उषा., उभा., रोहिणी), स्वाति पुष्य, धनिष्ठा, शतभिषा, हस्त, मूला, पुनर्वसु–इन नक्षत्रों में सूर्य हो और शुभ ग्रह का वार हो तो गृहारम्भ करना शुभ होता है।

शुभ नक्षत्र एवं विधि विचार

आदित्यभौमवर्जं तु वाराः सर्वे शुभावहाः ।
द्वितीया च तृतीया च षष्ठी च पञ्चमी तथा ॥ 3 ॥

सप्तमी दशमी चैव द्वादश्येकादशी तथा ।
त्रयोदशी पंचदशी तिथयः स्युः शुभावहाः ॥ 4 ॥
दारिद्र्यं प्रतिपत्कुयच्चितुर्थी धनहारिणी ।
अष्टम्युच्चाटनं चैव नवमी शस्त्रघातिनी ॥ 5 ॥
दर्शे राजभयं भूते सुतदारविनाशनम् ।
धनिष्ठापंचके चैव नैव कुर्यात् स्तम्भसमुच्छ्रयम् ॥ 6 ॥

रविवार और मंगलवार को छोड़कर शेष सभी वार शुभ होते हैं। इसी प्रकार द्वितीय, तृतीया, षष्ठी, पंचमी, सप्तमी, दशमी, द्वादशी, एकादशी, त्रयोदशी और पूर्णिमा तिथियाँ शुभ होती हैं।

प्रतिपदा तिथि में दरिद्रता, चतुर्थी में धनहानि, अष्टमी में उच्चाटन, नवमी में शस्त्रघात, अमावस्या में राजभय, चतुर्दशी में पुत्र व स्त्री का नाश होता है। अतः गृहारम्भ में प्रतिपादन, चतुर्थी, अष्टमी, नवमी, अमावस्या व चतुर्दशी तिथि को त्याज्य देना चाहिए।

धनिष्ठा से पांच नक्षत्र (धनिष्ठा, शतभिषा, पूर्वाभाद्रपद, उत्तराभाद्रपद, रेवती) अर्थात् पंचक में स्तम्भ का आरम्भ नहीं करना चाहिए।

वास्तुकर्म में त्याज्य शुभाशुभ योग

सूत्रधार-शिलान्यास-प्रकारादि समारभेत् ।
यामित्रं द्विविधं वर्ज्यं वेधोपग्रहकर्त्तरी ॥ 7 ॥
एकार्गलं तथा लत्तायुतिक्रकचसंज्ञकाः ।
पातं तु द्विविधं वर्ज्यं व्यतीपातश्च वैधृति ॥ 8 ॥
कुयोगा वनसंज्ञश्च तथा त्रिस्पृक् खलं दिनम् ।
पापलग्नानि पापांशाः पापवर्गास्तथैव च ॥ 9 ॥
कुलिकं कण्टकं कालं यमघण्टं तथैव च ।
जन्मतृतीय-पश्चांगतारा वर्ज्यानि भानि च ॥ 10 ॥
कुयोगास्तिथिवारोत्थास्तिथिभोत्था भवारजा ।
विवाहादिषु ये वर्ज्यास्ते वर्ज्या वास्तुकर्मणि ॥ 11 ॥

सूत्रधार, शिला का स्थापन और प्राकारादि को आरम्भ कर सकते हैं। दोनों प्रकार के यामित्र, वेध, उपग्रह और कर्त्तरी योग, एकार्गल दोष, लत्ता, युति, क्रकच, दानों पात, व्यतीपात और वैधृति, कुलिक, कंटक, काल, यमघंट, जन्म से तीसरी, पांचवीं और छठी तारा और उसके नक्षत्र, तिथि वार से उत्पन्न कुयोग, तिथि नक्षत्र से उत्पन्न कुयोग, नक्षत्र और वार से उत्पन्न कुयोग विवाहआदि में वर्जित हैं। ये सभी वास्तु धर्म में त्याग देने चाहिए।

वास्तु चक्रम विचार

वास्तुचक्रं प्रवक्ष्यामि यच्च व्यासेन भाषितम् ।
यस्मिनृक्षे स्थितो भानुस्तदादौ त्रीणि मस्तके ॥ 12 ॥
चतुष्कमग्रपादे स्यात्पुनश्चत्वारि पश्चिमे ।
पृष्ठे च त्रीणि ऋक्षाणि दक्षकुक्षौ चतुष्ककम् ।
पुच्छे त्रीणि ऋक्षाणि कुक्षौ चत्वारि वामतः ॥ 13 ॥
मुखे भत्रयमेव स्युरष्टाविंशतितारकाः ।
शिरस्तारान्गिदाहाय गृहोद्वासोग्रपादयोः ॥ 14 ॥
स्थैर्यं स्स्यात्पश्चिमे पादे पृष्ठे चैवं धनागमः ।
कुक्षौ स्याद् दक्षिणे लाभः पुच्छे च स्वामिनाशनम् ॥ 15 ॥
वामकुक्षौ च दारिद्र्यं मुखे पीडा निरन्तनम् ।
पुनर्वसौ नृपादीनां कर्तव्यं सूतिकागृहम् ॥ 16 ॥

जिस वास्तु चक्र को व्यास जी ने कहा था, उसे मैं कह रहा हूँ। जिस नक्षत्र पर सूर्य हो वहाँ से तीन नक्षत्र मस्तक पर, इसके बाद चार नक्षत्र अग्रपाद पर, इसके बाद चार नक्षत्र पिछले पैर पर, इसके बाद तीन नक्षत्र पूंछ पर, इसके बाद चार नक्षत्र बायीं कुक्षि पर, इसके बाद तीन नक्षत्र मुख में स्थापित करें, इस प्रकार 28 नक्षत्र होते हैं।

मस्तक के नक्षत्र में अग्निदाह, अग्रपाद के नक्षत्र में गृह से उद्वास, पिछले पैरों के नक्षत्र में स्थिरता, पीठ के नक्षत्र में धन लाभ पूंछ के

नक्षत्र पर स्वामी नाश, दायीं कुक्षि के नक्षत्र में लाभ, बायीं कुक्षि के नक्षत्र में दरिद्रता और मुख के नक्षत्र मे गृहारम्भ करने पर निरन्तर पीड़ा होती है।

पुनर्वसु नक्षत्र में सूतिका गृह निर्माण करना चाहिए। सरलता के लिए देखें-।

वास्तुचक्रम्

अंग	*नक्षत्र*	*फल*
मस्तक	पहले 3 नक्षत्र	अग्निदाह
अग्रपाद	अगले 4 नक्षत्र	गृह से निकसना
पिछले पैर	अगले 4 नक्षत्र	स्थिरता
पीठ	अगले 3 नक्षत्र	धनलाभ
दायीं कुक्षि	अगले 4 नक्षत्र	लाभ
पूँछ	अगले 3 नक्षत्र	स्वामी नाश
बायीं कुक्षि	अगले 4 नक्षत्र	दरिद्रता
मुख	अगले 3 नक्षत्र	निरन्तर पीड़ा

श्रवणाभिजितोर्मध्ये प्रवेशं तत्र कारयेत् ।
चरलग्ने चरांशं च सर्वथा परिवर्जयेत् ॥ 17॥

श्रवण, अभिजित नक्षत्र के मध्य में सूतिका गृह में प्रवेश करना चाहिए। चरलग्न और चर नवांश में गृहारम्भ नहीं करना चाहिए।

लग्न शुद्धि कैसे करें?

जन्मभाश्चोपचयभे लग्ने वर्गे तथैव च ।
प्रारम्भणं प्रकुर्वीत नैधनं परिवर्जयेत् ॥ 18 ॥
पापैस्त्रिषष्ठायगतैः सौम्यैः केन्द्रत्रिकोणगैः ।
निर्माणं कारयेद्धीमानष्टमस्थैः खलैर्मृतिः ॥ 19 ॥

जन्मराशि से उपचय (1, 6, 10, 11) तथा आठवें लग्न (राशि) को छोड़कर शेष लग्न (राशि) में प्रारम्भ करें। लग्न से 3, 6, 11 वें भाव में पाप ग्रह हों, शुभ ग्रह केन्द्र-त्रिकोण (1, 4, 7, 10, 5, 9) में हों तो गृहारम्भ करें। यदि आठवें पाप ग्रह हो तो मृत्यु होती है।

जलाशय शुभारम्भ कब करें?

मनुष्यलग्ने सैम्यानां दृग्योगे योगतस्तथा ।
कुम्भं विहायान्यतरे लग्ने सौम्यग्रहान्विते ॥ 20 ॥
जलाशयादिषु वास्तूनां प्रारम्भः शुभदः समृतः ॥ 21 ॥

मनुष्य लग्न (1, 3, 5, 7, 9) में शुभग्रहों के दृष्टि योग से उत्पन्न योग में, कुम्भ से भिन्न किसी सौम्य ग्रह से युक्त लग्न में जनाशय आदि वास्तु का आरम्भ करना शुभ होता है?

गृहायु एवं अन्य शुभ योग

गुरुर्लग्ने रविः षष्ठे द्यूने सौम्ये सुखे सिते ।
तृतीयस्थेऽर्कपुत्र च तद्गृहं शतमायुषम् ॥ 22 ॥
भृगुर्लग्नेऽम्गारे सौम्ये लाभस्थाने च भास्करे ।
गुरुः केन्द्रगतो यत्र शतपर्वणि तिष्ठति ॥ 23 ॥
हिबुके ज्ञेऽम्बरे चन्द्रे लाभे च कुजभास्करौ ।
प्रारम्भः कुरुते सस्य अशीत्यायुः क्रमात्भवेत् ॥ 24 ॥
लग्ने भृगौ पुत्रगेऽन्ये षष्ठे भौमे तृतीयगे ।
रवौ यस्य गृहारम्भः स च तिष्ठेच्छतद्वयम् ॥ 25 ॥
लग्नस्थौ गुरुशुक्रौ च रिपुराशिगते कुजे ।
सूर्ये लाभगते यस्य द्विशताब्दानि तिष्ठति ॥ 26 ॥
स्वोच्चस्थो वा भृगुर्लग्ने स्वोच्चे जीवे सुसंस्थिते ।
स्वोच्चे लाभगते मन्दे सहस्त्राणां समा स्थितिः ॥ 27 ॥
स्वोच्चे स्वभवन सौम्यैर्लग्नेस्थैर्वापि केन्द्रगैः ।

प्रारम्भः क्रियते यस्य स तिष्ठति शतद्वयम् ॥ 28 ॥
कर्कलग्नगते चन्द्रे केन्द्रस्थाने च वाक्पतिः ।
मित्रस्वाच्चस्थितैः खेटैर्लक्ष्मीस्तस्य चिरं भवेत् ॥ 29 ॥
इज्योत्तरात्रयाहीन्दुविष्णुधातृजलोडुषु ।
वारूणासहितेष्वेषु कृतं गेहं श्रियायुतम् ॥ 30 ॥
द्विदैवत्वाष्ट्रवारीशरुद्रादतिवसूडूषु ।
शुक्रेण सहितेष्वेषु कृतं धान्यप्रदं गृहम् ॥ 31 ॥
हस्तार्यमत्वाष्ट्रदस्त्रचानुराधोडुभेषु च ।
बुधेन सहितेष्वेषु धनपुत्रसुखप्रदम् ॥ 32 ॥

गृहायु सौ वर्ष

लग्न में गुरु हो, छठे भाव में सूर्य हो, सातवें भाव में बुध हो, शुक्र चौथे भाव में और शनि तीसरे भाव में हो तो गृहारम्भ करने से गृहायु सौ वर्ष होती है

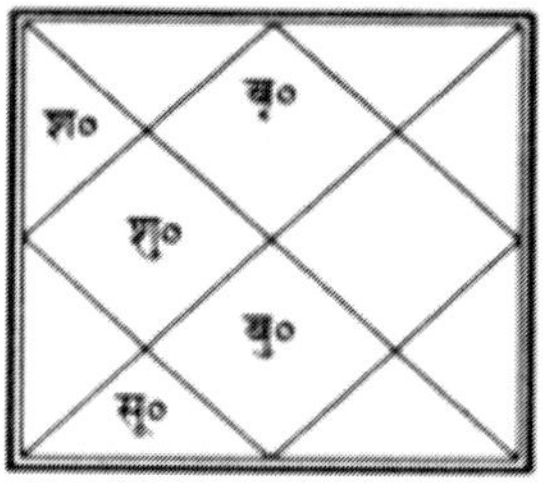

चित्र–इक्यावन

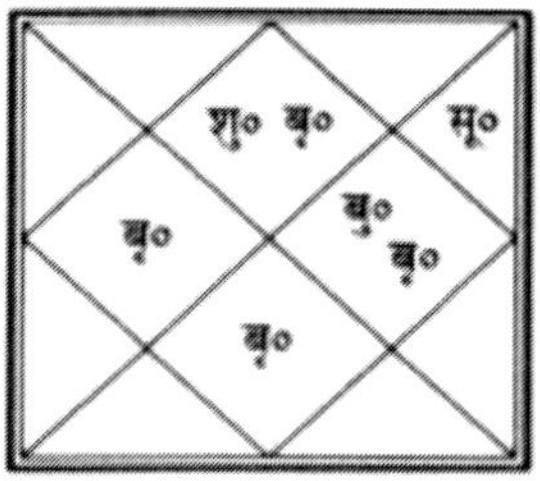

चित्र–बावन

गृहायु सौ वर्ष

लग्न में शुक्र हो, दसवें भाव में बुध हो, ग्यारहवें भाव में सूर्य हो और गुरु केंद्र (1,4,7,10) में हो तो गृह सौ वर्ष तक रहता है (देखें चित्र–52)।

गृहायु अस्सी वर्ष

लग्न से चौथे भाव में गुरु हो, दसवें भाग में चन्द्रमा हो और

ग्यारहवें भाव में मंगल व सूर्य हो तब गृहारम्भ करने से गृहायु अस्सी वर्ष होती है (देखें-चित्र-53)।

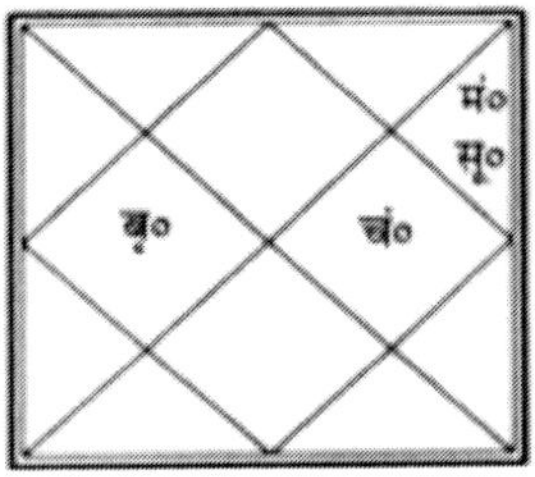

चित्र–तिरेपन

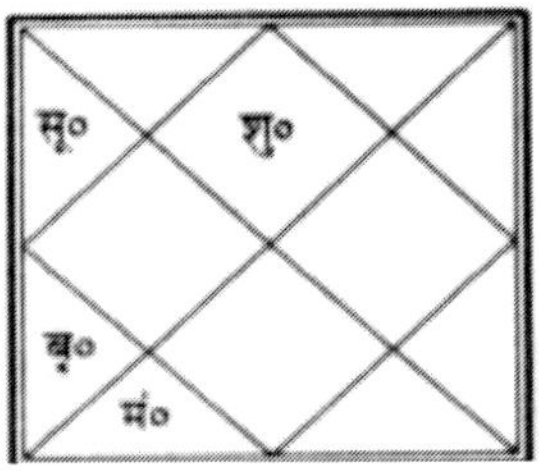

चित्र–चौवन

गृहायु दो सौ वर्ष

लग्न में शुक्र हो, पांचवे भाव में गुरु हो, छठे भाव में हो, तीसरे भाव में सूर्य होने पर गृहारम्भ करने से दो सौ वर्ष तक रहता है (देखें चित्र 54)।

गृहायु दो सौ वर्ष

लग्न में गुरु व शुक्र की युति हो, छठे भाव में मंगल हो और ग्यारहवें भाव में सूर्य हो तो गृहारम्भ करने पर गृह दो सौ वर्ष तक रहता है (देखें चित्र 55)।

गृहायु एक हजार वर्ष

उच्च राशि का शुक्र लग्न में स्थिति हो या उच्च राशि का गुरु चौथे भाव में स्थित हो या उच्च राशि का शनि ग्यारहवें भाव में स्थित हो तो ऐसे लग्न में गृहारम्भ करने से एक हजार वर्ष तक गृह रहता है अर्थात् उसकी आयु इतनी होती है (देखें चित्र 56,57,58)।

उच्च राशि में शुभग्रह लग्न व केन्द्र में स्थिति हो तो ऐसे लग्न में गृहारम्भ करने से गृहायु दौ सौ वर्ष रहती है।

कर्क लग्न में चन्द्रमा हो, केन्द्र में गुरू हो और मित्र या उच्च राशि में गृह स्थिति हो तो गृहारम्भ करने से चिरकाल तक लक्ष्मी रहती है।

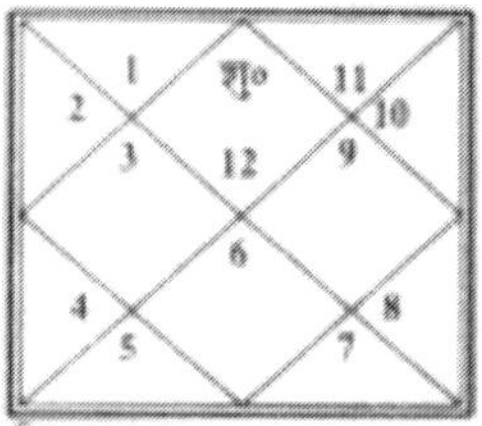

चित्र-छप्पन

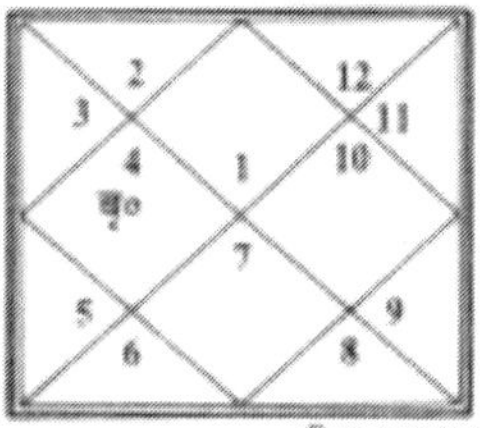

चित्र-सत्तावन

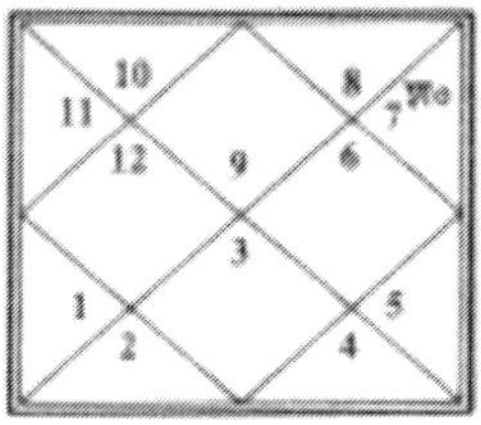

चित्र–छप्पन चित्र–सत्तावन चित्र–अट्ठावन

पुष्य, उत्तरा (ऊर्जा, उषा, उभा), आश्लेषा, मृगशिरा, श्रवण, रोहिणी, पूर्वाषाढ़ा में गृहारम्भ करने से लक्ष्मी से परिपूर्ण गृह रहता है।

विशाखा, चित्रा, शतभिषा, आर्द्रा, पुनर्वसु, धनिष्ठा नक्षत्र में शुक्र हो तो उस समय गृहारम्भ करने से धान्य से परिपूर्ण गृह रहता है।

विशाखा, चित्रा, शतभिषा, आर्द्रा, पुनर्वसु, धनिष्ठा नक्षत्र में शुक्र हो तो उस समय गृहारम्भ करने से धान्य से परिपूर्ण गृह रहता है।

हस्त, ऊर्जा, चित्रा, अश्विनी, अनुराधा, नक्षत्र में बुध हो तो ग्रहारम्भ करने पर धन व पुत्र का सुख प्राप्त होता है।

अशुभ योग

शत्रुक्षेत्रगतैः नीचस्थैर्वा पराजितैः ।
प्रारम्भे यस्य भवने लक्ष्मीस्तस्य विनश्यति ॥ 33 ॥
एकाऽपि परभागस्थो दशमे सप्तमेऽपि वा ।
वर्णाधिपे बलैर्हीने तद्गृहं परहस्तगम् ॥ 34 ॥
पापान्तराले लग्ने न च सौम्ययुतेक्षिते ।
अष्टमस्थेऽर्कपुत्रे च अशीत्यव्दाद् द्विवहन्यते ॥ 35 ॥

मन्दे लग्नगते चैव कुजे सप्तमसंस्थिते ।
शुभैरवीक्षिते पापे शतवर्षाणि हन्यते ॥ 36 ॥
लग्नगे शशिनि क्षीणे मृत्युस्थाने च भूसुते ।
प्रारम्भः क्रियते यस्य शीघ्रं तद्धि विनश्यति ॥ 37 ॥
दशापतौ बलैहीनं वर्णनाथे तथैव च ।
पीडितर्क्षगते सूर्ये न विदध्यात्कदाचन ॥ 38 ॥
पितृमूलेज्यभाग्यार्क-पौष्णभेषु च यत्कृतम् ।
कुजेन सहितेष्वेषु गृहं संदह्यतेऽग्निना ॥ 39 ॥
मूलं च रेवती चैव कृत्तिकाषाढमेव च ।
पूर्वाफाल्गुनिहस्ते च मघा चैव तु सप्मकम् ॥ 40 ॥
एषु भौमेन युक्तेषु वारे तस्यैव वेश्म यत् ।
अग्निना दह्यते कृत्स्नं पुत्रनाशः प्रजायते ॥ 41 ॥
अग्निनक्षत्रगे सूर्ये चन्द्रे च तत्र संस्थिते ।
निर्मितं मन्दिरं नूनमग्निना दह्यतेऽचिरात् ॥ 42 ॥
ज्येष्ठानुराधके चैव भरणीस्वातिपूर्वभे ।
धनिष्ठास्वपि ऋक्षेषु शनिस्तिष्ठेद् दिनेऽस्य च ॥ 43 ॥
कृपणो न मतः प्रोक्तो धनधान्यदिके गृहे ।
पुत्रे जातेऽथ्वा तस्मिन् गृह्यते यक्षराक्षसैः ॥ 44 ॥
प्रासादेष्वेवमेव स्याद् वापीकूपेषु चैव हि ।
तस्ताद् वापि कर्तव्यो गृहाराम्भः शभेप्सिता ॥ 45 ॥

यदि ग्रह शत्रु राशि में हो या नीच राशि में हों या पराजित हो ऐसे समय में गृहारम्भ करने से लक्ष्मी (धन) का नाश होता है।

एक ग्रह शत्रु स्वांश में होकर सप्तम या दशम भाव में हो और वर्ण का स्वामी निर्बल हो तो गृहारम्भ करने से गृह दूसरे के हाथ में चला जाता है। पाप ग्रहों के मध्य में लग्न हो और शुभग्रह से युत या दृष्ट न हो तथा आठवें भाव में शनि हो तो अस्सी वर्ष में गृह नष्ट हो

जाता है। शनि लग्न में हो, मंगल सातवें भाव में हो, शुभग्रह से दृष्ट न हो तो गृहायु सौ वर्ष होती है।

लग्न में क्षीण चन्द्रमा हो और आठवें भाव में मंगल हो तो ऐसे लग्न में जिस गृह का आरम्भ होता है, वह शीघ्र नष्ट हो जाता है।

यदि दशा का स्वामी निर्बल हो, वर्ण का स्वामी भी निर्बल हो, वर्ण का स्वामी भी निर्बल हो तथा सूर्य अनिष्ट (अशुभ) भाव में हो तो गृहारम्भ नहीं करना चाहिए।

मघा मूला, पुष्य, ऊफा, हस्त, रेवती इन नक्षत्रों पर मंगल हो तो गृहारम्भ करने पर गृह में आग लग जाती है।

मूला, रेवती, कृत्तिका, पूर्वाषाढ़ा, पूर्वाफाल्गुनी, हस्त, मघा–इन सात नक्षत्रों में मंगल ग्रह हो और मंगलवार हो तो उस दिन गृहारम्भ करने पर गृह में अग्नि लग जाती है और पुत्रनाश होता है।

सूर्य कृत्तिका नक्षत्र में हो और चन्द्रमा भी उसी नक्षत्र में हो तो ऐसे समय में गृह निर्माण करने से गृह शीघ्र अग्नि में जल जाता है। ज्येष्ठा, अनुराधा, भरणी, स्वाति, पूर्वा (पूभा व फूल) और धनिष्ठा नक्षत्रों में शनि ग्रह हो और शनिवार हो तो ऐसे में गृहारम्भ करने पर गृहास्वामी कृपण, गृह में धन–धान्य होता है और यदि पुत्र की उप्तत्ति हो तो उसे यक्ष–राक्षस ग्रहण कर लेते हैं। इसी प्रकार किला, वाणी, कुआँ, में भी विचार करना चाहिए। वस्तुतः शुभफल चाहने वाले को इन सभी बातों का विचार करके ही गृहारम्भ करना चाहिए।

गृहारम्भ में लग्न राशि व समय विचार

नाशं दिशन्ति मकरालिकूलीरलग्ने
मेषे घटे धनुषि कर्मसु दीर्घमुक्तम् ।
कन्याधने मिथुनगे ध्रुवमर्थलाभं
ज्योतिर्विदः कलशसिंहवृषेषु सिद्धिम् ॥ 46 ॥
मध्याह्ने तु कृतं कर्त्तुर्वित्तविनाशदम् ।
महानिशास्वपि तथा सन्ध्ययोर्नैव कारयेत् ॥ 47 ॥

मकर, वृश्चिक व कर्क लग्न में गृहारम्भ करने से नाश होता है। मेष, तुला व धनु लग्न में गृहारम्भ करने से काम में दीर्घसूत्रता होती है।

कन्या, मीन व मिथुन लग्न में गृहारम्भ करने से धन लाभ और कुंभ, सिंह व वृष लग्न में गृहारम्भ करने से सिद्धि होती है, ऐसा ज्योतिर्विदों ने कहा है। देखें–गृहारम्भ लग्न फल चक्रम्।

गृहारम्भ लग्न फल चक्रम्

लग्न (ग्रहारम्भ)	*फल*
मकर, वृश्चिक, कर्क	नाश
मेष, तुला, धनु	दीर्घसूत्रता
कन्या, मीन, मिथुन	धन लाभ
कुंभ, सिंह, वृष	सिद्धि

मध्याह्न में गृहारम्भ करने से गृहस्वामी को धन नाश एवं अर्धरात्रि में गृहारम्भ करने से भी यही फल (धननाश) होता है। दोंनो संध्यायों में गृहारम्भ नहीं करना चाहिए।

ग्रहों का भाव में शुभाशुभ फल विचार

लग्नेऽर्क वज्रपातः कोशहानिश्च शीतगौ ।
मृत्युर्विश्वम्भरापुत्रे दारिद्र्यं रविनंदने ॥ 48 ॥
जीवे धर्मार्थकामाः स्युः पुत्रोत्पतिश्च भार्गवे ।
चन्द्रजे कुशलावाप्तिर्यावदायुः प्रवर्त्तते ॥ 49 ॥

गृहारम्भ करते समय की कुण्डली के लग्न (प्रथम) भाव में सूर्य हो तो वज्रपात होता है, चन्द्रमा हो तो द्रव्य-हानि है। गुरू हो तो धर्म, अर्थ और काम का लाभ होता है, शुक्र हो तो पुश का जन्म और बुध हो तो आयु पर्यन्त कुशलता रहती है।

द्वितीयस्थे रवौ हानिश्चन्द्रे शत्रुक्षयो भवेत् ।
भूमिजे बंधनं प्रोक्तं नानाविधनानि भानुजे ॥ 50 ॥
बुधे द्रविणसंपत्तिर्गुरौ धर्माभिवर्धनम् ।
यथाकामविनोदेन भृगौ कामं व्रजेत्फलम् ॥ 51 ॥

गृहारम्भ करते समय की कुण्डली के द्वितीय भाव में सूर्य हो तो हानि होती है, चन्द्रमा हो तो शत्रु का नाश होता है, मंगल हो तो बन्ध और शनि हो तो अनेक विघ्न उत्पन्न होते हैं। बुध हो तो अत्यन्त सम्पत्ति प्राप्त हाती है, गुरू हो तो धर्म की वृद्धि होती है और शुक्र हो तो इच्छानुरूप कार्य की सिद्धि होती है।

तृतीयस्थेषु पादेषु सौम्येष्वेव विशेषतः ।
सिद्धिः स्यादचिरादेव यथाभिलषितं प्रति ॥ 52 ॥

तीसरे भाव में पाप ग्रह हो तो विलम्ब से और शुभ ग्रह हों तो शीघ्र इच्छित कार्य की सिद्धि होती है।

चतुर्थस्थानगे जीवे पूजा संपद्यते नृपात् ।
चन्द्रजे चार्थलाभः स्याद् भूमिलाभश्च भार्गवे ॥ 53 ॥
वियोगः सुहृदां भानौ मन्त्रभेदो महीसुते ।
बुद्धिनाशो निशानाथे सर्वनाशोऽर्कनन्दने ॥ 54 ॥

गृहारम्भ करते समय की कुण्डली के चौथे भाव में गुरू हो तो राजा सदृश सम्मान होता है, बुध हो तो धनलाभ होता है, और शुक्र हो तो भुमि लाभ का भेद होता है, चन्द्रमा हो तो बुद्धि का नाश होता है और शनि हो तो सर्वस्व का नाश होता है।

पश्चमे तु सुराचार्य मित्रं वसुधनागमः ।
शुक्रे पुत्रसुखावाप्ती रत्नलाभस्तथेंदुजे ॥ 55 ॥
सुतदुःखसहस्त्रांशौ शशाक्ङे कलहः स्मृतः ।
भौमे कार्यावरोधः स्यात्सौरे बन्धुविमर्दनम् ॥ 56 ॥

गृहारम्भ करते समय की कुण्डली के पांचवें भाव में गुरू हो तो मित्र व धन का लाभ होता है। सूर्य हो तो पुत्र सुख प्राप्त होता है और बुध हो तो रत्नादि का लाभ होता है। सूर्य हो तो सन्तान को कष्ट होता है, चन्द्रमा हो तो कलह होती है, मंगल हो तो कार्य में बाधाऐं आती हैं और शनि हो तो बन्धुओं का नाश होता है।

षष्ठस्थानगते सूर्ये रोगनाशं विनिर्दिशेत् ।
चन्द्रे पूष्टिः कुजे प्राप्तिः सौरे शत्रुवलक्षयः ॥ 57 ॥
गुरौ मंत्रेदयः प्रोक्तो भृगौ विद्यागमो भवेत् ।
सम्यग् ज्ञानार्थकौशल्यं नक्षत्रपतिनंदने ॥ 58 ॥

गृहारम्भ करते समय की कुण्डली के छठे भाव में सूर्य हो तो रोगनाश होता है, चन्द्रमा हो तो पुष्टि होती है, मंगल हो तो लाभ और शनि हो तो शत्रुओं का नाश होता है। गुरु हो तो मन्त्रणा विशेष होती है, शुक्र हो तो विद्या की प्राप्ति होती है और बुध हो तो अच्छे प्रकार ज्ञान व धन का लाभ होता है।

सप्तमस्थानगे जीवे बुधे दैत्सपुरोहितं ।
गजवाजिधरित्रीणां क्रमाल्लाभो विनिर्दिशे ॥ 59 ॥
भास्करे कीर्त्तिभग्ङः स्यात्कुजे विपदमादिशेत् ।
निमग्नौ क्लेश आयासःपतग्ङे व्यङ्गताभयम् ॥ 60 ॥

गृहारम्भ करते समय की कुण्डली के सातवें भाव में गुरू, बुध या शुक्र हो तो हाथी, घोड़े और भूमि का क्रमशः लाभ होता है। सूर्य हो तो कीर्तिनाश, मंगल हो तो विपत्ति, चन्द्रमा हो तो क्लेश व श्रम और शनि हो तो अंगहीन होने का भय रहता है।

नैधने च सहस्त्रांशौ विद्विषोजनितापदः ।
शनिः शीतमयूखे च भौमे सौरे च रुग्भयम् ॥ 61 ॥
बुधे मानधनप्राप्तिर्जीवे च विजयो भवेत् ।
शुक्रे स्वजनभेदः स्यान्मंत्रज्ञस्यायिदेहिनः ॥ 62 ॥

गृहारम्भ करते समय कुण्डली के आठवें भाव में सूर्य हो तो शत्रु भय, चन्द्रमा हो तो हानि, मंगल व शनि हो तो रोगभय रहता है। बुध हो तो प्रतिष्ठा व धन लाभ, गुरु हो तो विजय, शुक्र हो तो परस्पर विग्रह होता है।

वगीशे नवमस्थाने विद्याभोगाभिनन्दनम् ।
बुधे विविधभोगाश्च शुक्रे च विजयो भवेत् ॥ 63 ॥
चन्द्रे धातुक्षयः प्रोक्तो धर्महानिश्च भास्करे ।
कुजे चार्थक्षयं विद्याद्रविजे धर्मदूषणम् ॥ 64 ॥

गृहारम्भ करते समय की कुण्डली के नवम् भाव में गुरु हो तो विद्या, भोग आदि का आनन्द होता है, बुध हो तो अनेक प्रकार के भोग मिलते हैं, और शुक्र हो तो विजय होती है। चन्द्रमा हो तो धातु व क्षय रोग, सूर्य हो तो धर्म की हानि, मंगल हो तो धननाश और शनि हो तो धर्म सम्बन्धी दोष होता है।

दशमस्थानगे शुक्रे श्यनासनसिद्धयः ।
सुराचार्ये महत् सौख्यं विजयं स्त्रीधनं बुधे ॥ 65 ॥

मार्त्तण्डे च सुहृद् बुद्धिश्चन्द्रे शोकविवर्धनम् ।
भौमे रत्नागमःप्रोक्तः कोणे कीर्तिविलोपनम् ॥ 66 ॥

गृहराम्भ करते समय की कुण्डली के दसवें भाव में शुक्र हो तो बुध हो तो विजय, स्त्री व धन का लाभ होता है। सूर्य हो तो मित्रों की वृद्धि करने की इच्छा, चन्द्रमा हो तो शोक-वृद्धि, मंगल हो तो रत्न लाभ और शनि हो तो कीर्ति का नाश होता है।

लाभस्थानेषु सर्वेषु लाभस्थानं विनिर्दिशेत् ।
व्ययस्थानेषु सर्वेषु विनिर्देश्यो व्ययः सदा ॥ 67 ॥

सभी ग्रह लाभ स्थान में लाभ करने वाले और बारहवें भाव में सभी ग्रह व्यय कराने वाले होते हैं।

स्वाच्चे पूर्णफलः प्रोक्तः पादोनं स्वर्क्षगो ग्रहः ।
स्वत्रिकोणऽर्धफलदः पादं मित्रगृहाश्रितः ॥ 68 ॥
समर्क्षे रिपुराशौ च समकष्टफलौ ग्रहो ।
नीचस्थो निष्फलः प्रोक्तो वग्रे सत्फलदः शुभः ॥ 69 ॥

ग्रह उच्च राशि में पूर्ण फल करते हैं, स्वराशि में ग्रह हो तो तीन चौथाई फल, मूल त्रिकोण में अर्धफल और मित्र क्षेत्र में हो तो एक चौथाई फल देता है। सम व शत्रु राशि में सम फल और कष्ट देता है। नीच राशि में ग्रह निष्फल और शुभ वर्ग में ग्रह शुभ फल देता है।

6

द्वार निर्माण विचार

इस अध्याय में वास्तु सम्बन्धी में वास्तु सम्बन्धी सिद्धान्त जोकि द्वार स्थापना के लिए आवश्यक हैं कि चर्चा 'विश्वकर्मा प्रकाश' के आधार पर करेंगे।

अथाऽतः श्रृणु विप्रेन्द्र द्वारलक्षणमुत्तमम् ।
द्वाराणां चैव विन्यासाः पक्षाः पश्चदश स्मृताः ॥ 1 ॥

हे ब्रह्मणों में इन्द्र ! उत्तम द्वार के लक्षणो को सुनो। द्वार के विन्यास में पन्द्रह पक्ष (प्रकाश) कहे हैं।

पहला कक्ष

त्रिषु त्रिषु च मासेषु नभस्यादिषु वै क्रमात् ।
यद् दिङ्मुखो वास्तुनरस्तन्मुखं सदनं शुभम् ॥ 2 ॥
अन्यद् दिङ्मुखगेहं तु दुःखशोकभयप्रदम् ।
तस्मात्तद् दिङ्मुखं द्वारं प्रशस्तं नान्यदिङ्मुखम् ॥ 3 ॥

पहला पक्ष यह है-भाद्रपद मास से तीन-तीन मास पूर्वादि दिशा के क्रम से वास्तु पुरुष का मुख जिस दिशा मे हो उस दिशा का गृह-मुख अर्थात् द्वार बनाना शुभ होता है। स्पष्टतः हेतु अगले पृष्ठ पर देखें- मास-वास्तु पुरुष मुख दिशा चक्रम। अन्य दिशा के मुख वाले

गृह के निर्माण से दु:ख शोक और भय रहता है। अत: उसी दिशा में द्वार रखना शुभ होता है, अन्य दिशा का श्रेष्ठ नहीं होता है।

द्वितीय पक्ष

त्रिषु त्रिषु च राशीनां कन्यादीनां स्थिते रवौ ।
पूर्वादिषु न कर्त्तव्यं द्वारं चचैव यथा क्रमात् ॥ 4 ॥

दूसरा पक्ष यह है-कन्या राशि से प्रारम्भ करके तीन-तीन राशियों पर सूर्य स्थित होने से पूर्वादि दिशाओं में द्वार नहीं करना चहिए। देखें -राशि दिशा द्वार चक्रम।

राशि निषेध द्वार दिशा

राशि	*निषेधद्वार दिशा*
कन्या, तुला, वृश्चिक	पूर्व
धानु, मकर, कुम्भ	दक्षिण
मीन, मेष, वृष	पश्चिम
मिथुन, कर्क, सिंह	उत्तर

मास-वास्तुपुरुष मुख दिशा चक्रम्

मास	*वास्तु पुरुष मुख दिशा*
भाद्रपद, अश्विन, कार्तिक	पूर्व
मार्गशीर्ष, पौष, माघ	दक्षिण
फाल्गुन, चैत्र, वैशाख	पश्चिम
ज्येष्ठ, आषाढ़, श्रावण	उत्तर

तृतीय पक्ष

कर्क-कुम्भगते सूर्ये मुखं स्यात्पूर्वपश्चिमे ।
मेषकीटगते वापि मुखं चोत्तरदक्षिणे ॥ 5 ॥

मुखानि चान्यथा कर्त्तव्याधिशोकभयानि च ।
अन्यराशिगते सूर्ये न विदध्यात्कदाचन ॥ 6 ॥

अब तीसरे पक्ष को बताते हैं-कर्क और कुम्भ राशि के सूर्य में पूर्व-पश्चिम मुख का गृहारम्भ करना चाहिए। मेष और वृश्चिक राशि के सूर्य में उत्तर-दक्षिण मुख (द्वार) बनाता है उसको व्याधि, शोक और भय होता है। अन्य राशियों के सूर्य में द्वार को कदाचित् न बनवाएँ।

चतुर्थ पक्ष

सिंहे तु पश्चिमद्वारं तुलायां चोत्तरं तथा ।
कर्कटे पूर्वदिग्द्वारं द्वारं पश्चिमवर्जितम् ॥ 7 ॥
कर्कटेऽर्के च सिंहस्थे पूर्वद्वारं न शोभनम् ।
तुलायां वृश्चिके चैव द्वारं पश्चिमवर्जितम् ॥ 8 ॥
कर्कटेऽर्के च सिंहस्थे याम्यद्वारं न शोभनम् ।
सूर्ये मकरकुंभस्थे सौम्यद्वारं न निन्दितम् ॥ 9 ॥
नृयुक्-कन्या-धनुर्मीन-संस्थितेर्के न कारयेत् ।
द्वारस्तम्भौ तथा दारु संचयं च विवर्जयेत् ।
माघे सिंहे च दारूणां छेदनं नैव कारयेत् ।
मोहात्कुर्वन्ति ये मूढास्तद्गेहेऽग्निभयं भवेत् ॥ 10 ॥

अब चौथे पक्ष को बताते हैं-सिंह के सूर्य में पश्चिम द्वार को, तुला के सूर्य में उत्तर द्वार को, कर्क के सूर्य में पूर्व द्वार और पश्चिम दिशा द्वार बनाना वर्जित है। कर्क और सिंह के सूर्य में पूर्व का द्वार शुभ नहीं होता है। तुला और वृश्चिक के सूर्य में पश्चिम दिशा को त्याज्य कर अन्य दिशा में द्वार बनवाना चाहिए। कर्क और सिंह के सूर्य में दक्षिण दिशा का द्वार शुभ नहीं होता है। मकर और कुम्भ के सूर्य में उत्तर दिशा का द्वार शुभ नहीं होता है।

चतुर्थ द्वार पक्ष चक्रम

सूर्य राशि	*क्या शुभ क्या अशुभ*
सिंह	पश्चिम द्वार शुभ
तुला	उत्तर द्वार शुभ
कर्क	पूर्व व पश्चिम द्वार अशुभ
कर्क, सिंह	पूर्व व दक्षिण द्वार अशुभ
तुला, वृश्चिक	पश्चिम द्वार अशुभ
मकर, कुंभ	उत्तर द्वार अशुभ
मिथुन, कन्या, धनु, मीन	द्वार निर्माण निषेध
माघ मास और सिंह के सूर्य में	काष्ठ छेदन निषेध, छेदन करने पर अग्नि भय

मिथुन कन्या, धनु, मीन के सूर्य में द्वार नहीं बनवाना चाहिए: द्वार का स्तम्भ और काष्ठ का संग्रह नहीं करना चाहिए।

माघ मास और सिंह के सूर्य में काष्ठ सम्बन्धी कार्य न करवाएँ। मोहवश जो मूर्ख ऐसा करते हैं उनके ग्रह में अग्नि लगने का भय रहता है। सरलता के लिए देखें–चतुर्थ द्वार पक्ष चक्रम्।

पंचम पक्ष

पूर्णादि त्वष्टमी यावत्पूर्वास्यं परिवजयेत् ।
उत्तरास्यं न कुर्वीत नवम्यादि चतुर्दशीम् ॥ 11 ॥

उत्तर त्याज्य दें और नवमी से चतुर्दशी पर्यन्त द्वार को न बनवाएँ अर्थात् त्याज्य दें और नवमी से चतुर्दशी पर्यन्त उत्तर मुख को न बनवाएँ अर्थात् त्याज्य दें।

षष्ठ पक्ष

प्रत्युङ्मुखं ब्राह्मणानां क्षत्रियाणां तथोत्तरे ।
वैश्यानां पूर्वदिग्द्वारं शूद्राणां दक्षिणे शुभम् ॥ 12 ॥

छठा पक्ष कहते हैं-वर्णानुसार ब्राह्मणों को पश्चिम मुख द्वार, क्षत्रियों को उत्तर मुख द्वार, वैश्यों को पूर्व मुख द्वार और शूद्रों को दक्षिण मुख द्वार शुभ होता है। देखें-वर्णानुसार द्वार चक्रम्।

वर्णानुसार द्वार चक्रम्

वर्ण	*शुभ द्वार दिशा*
ब्राह्मण	पश्चिम
क्षत्रिय	उत्तर
वैश्य	पूर्व
शूद्र	दक्षिण

सप्तम पक्ष

कर्कटो वृश्चिको मीनो ब्राह्मणः परिकीर्त्तितः ।
मेषः सिंहो धनुर्धारी राशयः क्षत्रियाः स्मृताः ॥ 13 ॥
वैश्या वृषमृगौ कन्या शूद्रा शेषाः प्रकीर्त्तिताः ।
वर्णक्रमेण पूर्वादिग् दक्षिणे पश्चिमे तथा ॥ 14 ॥
यो यस्य राशेर्मर्त्यस्य तस्य द्वारं ततश्चरेत् ।
दिशि तद् विपरीतं तु कर्त्तुर्नेष्टफलं भवेत् ॥ 15 ॥

अब सातवें पक्ष को कहते हैं-कर्क, वृश्चिक व मीन राशियाँ ब्राह्मण वर्ण की हैं। मेष, सिंह व धनु राशियाँ क्षत्रिय वर्ण की है। वृष कन्या व मकर राशियाँ वैश्य वर्ण की हैं। वर्ण क्रमानुसार पूर्व, दक्षिण, पश्चिंम, उत्तर दिशा में द्वार बनाना चाहिए। सरलता के लिए देखें-राशि द्वार चक्रम्।

जो जिसकी राशि है उसी के अनुसार उसके ग्रह का द्वार होना चाहिए। इसके विपरीत दिशा में द्वार करने से गृहकर्त्ता को अनिष्ट फल होता है।

राशि द्वार चक्रम्

राशि	*वर्ण*	*द्वार दिशा*
मीन, कर्क, वृश्चिक	विप्र	पूर्व
मेष, सिंह, धनु	क्षत्रिय	दक्षिण
वृष, कन्या, मकर	वैश्य	पश्चिम
मिथुन, तुला, कुंभ	शूद्र	उत्तर

अष्टम पक्ष

धनुर्मेषसिंहे यदा राशिनाथ-
स्तदा पूर्वभागे न्यसेद् द्वारमाद्यम् ।
मृगकन्यकागोषु द्वारं च याम्ये
तुलायुग्मकुम्भे तथा पश्चिमास्याम् ॥ 16 ॥
कर्कटे पश्चिमे मीने राशिस्थे चोत्तरे न्यसेत् ।

अब आठवाँ पक्ष कहते हैं–चन्द्रमा धनु, मेष व सिंह राशि का हो तो पूर्व दिशा में द्वार बनाना चाहिए। चन्द्रमा मकर वृष व कन्या राशि में हो तो दक्षिण दिशा में द्वार बनाना चाहिए। कुंभ, मिथुन व तुला राशि का चन्द्रमा हो तो पश्चिम दिशा द्वार बनाना चाहिए। मीन, कर्क व वृश्चिक राशि का चन्द्रमा हो तो उत्तर दिशा में द्वार बनाना चाहिए। देखें–चन्द्र राशि द्वार चक्रम्।

चन्द्र राशि द्वार

चन्द्र राशि	*द्वार दिशा*
धनु, मेष, सिंह	पूर्व
मकर, वृष, कन्या	दक्षिण
कुंभ, मिथुन, तुला	पश्चिम
मीन, कर्क, वृश्चिक	उत्तर

नवम् पक्ष

कृतिकाद्यं सप्तपूर्वे मद्याद्यं सप्त दक्षिणे ॥ 17 ॥
मैत्राद्यं पश्चिमे ज्ञेयं धनिष्ठाद्यं सप्त उत्तरे।
यद्दिग्भसंस्थिते चंद्रे तद्दिग्द्वारं प्रशस्यते ॥ 18 ॥
पृष्ठदक्षिणवामस्थे न विदध्यात्कदाचन ।

अब नौवां पक्ष कहते हैं–कृत्तिका से सात नक्षत्र (कृतिका आश्लेषा तक) पूर्व में, मघा से सात नक्षत्र (मघा से विशाखा तक) दक्षिण में, अनुराधा से सात नक्षत्र (अनुराधा से श्रवण तक) पश्चिम में और धनिष्ठा से सात नक्षत्र (धनिष्ठा से भरणी तक) उत्तर में स्थापित और धनिष्ठा से सात नक्षत्र में चन्द्रमा हो उस दिशा का द्वार करना शुभ होता है। चन्द्रमा के पीछे, दाएँ और बाएँ वाले नक्षत्र की दिशा का द्वार कदापि न बनवाएँ। देखें - चन्द्र नक्षत्र द्वार चक्रम्।

चन्द्र नक्षत्र द्वार चक्रम्

चन्द्र नक्षत्र द्वार दिशा

कृत्तिका, रोहिणी, मृगशिरा, आर्द्रा, पुनर्वसे, पुष्य, आश्लेषा पूर्व मद्या, पूफा, उफा, हस्त, चित्रा, स्वाति, विशाखा दक्षिण अनुराधा, ज्येश्ष्ठा, मूला, पूषा, उषा, अभिजित, श्रवण पश्चिम धनिष्ठा, शतभिषा, पूभा, उभा, रेवती, अश्विनी, भरणी उत्तर।

दशम पक्ष

प्रागादि विन्यसेद् वर्गान्सव्यमार्गेण वै द्विजाः ॥ 19 ॥
सिंहे चोत्तरदिग्द्वारं पश्चिमास्यं विवर्जयेत् ।

अब दसवां पक्ष कहते हैं–हे द्विजों (पूर्वादि दिशाओं में सव्य वाम मार्ग से वर्गों को स्थापित करें)।

टिप्पणी–आठ वर्ग होते हैं–अवर्ग, कवर्ग, चवर्ग, टवर्ग, तवर्ग, पवर्ग यवर्ग, शवर्ग। क्रमशः इनकी दिशाएँ इस प्रकार हैं–पूर्व, आग्नेय, दक्षिण, नैर्ऋत्य, पश्चिम, वायव्य, उत्तर, ईशान। सुविधा के लिए देखें–वर्ग दिशा चक्रम्।

वर्ग दिशा चक्रम्

वर्ग	*वर्ग के वर्ण*	*वर्ग की दिशा*	*वर्गेश*
अवर्ग	अ इ उ ए ऐ ओ औ	पूर्व	गरूड़
कवर्ग	क ख ग घ ड़	आग्नेय	मार्जार
चवर्ग	च छ ज झ ञ	दक्षिण	सिंह
टवर्ग	ट ठ ड ढ ण	नैर्ऋत्य	श्वान
तवर्ग	त थ द धा न	पश्चिम	सर्प
पवर्ग	प ॽ ब भ म	वायव्य	भूषक
यवर्ग	य र ल व	उत्तर	मृग
शवर्ग	श ष स ह	ईशान	मेष

सिंह में उत्तर दिश और पश्चिम दिशा में द्वार न बनाएँ।

एकादेश पक्ष

प्राग्दक्षिणे गजद्वारं वृषे प्राच्यां न चान्यदिक् ॥ 20 ॥
पृष्ठद्वारं न कर्त्तव्यं कोणेष्वेव विशेषतः ।

अब ग्यारहवें पक्ष को कहते हैं – पूर्व और दक्षिण दिशा में मेष के सूर्य में और वृष के सूर्य में पूर्व दिशा में द्वार को बनाएँ, अन्य दिशा में नहीं।

पीछे का द्वार न बनावाएँ और विशेषकर कोणों में तो कदापि न बनवाएँ।

द्वादश पक्ष

त्रिषु त्रिषु च मासेषु मार्गशीर्षादिषु क्रमात् ॥ 21 ॥
पूर्वदक्षिणतो देशपौलस्त्याशां क्रमादगुः ।
द्वारे वह्निभयं प्रोक्तं स्तम्भे वंशविनाशनम् ॥ 22 ॥

मार्गशीर्ष आदि तीन-तीन मासों में क्रम से पूर्व, दक्षिण, पश्चिम और उत्तर दिशा में राहु का वास होता है। उस दिशा में और मास में द्वार बनाने से अग्नि भय होता है। स्तम्भ बनाने से वंशनाश होता है। सरलता के लिए देखें-मास दिशा द्वार चक्रम्।

मास दिशा द्वार चक्रम्

मास	*राहु वास की दिशा*	*द्वार निर्माण*
मार्गशीर्ष, पौष, माघ	पूर्व	वर्जित
फाल्गुन, चैत्र, वैशाख	दक्षिण	वर्जित
ज्येष्ठ, आषाढ़, श्रावण	पश्चिम	विर्जित
भाद्रपद, आश्विन, कार्तिक	उत्तर	वर्जित

त्रयोदश पक्ष

रक्षः कुवेराग्निजले च याम्ये वायव्यकाष्ठासु च भानुवारात् ।
वशेत्तमः चाष्टसु दिक्षु चक्रे मुखे विवर्ग्यो गमने गृहे च ॥ 23 ॥

अब तेरहवाँ पक्ष कहते हैं-रविवार आदि वारों में क्रम से नैर्ऋत्य, उत्तर, आग्नेय, पश्चिम, ईशान, दक्षिण, वायव्य, पूर्व दिशाओं में राहु का वास होता है। यात्रा व गृहारम्भ में राहु की दिशा वर्जित है।

चतुर्दश पक्ष

ध्रुवस्त्याद्यं ग्रहं प्रोक्तं सर्वद्वारविवर्जितम् ।

धान्ये पूर्वदिशद्वारं दक्षिणे जयसंज्ञकम् ॥ 24 ॥
प्राग्दक्षिणे नन्दगृहे पश्चिमे खरमेव च ।
प्राक्पश्चिमे तथा कान्ते प्रत्सग्याम्ये मनोरमे ॥ 25 ॥
सुवक्त्रे चोत्तरे वर्ज्यं दुर्मुखे चोत्तरे तथा ।
प्रागुत्तरे क्रूरसंज्ञे विपदो दक्षिणे तथा ॥ 36 ॥
धनदे पश्चिमे वर्ज्यं क्षयं चोत्तरपश्चिमे ।
आक्रंदे दक्षिणं त्याज्यं विपुले पूर्वमेव च ॥ 27 ॥
विजयाख्यं चतुर्द्वारमलिन्दैः सर्वतो युतम् ।
राज्ञां सिद्धिकरं प्रोक्तं सर्वतो भद्रसंज्ञकम् ॥ 28 ॥

अब चौदहवें पक्ष को कहते हैं-पहला गृह ध्रुव कहा गया है जिसमें किसी दिशा में द्वार नहीं होता है। दूसरा गृह धान्य नाम का है। जिसमें पूर्व-पश्चिम दिशा में द्वार होता है। तीसरा गृह धान्य नाम का है। जिसमें दक्षिण दिशा में द्वार होता है। चौथा गृह जय नाम का है जिसमें दक्षिण दिशा में द्वार होता है।

पांचवा गृह खर नाम का है जिसमें पश्चिम दिशा में द्वार होता है। छठा गृह कान्त नाम का है जिसमें पूर्व-पश्चिम दिशा में द्वार होता है। सातवां गृह मनोरम नाम का है। जिसमें पूर्व, दक्षिण, पश्चिम द्वार होता है।

आठवाँ गृह सुमुख नाम का है जिसमें पूर्व, दक्षिण, पश्चिम द्वार होता है। नौवाँ गृह सुमुख नाम का है जिसमें उत्तर द्वार, दसवाँ गृह क्रूर नाम का है जिसमें पूर्व, उत्तर द्वार, ग्यारहवाँ गृह विपद नाम का है जिसमें दक्षिण द्वार, बारहवाँ गृह धनद नाम का है जिसमें पश्चिम द्वार, तेरहवां गृह क्षय नाम का है जिसमें उत्तर-पश्चिम द्वार, चौदहवाँ गृह आक्रन्द नाम का है जिसमें दक्षिण को छोड़कर अन्य दिशाओं में द्वार, पन्द्रहवाँ गृह विपुल नाम का है जिसमें पूर्व द्वार और सोलहवाँ गृह विजय नाम का जिसमें चारों दिशाओं में द्वार होता है और अलिन्द होता है यह राजाओं को शुभ और सिद्धिप्रद सर्वतोभद नाम का होता है।

पंचदश पक्ष

द्वारचक्रं प्रवक्ष्यामि यदुक्तं ब्रह्मणा पुरा ।
सूर्यभाद् भचतुष्कं तु शिरस्योपरि विन्यसेत् ॥ 29 ॥
द्वे द्वे कोणे प्रदातव्यं शाखायुग्मे तथा द्वयम् ।
अधश्च त्रीणि देयानि वेदा मध्ये प्रतिष्ठिताः ॥ 30 ॥
राज्यं स्यादूर्ध्वनक्षत्रे कोणेषूद्वासनं भवेत् ।
शाखायं लभते लक्ष्मी ध्वजे चैव मृतिर्भवेत् ॥ 31 ॥
मध्यस्थेषु भवेत्सौख्यं चिन्तनीयं सदा बुधैः ।
अश्विनी चोत्तराहस्तविष्टाश्रुतिमृगाः शुभाः ।
स्वातौ पुष्ये च रोहिण्यां द्वारशखावरोपणे ॥ 32 ॥

अब पन्द्रहवें पक्ष का कहते हैं-अब मैं द्वार चक्र को कहता हूँ जिसे ब्रह्मा जी ने सर्वप्रथम कहा है। सूर्य नक्षत्र से चार नक्षत्र द्वार के ऊपर पर रखना, इसके बाद दो-दो नक्षत्र शाखाओं में रखना, इसके बाद तीन नक्षत्र द्वार की दीला में कल्पना करना और बाद में चार नक्षत्र द्वार के मध्य में कल्पना करना। मस्तक के नक्षत्र में द्वार निर्माण से राज्यसुख, कोणों के नक्षत्र में द्वार निर्माण से उच्चाटन शाखा के नक्षत्रों में द्वार निर्माण से लक्ष्मी प्राप्ती, देहली के नक्षत्र में द्वार निर्माण से सर्वदा सुख होता है। सरलता के लिए देखें-नक्षत्र द्वार चक्रम् एवम् चित्र 63-द्वार चक्रम्।

यह चक्र बुद्धिमानों के लिए सदा विचारने योग्य है।

द्वार अंग	*मस्तक कोण शाखा देहली मध्य*
सूर्य नक्षत्र से	चार नक्षत्र अगले आठ नक्षत्र
अगले आठ नक्षत्र	अगले तीन नक्षत्र अगले चार नक्षत्र
फल राज्य सुख	उच्चाटन (उजाड़) लक्ष्मी प्राप्ति मृत्यु
सर्वदा सुख	

द्वार चक्रम्

अश्विनी, तीनों उत्तरा (ऊफा, उषा, उभा) हस्त, पुष्य, श्रवण, मृगशिरा-ये नक्षत्र शुभ हैं। स्वाति, रेवती व रोहणी नक्षत्र में द्वार शाखा का रोपण करना अर्थात् चौखट चढ़ाना शुभ है।

तिथि व अन्य शुभाशुभ विचार

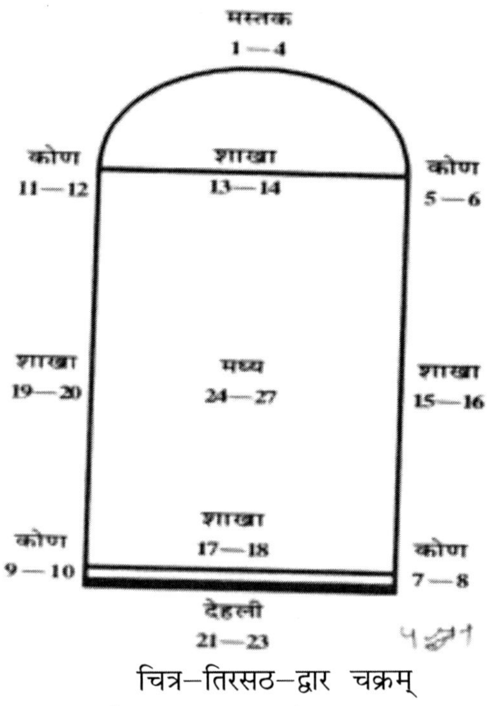

चित्र–तिरसठ–द्वार चक्रम्

पश्चमी धनदा चैव मुनिनन्दावसौ शुभम् ।
प्रतिपत्सु न कर्त्तव्यं कृते दुःखमवाप्नुयात् ॥ 33 ॥
तृतीया रोगदा ज्ञेया चतुर्थी भग्ङ्कारिणी ।
कुलक्षयं तथा षष्ठी दशमी धननाशिनी ॥ 34 ॥
विरोधकृत्वमावास्या नास्यां शाखावरोपणम् ।
केन्द्रत्रिकोणेषु शुभैः पापैस्त्र्यारिगैस्तथा ॥ 35 ॥

द्यूनाम्बरे शुद्धियुते द्वारशाखवरोपणम् ।
शुभं स्याच्छुभवारे च पश्चकेन त्रिपुष्करे ।
द्वितीयायां द्रव्यहानि पशुपुत्रविनाशनम् ॥ 36 ॥
प्रणम्य वास्तुपुरुषं दिक्पालं क्षेत्रनायकम् ।
द्वारशाखारोपणं च कर्त्तव्यं तदनन्तरम् ।
शुभं निरीक्ष्य शकुनमन्यथा परिवर्जयेत् ॥ 37 ॥

पंचमी तिथि में धन लाभ, सप्तमी, नवमी और अष्टमी भी शुभ होती है। प्रतिपदा में द्वार स्थापना करने से दु:ख होता है। तृतीय में रोगोत्पत्ति, चतुर्थी भंग करती है। षष्ठी कुल का नाश करती है और दशमी धन का नाश करती है। अमावस्या विरोध को करती है, अत: द्वार की स्थापना न करें। सरलता के लिए देखें–द्वार शुभाशुभ विधि फल चक्रम्।

द्वार शुभाशुभ तिथि फल चक्रम्

तिथि	*फल*	*तिथि*	*फल*
प्रतिपदा	दु:ख	अष्टमी	शुभ
द्वितीया	द्रव्य	हानि व पशुनाश	नवमी शुभ
तृतीया	रोगोत्पत्ति	दशमी	धन नाश
चतुर्थी	भंग	अमावस्या	विरोध
पंचमी	धनलाभ	–	–
षष्ठी	कुलनाश	–	–
सप्तमी	शुभ	–	–

लग्न से केन्द्र में शुभ ग्रह हों और पाप ग्रह 3, 6, 11वें भाव में हों, 7, 10वाँ भाव शुद्ध हो तो ऐसे लग्न में द्वार स्थापित करें। पंचक (धनिष्ठा से रेवती पर्यन्त पाँच नक्षत्र), त्रिपुष्कर योग में, कृत्तिका नक्षत्र

में, सोमवार के दिन द्वार शाखा का रोपण न करें। द्वितीया तिथि में द्रव्य की हानि और पशुओं का नाश होता है।

द्वार स्थापना कैसे करें ?

वास्तु पुरुष, दिक्पाल और क्षेत्रपाल को प्रणाम करके द्वार शाखा की स्थापना करें और शुभ शकुन विचार करके ही स्थापित करें, अन्यया (अपशकुनों में) द्वार स्थापना न करें।

नक्षत्र से द्वार स्थापना कैसे करें ?

कुड्यं भित्वा न कुर्वीत द्वारं तत्र सुखेप्सुभिः ।
कृत्तिकाः भगमैत्रं तु विशाखा च पुनर्वसुः ॥ 38 ॥
तिष्यं हस्तं तथार्द्रा च क्रमात्पूर्वेषु विन्यसेत् ।
मैत्रं विशाखा पौष्णं च वैयक्तैर्यमदैवतम् ॥ 39 ॥
वैश्वदेवाश्विनीचित्राः क्रमाद्दक्षिणमास्थिताः ।
पित्र्यं प्रोष्ठपदार्यम्णां तथा यांसान्न देवतम् ॥ 40 ॥
वारुणाश्विनसावित्र्यं क्रमात्पश्चिमसंस्थितम् ।
स्वात्याश्लेषाभिजित्सौम्यं धनिष्ठा वैष्णवं तथा ॥ 41 ॥
याम्यं ब्राह्मं क्रमात्सौम्यं द्वारेषु च विनिर्दिशेत् ।
द्वार्क्षैस्तद्दिशाद्वरं स्थापसेद्वा विचक्षणः ॥ 42 ॥
स्तम्भाद्यारोपणं शस्तं तथैव विधिना बुधैः ।
अधोमुखैश्च नक्षत्रैर्देलीखातमेव च ॥ 43 ॥
तिर्यङ्मुखर्क्षे स्तमद्वारावरोपणम् ।

सुख के अभिलाषी मनुष्य को कुडय का भेदन करके द्वार नहीं बनवाना चाहिए।

कृत्तिका, उफा, अनुराधा, विशाखा, पुर्नवसे, पुष्य, हस्त, आर्द्रा–इन नक्षत्रों को पूर्व दिशा में स्थापित करें।

अनुराधा, विशाखा, रेवती, मूला, भरणी, उत्तराषाढ़ा, अश्विनी, चित्रा–इन नक्षत्रों को दक्षिण दिशा में कल्पित करें।

मघा, पूभा, उफा, मूला, शतभिषा, अश्विनी, हस्त–इन नक्षत्रों को पश्चिम दिशा में कल्पित करें।

स्वाति, आश्लेषा, अभिजित, मृगशिरा, श्रवण, धनिष्ठा, भरणी, रोहिणी–इन नक्षत्रों को उत्तर दिशा में कल्पित करो। देखें–नक्षत्र दिशा चक्रम्।

नक्षत्र दिशा चक्रम्

नक्षत्र	*दिशा*
कृत्तिका, पूफा, अनुराधा, विशाखा, पुर्नवसु, पुष्य, हस्त, आर्द्रा	पूर्व
अनुराधा, विशाखा, रेवती, मूला, भरणी, उषा, अश्विनी, चित्रा	दक्षिण
मघा, पूफा, उफा, मूला, शतभिषा, अश्विनी, हस्त	पश्चिम
स्वाति, आश्लेषा, अभिजित, मृगशिरा, श्रवण, धनिष्ठा, भरणी, रोहणी	उत्तर

जिस दिशा में द्वार हो उस दिशा के नक्षत्र में उसे स्थापित करना चाहिए। इसी प्रकार स्तम्भादि का रोपण उसी विधान से करना चाहिए। अधोमुख नक्षत्रों (आश्लेषा, विशाखा, मूला, कृतिका, पूफा, भरणी व मघा) में देहली और खात करना चाहिए।

स्तम्भ स्थापना कैसे करे ?

प्रासादेषु च हर्म्येषु गृहेष्वन्येषु सर्वदा ॥ 44 ॥
आग्नेय्यां प्रथमं स्तम्भं स्थापयेत्तद्धिधानतः ।
स्तम्भोपरि यदा पश्येत्काकगृध्रादिपक्षिणः ॥ 45 ॥

दुर्निमित्तानि संवीक्ष्य तदा कर्त्तुर्न शोभनम् ।
तस्मात्स्तम्भोपरि छत्रं शाखां फलवती तु वा ॥ 46 ॥
धारयेदथवा वस्त्रं बुधो रत्नादि निःक्षिपेत्।
दिक्साधनं च कर्त्तव्यं शिलाद्वारावरोपणम् ॥ 47 ॥
स्तम्भे च वास्तुविन्यासे तथा च गृहकर्मणि ।
प्रासादे वा तथा यज्ञे मण्डपे बलिर्मसु ॥ 48 ॥

प्रासाद, गृह तथा अन्य ग्रहों में सर्वदा विधि-विधान से आग्नेय कोण में पहले स्तम्भ की स्थापना करनी चाहिए। यदि स्तम्भ के ऊपर कौआ, गिद्ध आदि पक्षी दृष्टिगोचर हो तो इसे अपशकुन समझना चाहिए जोकि कर्त्ता के लिए शुभ नहीं होता है।

अतः स्तम्भ के ऊपर छतरी या फलदार पेड़ की शाखा फल सहित या वस्त्र आदि से ढक देना चाहिए। स्मम्भ के नीचे रत्न आदि छोड़ देना चाहिए।

दिशा का साधन करके ही शिलान्यास और द्वार-स्थापना करनी चाहिए। स्तम्भ-स्थापना, वास्तु-न्यास, बलि कर्म मे दिशा का साधन अवश्य कर लेना चाहिए।

दिक (दिशा) साधन कैसे करें ?

कृत्तिकोदयतः प्राची प्राची स्याच्छ्रवणोदये ।
चित्रास्वात्यंतरे प्राची दिनप्राची रवेः स्थिता ॥ 49 ॥
यदि वा श्रवणं पुष्यं चित्रावात्योर्यदन्तरम् ।
एतत्प्राची दिशारूपं दण्डमात्रोदिते रवौ ॥ 50 ॥
द्वादशाग्ङुलमानेन शंकुना वा प्रकल्पयेत् ।
शिलातलेऽम्बुसंशुद्धे सुलिप्ते समताग्ङुले ॥ 51 ॥
इष्टशंकुप्रमाणेन सममण्डलमालिखेत् ।
तन्मध्ये स्थापसेच्छङ्कु वृत्तं कृत्वा द्विरेखिकम् ॥ 52 ॥

तत्र चिह्नं च तन्मानं मानयो यदनन्तरम् ।
तेनातुमानेन विषुवद्दिवसान्तं च साधयेत् ॥ 53 ॥
यावन्तो व्यवद्धियन्ते तावदूत्ते विनिक्षिपेत् ।
शोधयेद्योजयेद्वापि दखिणोत्तरयोर्द्वयोः ॥ 54 ॥
क्रान्त्योर्यदवशिष्येत तत्प्राची समुदाहृता ॥ 55 ॥
ईशानमादितः पूर्वे आग्नेयाद् दक्षिणे स्थिताः ।
नैर्ऋत्यात्पश्चिमे ज्ञैया वायवयात्सौम्यदिक् स्थिताः ॥ 56 ॥

कृत्तिका का या श्रवण नक्षत्र के उद्‌य से पूर्व दिशा का निश्चय करना चाहिए अथवा चित्रा व स्वाति के अन्तर से पूर्व दिशा या सूर्योदय से पूर्व दिशा का निश्चय करना चाहिए। अन्य श्रवण, पुष्य, चित्रा, स्वाति का जो अन्तर है वह प्राची दिशा का रूप है, जब दण्ड मात्र सूर्य का उद्‌य हो चुका हो। द्वादश अंगुल के मान से ओर शंकु से कल्पना करें।

शिला का तल भली-भांति शुद्ध हो और समतल हो। इष्ट शंकु के प्रमाण से वृत्त बनाकर उसके मध्य में वृत्त छाया प्रवेश और छाया निर्गम के स्थान में चिह्न करें। दूसरे दिन भी उसी प्रकार शंकु को रखें।

पुनः छाया प्रवेश और निर्गम बिन्दु पर चिह्न कर दोनों का अन्तर के अनुमान से विषुवद् दिन का साधन करें। जितना अन्तर आए उतना वृत्त मे छोड़ दें, घटा या जोड़ दें।

क्रान्ति के अनुसार दक्षिणोत्तर क्रम से घटाने या जोड़ने से जो बिन्दु आए वही पूर्व दिशा होती है। ईशान कोण से आरम्भ करके आग्नेय कोण तक पूर्व दिशा होती है। आग्नेय कोण से नैर्ऋत्य कोण से वायव्य कोण तक दक्षिण दिशा होती है और वायव्य कोण से ईशान कोण तक उत्तर दिशा होती है। देखें चित्र-चौंसठ- दिशा चक्र।

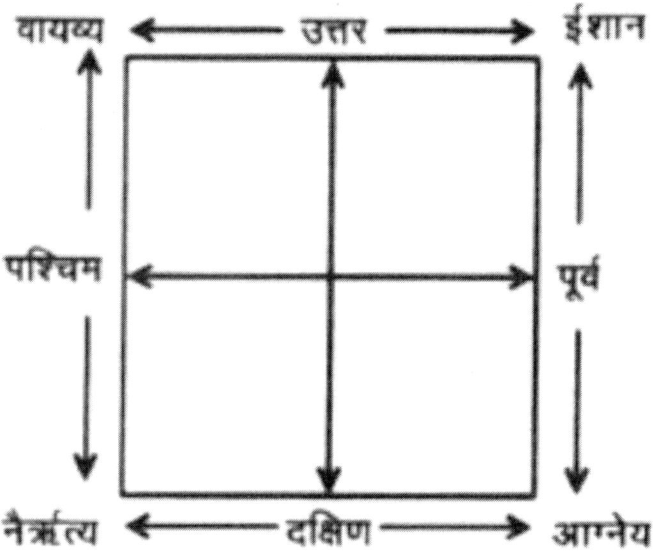

चित्र–चौंसठ–दिशा चक्र

टिप्पणी-आज के वैज्ञानिक युग में सामान्य जन के लिए दिक् साधन का यह प्रकार जटिल है और व्यवहारिक भी नहीं हैं। दिशा साधन के लिए कुतुबनुमा का प्रयोग करना चाहिए। कुतुबनुमा बाजार में 10 से 150 रुपए तक मिल जाती है। इससे दिशा का साधन करना सरल है।

द्वार फल विचार

पूर्वादिक्रमयोगेन हुताशेऽग्निभयं भवेत् ।
पर्जन्ये प्रचारानार्य्यो जापनो बहुबित्तदा ॥ 57 ॥
माहेन्द्रे नृपवात्सल्यं सूर्येऽतिक्रोधता भवेत् ।
सत्येऽनृतत्वं विज्ञेयं कूटत्वं च भृशे भवेत् ॥ 58 ॥
अन्तरिक्षे च विज्ञेयो नित्यं चोरसमागमः ।
यमाशे स्यात्पुत्रनाशो वायव्ये प्रेष्यमेव च ॥ 59 ॥
नीचत्वं वितथे ज्ञेयं गृहे तिष्ठति सन्ततिः ।

शूद्रकर्मा भवेत्पूष्णे नैर्ऋत्ये कर्तृनाशनम् ॥ 60 ॥
पश्चिमे पित्र्ये स्वल्पायुरधनं दौवारिके महद्भयम् ।
अधनं भृग्ङराजाख्ये मृगे पुत्रविनाशनम् ।
पश्चिमे पित्र्ये स्वल्पायुरधनं च महद् भयम् ॥ 61 ॥
सुग्रीवे पुत्रनाशं स्यात्पुष्पदन्ते च वर्द्धनम् ।
वरुणे क्रोध-भोगित्वं नृपभग्ङस्तथासुरे ॥ 62 ॥
नित्यातिशोकिताशोके पापाख्ये पापसंचयः ।
उत्तरे रोगवधौ नित्यं नागे रिपुभयं महत् ॥ 63 ॥
मुख्ये धनसुतोत्पत्तिर्भल्लाटे विपुलः श्रियः ।
सोमे तु धर्मशीलत्वं भुजग्ङे बहुवैरता ॥ 64 ॥
कन्यादोषः सदादित्ये अदितौ धनसच्च्यः ।
पदे पदे कृतं श्रेष्ठं द्वारं सत्फलदायकम् ॥ 65 ॥

पूर्वादि पदं क्रम से अग्नि पद में द्वार करने से अग्निभय होता है।

पर्जन्य (मेष) पद में द्वार करने से बहु कन्या की उत्पत्ति और अति धन होता है।

माहेन्द्र (इन्द्र धनुष) पद में द्वार करने से राजा का स्नेह प्राप्त होता है। सूर्य पर में द्वार करने से अत्यन्त क्रोध होता है। अन्तरिक्ष पद में द्वार करने से नित्य चोरों का समागम होता है। यमांश पद में द्वार करने से पुत्र का नाश होता है। वायव्य पद में द्वार करने से दासता होती है। वितथ पद में द्वार करने के से कर्त्ता का नाश होता है। मृगशिरा में द्वार करने से पुत्रनाश होता है। मघा नक्षत्र में पश्चिम मुख का द्वार बनाने पर अल्पायु, धनाभाव एवं महान भय होता है। सुग्रीव पर में द्वार करने से पुत्रनाश होता है। पुष्पदन्त पद में द्वार करने से वृद्धि होती है। वरुण पद में द्वार करने से राज्य-भंग होता है। शोक पद में द्वार करने से प्रतिदिन अति शोक रहता है। पाप पद में द्वार करने से पाप का संचय होता है। उत्तर पद में द्वार करने से शत्रुओं से

महाभय होता है। मुख्य पद में द्वार करने से धन व पुत्र का लाभ होता है। भल्लाट पद में द्वार करने से अत्यन्त लक्ष्मी का लाभ होता है। सोम पद में द्वार करने से धर्मशीलता होती है। भुजंग पद में द्वार करने से अत्यन्त शत्रुता होती है। आदित्य पद में द्वार करने से कन्या का दोष होता है। अदिति पद में द्वार करने से धन का संचय होता है। जिन पदों में शुभ फल कहा गया है उसमें द्वार करने से शुभफल ही होता है। सरलता के लिए देखें चित्र–पैंसठ–द्वार चक्रम्।

द्वार सम्बन्धी अन्य विचार

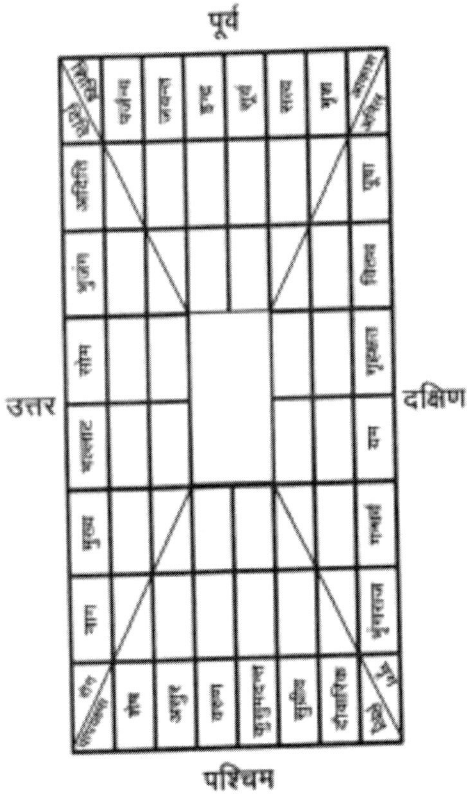

चित्र–पैंसठ–द्वार चक्रम्

पक्षद्वसयं कृतं यत्र तत्र मिश्रफलं प्रदम् ।
सुत्रे नवहृते भागे वसुभागे तथैव च ॥ 66 ॥
प्रासादे कारयेद् विद्वानावासे न विचारणा ।
बहुद्वारेष्वलिन्देषु न द्वारनियमः स्मृतः ॥ 67 ॥
सदैव सदने जीर्णाद्वारे साधारणेष्वपि ।
मूलद्वारं प्रकर्त्तव्यं वटे स्वस्तिकसन्निभम् ॥ 68 ॥
यश्चातपत्रं प्रथमगणाकीर्णं प्रशस्यते ।
वीथिप्रमाणत्परतो द्वारं दक्षिणपश्चिमे ॥ 69 ॥
व कार्यं प्रथमाकीर्णं सुखिनं वा प्रकल्येत् ।
प्राकारे च प्रपायां च द्वारं प्रागुत्तरं न्यसेत् ॥ 70 ॥
द्विशालासु च तद्वश्च द्वारं प्राग्वत्प्रकल्पयेत् ।
चतुर्द्धारतये दुर्गे द्वारदोषो न विद्यते ॥ 71 ॥

गृह के सूत्र को नौ से भाग करके या आठ से भाग करके वसु भाग का प्रमाण मानना चाहिए। जो दोनों पदों में यदि द्वार किया हो तो मिश्रित फल होता है।

प्रासाद में बुद्धिमानों को द्वार का विचार करना चहिए। आवास हेतु गृह में द्वार का विचार नहीं कहा है। जीर्णोद्धार गृह में और साधारण गृह में भी मूल में द्वार छिद्र, स्वास्तिक के सदृश करना चाहिए।

जिस द्वार का छत्र प्रथम गणों से युक्त हो तो श्रेष्ठ होता है। वीथि (गली) के प्रमाण से अधिक चौड़ा द्वार जो दक्षिण-पश्चिम का है उसे संकुचित नहीं करना चाहिए। कहने का तात्पर्य यह है कि सुख से आने-जाने योग्य द्वार बनाएं।

प्रकार एवं प्रपा (जलशाला) में पूर्व और उत्तर में द्वार बनाने चाहिए।

द्विशाला गृह में उसी प्रकार पूर्ववत द्वार की कल्पना करें। चार द्वार वाले दुर्ग में द्वार का दोष नहीं होता है।

द्वार वेधा विचार

प्रधानं यन्महद् द्वारं बाह्यभित्तिषु संस्थितम् ।
रथ्याविद्धं न कर्त्तव्यं नृपेण भूतिमिच्छता ॥ 72 ॥
सरलेन च मार्गेण प्रवेशो यत्र वेश्मनि ।
मार्गवेधं विजानीयान्नानाशोकफलप्रदम् ॥ 73 ॥
तरुवेधं विजानीयाद्यदि द्वारमुखे स्थितम् ।
कुमारमरणं ज्ञेयं नानारोगश्च जायते ॥ 74 ॥
अपस्मारभयं विद्याद् गृहाभ्यन्तरवासिनाम् ।
द्वाराग्रे पश्चवेधं तु दुःखशोकागमप्रदम् ॥ 75 ॥
जलस्त्रावस्तथा द्वारे मूलेऽनर्थं च यो भवेत् ।
द्वरागे देवसदनं बालानामार्त्तिदायकम् ॥ 76 ॥
देवद्वारं विनाशाय शाक्ङरं द्वारमेव च ।
ब्रह्माणो यश्च संविद्धं तभ्दवेत् कुलनाशनम् ॥ 77 ॥
गृहमध्ये कृतं द्वारं द्रव्यधान्यविनाशनम् ।
अवातकलहं शोकं नर्यावासं प्रदूषयेत् ॥ 78 ॥
उत्तरे पश्चमं द्वारं ब्राह्मणो विद्धमुच्यते ।
तस्मात्सर्वशिरा ह्येष मध्ये चैव विशेषतः ॥ 79 ॥
द्वारं न कारयेद्धीमान् प्रासादे तु विपर्ययः ।
देवतासन्निधाने तु श्मशानाभिमुखं तथा ॥ 80 ॥
स्त्रीनाशं स्तम्भवेधे स्यात्पाषाणे च तथैव च ।
देवतासन्निधानस्थे गृहे गृहपतेः क्षयः ॥ 81 ॥
शमशानाभिमुखे गेहे राक्षसाभ्दयमादिशेत्।
चतुः षष्ठिपदं कृत्वां मध्ये द्वारं प्रकल्पयेत् ॥ 82 ॥

जो प्रधान महा द्वार बाह्य भित्ति (भीतों) में स्थिति है उसको ऐश्वर्य के अभिलाषी राजा को रथ्या से विरुद्ध नहीं बनाना चाहिए।

जिस गृह में सीधे सरल मार्ग से प्रवेश होता है तो उसे मार्ग वेध कहते हैं जोकि अनेक प्रकार से शोक देने वाला है।

यदि द्वार के सामने वृक्ष हो तो वृक्ष वेध होता है, ऐसा होने पर गृह में कुमारावस्था के बालकों की मृत्यु और अन्य लोग विभिन्न रोंगो से ग्रस्त होते हैं और गृह में रहने वालों को मिरगी रोग का भय होता है।

द्वार के आगे पांच प्रकार के द्वार वेध से दुःख, शोक और रोग होता है।

द्वार के मूल में जल स्राव हो तो इसे वेध में अनेक प्रकार के अनर्थ होते है।

द्वार के आगे देवता का स्थान (मन्दिर) हो तो बालको को कष्ट होता है।

महादेव के मन्दिर का द्वार बह्मा के स्थान से विरुद्ध हो तो कुलनाश होता है।

गृह के मध्य में बनाया गया द्वार धन-धान्य का नाश करता है। और बिना वायु के कलह, शोक और स्त्रियों के वास को दूषित करता है।

उत्तर में जो पांचवा द्वार है, उसको ब्रह्मा से विद्ध कहते हैं, इसलिए बुद्धिमान विशेषरूप से सम्पूर्ण शिराओं और मध्य भाग में द्वार को न बनवाएं।

प्रासाद में तो पूर्वोक्त से उलटा होता है। देवता के समीप और श्मशान के सम्मुख गृह में भी विपरीत फल समझना चाहिए।

यदि द्वार से स्तम्भ का वेध होता हो या पाषाण से वेध होता हो तो स्त्रीनाश होता है। देवता के समीप गृह हो तो गृहस्वामी का नाश होता है।

शमशान के सम्मुख गृह बनाने से राक्षस का भय होता है। चौंसठ कोष्ठक (पद) की कल्पना करके मध्य में द्वार का निर्माण करें।

द्वार प्रमाण विचार

विस्ताराद् द्विगुणोच्छ्रयस्तत्रिभागः कटिर्भवेत् ।
विस्तारार्द्धं भवद्धर्मो वित्तयोन्यः समन्ततः ॥ 83 ॥
गर्भपादेन विस्तीर्णं द्वारं द्विगुणनुच्छ्रितम् ।
उच्छ्रायात्पादविस्तीर्णा शाखातद्वदुदुम्बरा ॥ 84 ॥
विस्तारपादप्रमितं बाहुल्यं शाखयोः स्मृतम् ।
त्रिपश्चसप्तनवभिः शाखाभिर्द्वारमिष्यते ॥ 85 ॥
कनिष्ठमध्यमं ज्येष्ठं यथायोगं प्रकल्पयेत् ।
विस्ताराद् द्विगुणोच्छ्रयश्चत्वारिंशभ्दिरुत्तमम् ॥ 86 ॥

द्वार की विस्तार से दुगनी ऊँचाई का तीसरा भाग उसकी कटि होता है। विस्तार का आधार गर्भ होता है और वित्त की योनि चारों ओर होती है।

गर्भ के प्रमाण के चौथाई के तुल्य विस्तीर्ण और उसका दुगना ऊँचाई होती है। ऊँचाई का चौथाई के तुल्य विस्तार की शाखा और देहली होती है।

विस्तार के चौथाई के तुल्य शाखा में अधिकता करता जाए। तीन, पाँच, सात और शाखाओं का द्वार इष्ट होता है। ये कनिष्ठ, मध्यम और ज्येष्ठ होता है, उसे यथायोग्य बनवाना चाहिए। विस्तार से दुगनी ऊँचाई होती है जोकि चालीस हाथ तक उत्तम कही गयी है।

अन्य विचार

धन्यमुत्तममायुष्यं धनधान्यकमेव च ।
शतं चाशीतिसहितं वातनिर्गमनं भवेत् ॥ 87 ॥
अधिकं दशभिस्तद्वत्तथा षोडशभिः शतम् ।
शतमानं तृतीयं तु भवत्यशीतिभिस्तथा ॥ 88 ॥

दशद्वाराणि चैतानि क्रमेणोक्तानि सर्वदा ।
अन्यानि वर्जनीयानि मनसोद्वेगदानि तु ॥ 89 ॥

उत्तम गृह धन–धान्य, आयुष्य को देने वाला होता है। एक सौ अस्सी खिड़की जिस गृह में हों उसमें वायु का आवागमन होता है। अतः गृह में 110, 116, या 100 या 75 या 80 द्वार बनवाएं। इस प्रकार ये दस प्रकार के द्वार क्रम से कहें हैं। अन्य द्वारो को त्याज्य देना चाहिए, ये मन का उद्वेग करने वाले हैं।

द्वार वेध परिहार

द्वारवेधं तु यत्नेन सर्वथा परिवर्जयेत् ।
गृहोच्छ्रायाद् द्विगुणितं त्यक्त्वा भूमिं बहिः स्थितः ॥ 90 ॥
न दोषाय भवेद् वेधो गृहस्य गृहिणस्तथा ।
गृहार्थं गृहिणी ज्ञेया गृहात्पूर्वोत्तरा शुभा ॥ 91 ॥
पक्षिणी सा तथैव स्यादन्यगेहा न सिद्धिदाः ।
पृष्ठद्वारं न कर्त्तव्यं मुखद्वारापरोधनम् ॥ 92 ॥
पिहिते तु मुखद्वारे कुलनाशो भवेद् ध्रुवम् ।
पृष्ठहारे सर्वनाशः स्वयमुद्घादिते तथा ॥ 93 ॥

प्रयास करके द्वार के वेध को त्याज्य देना चहिए। यदि गृह की ऊँचाई से दुगनी दूर वेध हो तो गृह और गृहस्वामी को नहीं लगता है। गृह का आधा भाग गृहिणी होती हैं, वह पूर्व या उत्तर में शुभ होती है और पक्षिणी होती है। इस प्रकार से दूतों द्वारा निर्मित गृह सिद्धि के दाता नहीं होते हैं।

ऐसा द्वार न बनवाएँ जिससे द्वार मुख का अवरोध होता है। यदि द्वार के मुख का अवरोध हो जाए निश्चित रूप से कुल नाश होता है। पृष्ठ द्वार बनवाने से सर्वनाश होता है।

कपाट लक्षण विचार

कपाटछिद्रवेधं च कपाटे वै क्षयो भवेत् ।
यत्र विद्धं यदा द्वारं प्रासादे च धनक्षयः ॥ 94 ॥
स्तम्भं वा रवते यस्य तस्य वंशक्षयो भवेत् ।
त्रिकोणं शकटाकारं शूर्पव्यजनसन्निभम् ॥ 95 ॥
मुरगं वर्त्तुलं द्वारं मानहीनं च वर्जयेत् ।
त्रिकोणे पीड्यते नारी शकटे स्वामिनो भयम् ॥ 96 ॥
शूर्पे धनविनाशः स्याद्धनुषि कलहः स्मृतः ।
नूनं नाशस्तु मुरजे वर्त्तुले कन्यकोभ्दवः ॥ 97 ॥
मध्यहीनं च यद् द्वारं नानाशोकफलप्रदम् ।
स्तम्भाग्ने विन्यसेत्काष्ठं पाषाणं नैव धारयेत् ॥ 98 ॥
नृपालये देवगेहे पाषाणनां च कारयेत् ।
द्वारशाखा नृपाणां तु गृहे पाषाणनिर्मिता ॥ 99 ॥
कर्त्तव्यं नेतरेषां च कारयेन्मतिमान्नरः ।
गृहमध्ये कृतं स्तम्भं बह्मणो बेधमुच्यते ॥ 100 ॥
भित्तिश्चैव न कर्त्तव्या स ब्रह्मस्थानमुच्यते ।
तत्स्थानं यत्नतो रक्षेद् ग्रहे कीलादिकैस्तथा ॥ 101 ॥
भाण्डेनाशुचिना तद्वच्छल्येना भस्मना तथा ।
रोगा नानाविधाः शोका जायन्ते तत्र नित्यशः ।

यदि कपाट में छिद्र हो तो उसे कपाट छिद्र वेध कहते हैं, ऐसा कपाट हो तो नाश होता है। प्रासाद में ऐसा हो तो धनहानि होती है। यदि द्वार के स्तम्भ में शब्द होता है तो उसमें रहने वालों के वंश का नाश होता है।

त्रिकोणाकार, शकटाकार, सुपाकार, धनुषाकार भुजाकार और परिमाण से न्यून द्वारों को त्याज्य देना चाहिए। त्रिकोण द्वार से स्त्री को पीड़ा,

शकटाकार में स्वामी को भय, सूपाकार मे कलह होती है। भुजाकार और वर्तल द्वारों में कन्याओं की उत्पत्ति होती है।

यदि द्वार मध्य भाग से हीन हो तो अनेक प्रकार के शोक देता है। स्तम्भ के अग्रभाग में काष्ठ को रखना चाहिए, पत्थर नहीं रखना चाहिए।

राजा के गृह और देव मन्दिर में पत्थर का द्वार और द्वार शाखा बनवाएँ। राजा के गृह के द्वार की शाखा भी पाषाण की ही बनी होती है।

दूजों के गृह में बुद्धिमान लोग कुछ न बनवायें। गृह के मध्य में स्तम्भ करने से ब्रह्मा का वेध होता है और मध्य में भीत भी नहीं बनवायी चाहिए क्योंकि वह ब्रह्मा का स्थान कहा गया है। अतः उस स्थान की रक्षा खूंटी आदि से भी करने का प्रयास करना चाहिए। अशुद्ध बर्तन, हड्डी और भस्म आदि उस स्थान में नहीं रखने चाहिए, यदि रखेंगे तो गृह में अनेक प्रकार के रोग, शोक प्रतिदिन होते हैं।

शकट लक्षण व परिहार

द्वारस्योपरि यद् द्वारं तद् द्वारं शकटं स्मृतम् ॥ 102 ॥
चतुष्षष्ठ्यङ्गुलोत्सेधं चतुस्त्रिंशश्च विस्तरम् ।
द्वारस्योपरि यत्नेन शिवाय शकटं च यत् ।
अध्मा ते क्षुद्रजं प्राक्तं कुले कुलविनाशनम् ॥ 103 ॥
पीडाकरं पीडितं च अभावं मध्यपीडितम्।
बाह्योन्नते प्रवासः स्याद् दिग्भ्रान्ते दस्युतो भयम् ॥ 104 ॥
दौर्भाग्यं निधनं रोगा दारिद्र्यं कलहं तथा ।
विरोधश्चार्थनाशश्च सर्ववेधे क्रमाभ्दवेत् ॥ 105 ॥

द्वार के ऊपर जो द्वार होता है उसे शकट द्वार कहते हैं। चौंसठ अंगुल ऊँचा और चौबीस अंगुल चौड़े द्वार के ऊपर शकट

कल्याणकारी होता है। यदि वह शब्द न करे तो क्षुद्रज कहते हैं और कुल का नाशक होता है।

किसी प्रकार से पीड़ित द्वार पीड़ा करता है। मध्य में पीड़ित द्वार अभाव करता है। बाहर को ऊँचा द्वार परदेश में वास कराता है। दिशा से भ्रान्त द्वार हो तो चोरों से भय, दुर्भाग्य, मरण, रोग, द्ररिद्रता, कलह, विरोध, अर्थक्षय-ये फल क्रमशः सभी दिशओं के वेध के होते हैं। दिशाओं का क्रम पूर्व, आग्नेय, दक्षिण, नैर्ऋत्य पश्चिम, वायव्य, उत्तर, ईशान है।

पक्षफल

पूर्वण फलिता वृक्षाः क्षीरवृक्षाश्च दक्षिणे ।
पश्चिमेन जलं श्रेष्ठं पद्मोत्पलविभूषितम् ॥ 106 ॥

पूर्व दिशा में फलदार वृक्ष और दक्षिण में दूध वाले वृक्ष शुभ होते हैं। पश्चिम दिशा में कमल और उत्पलों से भूषित जल श्रेष्ठ होता है।

गृह स्थिति विचार

सर्वतश्चादि कर्त्तव्यं परिखाबलयादिकम् ।
याग्यं तपोवनस्थानमुत्तरे मातृकागृहम् ॥ 107 ॥
वारुणे श्रीनिवासस्तु वायव्ये गृहमालिका ।
उत्तरे यज्ञशाला तु निर्माल्यस्थानमुच्यते ॥ 108 ॥
वारुणे सोमदैवत्ये बलिनिर्वपनं स्मृतम् ।
पुरतो वृषभस्थानं शेषं स्यात्कुसुमायुधम् ॥ 109 ॥
जलवापी तथेशान्ये विष्णुं च जलशायिनम्।
एवमायतनं कुर्याच्छुभमण्डपसंयुतम् ॥ 110 ॥
घण्टावितानसकतोरण चित्रयुक्तं नित्योत्सवप्रमुदितेन जनेन सार्द्धम् ।
यः कारयेत्सुरगृहं भवनं ध्वजङ्कं श्रीस्तं न मुंचति सदा दिवि पूज्यते ॥ 111 ॥

एवं द्वारार्चनविधिं कृत्वा द्वारबलिं ततः ।
महाध्वजं द्वारमुखे प्रवेशसमये कृतम् ॥ 112 ॥
पुत्रहारधनादीनां वृद्धिदं सर्वकर्मणि ।
इति द्वारविधिः प्रोक्तो मया बह्ममुखोदितः ।
यः करोति विधानेन स सुखी पुत्रवान् भवेत् ॥ 113 ॥

गृह में चारों ओर परिखा और वलय आदि बनवाएँ। दक्षिण में तपोवन और उत्तर में मातृकाओं का स्थान बनाना चाहिए। पश्चिम में लक्ष्मी का गृह, वायव्य में गृहों की पंक्ति, उत्तर में यज्ञशाला और निर्माल्य का स्थान बनाना चाहिए। पश्चिम ओर उत्तर में बलि का स्थल, पूर्व में वृषभों का स्थान, शेष का कामदेव का स्थान होता है। ईशान कोण मे जलाशय जिसमें विष्णु का स्थान है। इस प्रकार सुन्दर मण्डप से युक्त गृह को बनवायें।

घण्टा वितरण, तोरण, चित्रों से युक्त, जो कोई ध्वजा से युक्त देवता का गृह बनवाता है और नित्य दर्शनाभिलाषी जनता से युक्त रहता है तो उसे लक्ष्मी कदापि नहीं छोड़ती है और वह स्वर्गलोक में भी पूजनीय होता है।

अतः द्वार पूजा और बलि के उपरान्त गृह प्रवेश के समय महा ध्वज को द्वार पर स्थापित करें। ऐसा करने से उसे पुत्र, स्त्री व धन आदि की वृद्धि होती है।

मैनें जैसा ब्रह्मा जी कोई इस विधान से द्वार बनवाता है, वह पुत्रवान और सुखी होता है।

7

गृह-प्रवेश विचार

इस अध्याय में 'विश्वकर्मा प्रकाश' के आधार पर गृह-प्रवेश सम्बन्धी शुभाशुभ विचार के साथ-साथ शय्या, आसन, काष्ठ व छिद्र सम्बन्धी शुभ-अशुभ फलों की चर्चा भी करेंगे।

अथ प्रवेशो नवमन्दिरस्य सौम्यायने जीवसिते बलाढ्ये ।
स्याद्वेशनं ज्येष्ठतपोऽन्त्यमाधवे मार्गे शुचौ मध्यफलप्रदं स्यात् ।
माघेऽर्थलाभः प्रथमप्रवेशे पुत्रार्थ लाभः खलु फाल्गुने च ॥ 1 ॥
चैत्रेऽथ हानिर्धनधान्यलाभो वैशाखमासे बहुपुत्रलाभः ।
ज्येष्ठे च मार्गे च शुचौ च मासे मध्यः प्रदिष्टः प्रथमः प्रवेशः ।
यात्रानिवृत्तौ मनुजाधिपानां वास्तवर्चनं भूतबलिं च पूर्वे ॥ 2 ॥
दिने प्रदद्यादथ दिक् क्रमेण मांसं ह्यसृक्चाज्ययुतं चतुर्षु ।
ये भूतानीति मन्त्रेण चतुर्दिक्षु बलिं हरेत् ॥ 3 ॥

नूतन गृह में प्रवेश उत्तरायण सूर्य, गुरु और शुक्र के बलवान होने पर ज्येष्ठ, माघ, फाल्गुन, वैशाख, मार्गशीर्ष मास में श्रेष्ठ होता है।

आषाढ में गृह-प्रवेश मध्यम होता है। माघ मास में प्रथम गृह-प्रवेश करने से धनलाभ और फाल्गुन मास में पुत्र व धन दोनों का लाभ होता है। चैत्र मास में गृह प्रवेश से धनहानि और वैशाख मास में गृह-प्रवेश से धन-धान्य, पशु व पुत्र का लाभ हाता है। ज्येष्ठ, मार्गशीर्ष और आषाढ़ मास में प्रथम गृह-प्रवेश हो तो मध्यम फल होता है।

राजाओं को यात्रा से निवृत्त होकर गृह–प्रवेश के पहले दिन वास्तु का पूजन और बलि देनी चाहिए। दिशा के क्रम से मांस, रक्त और घी की बलि चारों दिशाओं में, ये भूतानि इस मन्त्र से बलि को दें।

गृहमूले बलिं दद्याद् गृहस्योर्ध्वे तथैव च ।
दद्याद् दीपं पूर्वदिने वास्तुपूजां ततश्चरेत् ॥ 4 ॥
घृतं दुग्धं तथा मांसं लड्डुकं मधु संयुतम् ।
पूर्वादिक्रमयोगेन बलिं दद्याद्विशेषतः ॥ 5 ॥
स्कंदधरादियक्षान्तमीशानादि क्रमेण च ।
चकोरादि बलिं चैव विदिक्षु विनिवेदयेत् ॥ 6 ॥
विष्णोरराट् मन्त्रेण पूजयेद् वास्तुपुरुषम् ।
नमोऽस्तु सर्पेभ्य इति सर्पराजं प्रपूजयेत् ॥ 7 ॥
अन्येषामपि देवानां गायत्रीमंत्र ईरितः ।
अपूर्वसंज्ञे तु गृहे विधिरेष उदाहृतः ॥ 8 ॥

गृह के मूल में तथा गृह के ऊपरी भाग में प्रवेश करने के पूर्व दिन को दीपदान और बलि देकर फिर वास्तु पूजा करें। घी, दूध, मांस, लड्डू और मधु की बलि पूर्व आदि दिशाओं में क्रम से दो अर्थात् पूर्व में घी, दक्षिण में दूध, पश्चिम में मांस, उत्तर में लड्डू और मधु की बलि दें।

स्कंद, धरा आदि पक्षों को ईशानादि क्रम से और चकोर आदि की बलि विदिशाओं में देनी चाहिए। विष्णोरराट इत्यादि मन्त्र से वास्तुपुरुष का पूजन करें। नमोस्तु सर्पेभ्य इस मन्त्र से नागराज का पूजन करें। अन्य देवताओं के लिए गायत्री मन्त्र से पूजन करें। यह गृह–प्रवेश की विधि अपूर्व संज्ञक गृह के लिए कही है।

गृह प्रवेश के लिए समय-शुद्धि विचार

कालशुद्धिवचारोऽत्र कर्त्तव्यः शुभमच्छता ।
कुम्भेऽर्के फाल्गुने मार्गे कार्त्तिके तु शुचौ तथा ॥ 9 ॥
नववेश्म प्रवेशे तु सर्वथा परिवर्जयेत् ।
द्वंद्वसौपूर्विकगृहे मासदोषो न विद्यते ॥ 10 ॥
सुचिरप्रवासे वासे नृपतेर्दर्शने गृहवेशने ।
भानुशुद्धिः प्रकर्त्तव्या चान्द्रमासे प्रवेशनम् ॥ 11 ॥
निर्गमान्नवमे वर्षे मासे दिवसेऽपि वा ।
प्रवेशं निर्गमं चैव न कुर्यात्कदाचन ॥ 12 ॥
यद्येकदिवसे राज्ञः प्रवेशो निर्गमस्तथा ।
तदा प्रादेशिकं चिन्त्यं वृत्रो नैव तु यात्रिकम् ॥ 13 ॥
गृहारम्भदिने मासे धिष्णे वारे विशेद् गृहम् ।
विशेत्सौम्यायने हर्म्यं तृणागारं तु सर्वदा ॥ 14 ॥

गृह प्रवेश में शुभ के अभिलाषी मनुष्य को समय की शुद्धि अवश्य विचारनी चाहिए।

नूतन गृह में प्रवेश करते समय कुम्भ के समय और फाल्गुन, मार्गशीर्ष, कार्तिक और आषाढ़ मास को सर्वथा त्याज्य दें अर्थात् इनमें नवीन गृह-प्रवेश कदापि नहीं करना चाहिए। यह जान लें कि प्राचीन गृह में मास संबंधी दोष नहीं होता है।

बहुत दिनों तक विदेश में रहने और राजा के दर्शन से लौटकर गृह-प्रवेश करते समय सूर्य शुद्धि का विचार करके चन्द्र मास में प्रवेश नहीं करना चाहिए।

यात्रा के समय नौवें वर्ष मास और नौवें दिन में गृह-प्रवेश नहीं करना चाहिए। इसी प्रकार के से नौवें वर्ष, मास और दिन में यात्रा नहीं करनी चाहिए।

यदि एक ही दिन में प्रवेश और यात्रा दोनों हो तो गृह-प्रवेश का ही मुहूर्त विचारना चाहिए। यात्रा का मुहूर्त नहीं विचारना चाहिए।

गृहारम्भ के जो दिन, मास, नक्षत्र, वार हैं उनमें ही गृह-प्रवेश करना चाहिए। गृह प्रवेश उत्तरायण के सूर्य में करना चाहिए। फूस के गृह में सर्वदा प्रवेश करना चाहिए अर्थात् कभी भी प्रवेश कर सकते हैं।

गृह-प्रवेश हेतु शुभाशुभ विचार

कुलीर कन्यका कुम्भे दिनेशे च विशद् गृहम् ।
ग्रामं वा नगरं वापि पत्तनं वा तथैव च ॥ 15 ॥
मृदुध्रुवर्क्षे शुभदं नववेश्मप्रवेशनम् ।
पुष्यस्वातीवृतैस्तैश्च जीर्णे स्याद्वासवद्वये ॥ 16 ॥
क्षिप्रैश्चरैश्च नक्षत्रैर्नववेश्म-प्रवेशनम् ।
न कुर्यादुग्रनक्षत्रैर्दारुणैर्वा कदाचन ॥ 17 ॥
उग्रो हन्ति गृहपतिं दारुणं तु कुमारकम् ।
द्विदेहभे पत्निनाशमग्निभे त्वग्निजं भयम् ॥ 18 ॥
प्रवेशनं द्वारभैः स्यादन्यदिक्थैर्न कारयेत् ।
रिक्तातिथिं भौमवारं शनि वा नैव कारयेत् ।
केचिच्छनिं प्रशंसन्ति चौरभीतिस्तु जायते ॥ 19 ॥
कुयोगे पापलग्ने वा चरलग्ने चरांशके ।
शुभकर्मणि ये वर्ज्यास्ते वर्ज्याऽस्मिन् प्रवेशने ।
नन्दायां दक्षिणद्वारं भद्रायां पश्चिमेन तु ॥ 20 ॥
जयायामुत्तरद्वारं पूर्णायां पूर्वमाविशेत् ।
व्याधिहा धनहा चैव वित्तदा बन्धुनाशकृत् ॥ 21 ॥
पुत्रदा शत्रुहा स्त्रीधन्ः प्राणहा पिटकप्रदा ।
सिद्धिदो धनदचैव भयकृज्जन्मराशितः ॥ 22 ॥

लग्नस्थः क्रमतो राशिर्जन्मलग्नवशेन च ।
लग्नं सौम्यान्वितं कार्यं न तु क्रूरैः कदाचन ॥ 23 ॥
निन्दिता अपि लग्नांशाश्चरराशिषगता यदि ।
शुभांश-संयुताः कार्याः कर्त्तुर्भोपचयस्थिताः ॥ 24 ॥
भूयो यात्रा भवेन्मेषे नाशं कर्कटकेऽपि वा ।
व्याधिं तुलाधरे लग्ने मकरे धान्यनाशनम् ॥ 25 ॥
एतदेवांशकफलं यदि सौम्ययतेक्षितम् ।
चरांशे चरलग्ने च प्रवेशं नैव कारयेत् ॥ 26 ॥

कर्क, कन्या और कुम्भ राशि के सूर्य मे गृह-प्रवेश करना चहिए। इन राशियों के सूर्य में ग्राम, नगर और पत्तन में प्रवेश नहीं करना चाहिए।

मृदु ध्रुव संज्ञक नक्षत्र में तथा पुष्य और स्वाति नक्षत्र में नूतन गृह-प्रवेश शुभ होता है। इन्हीं नक्षत्रों (मृदु, ध्रुव संज्ञक, पुष्य, स्वाति), धनिष्ठा और शतभिषा नक्षत्र में पुराने गृह में प्रवेश करना चाहिए।

क्षिप्र और चर, उग्र तथा दारूण संज्ञक नक्षत्रों में कभी भी नूतन गृह-प्रवेश नहीं करना चाहिए।

उग्र संज्ञक नक्षत्र में प्रवेश गिरने से गृहस्वामी और दारूण संज्ञक में सन्तान का नाश होता है। विशाखा नक्षत्र में स्त्रीनाश और कृतिका में प्रवेश करने से अग्नि-भय होता हैं।

जिस दिशा का द्वार हो उसी दिशा के नक्षत्र (सप्तशलाका चक्र अनुसार) में प्रवेश करना चाहिए, अन्य दिशा के नक्षत्र में प्रवेश न करें।

रिक्ता तिथि (4, 9, 14), मंगल और शनिवार को प्रवेश नहीं करना चाहिए। कोई-कोई विद्वान शनिवार को गृह-प्रवेश करने की प्रशंसा करते हैं, किन्तु इस दिन प्रवेश करने से चोरी होने का भय रहता है।

अशुभ ग्रह योग, पाप ग्रह (मेष, वृश्चिक, सिंह, मकर, कुंभ) के लग्न और चर लग्न, चर नवांश तथा शुभ कर्म में जो वर्जित हैं, वे सब भी यहाँ (गृह प्रवेश) में त्याज्य दें।

नन्दा तिथि (1, 6, 11) में दक्षिण द्वार और भ्रद्रा तिथि (2, 7, 12) में पश्चिम द्वार से प्रवेश नहीं करना चाहिए।

यदि जन्म राशि और जन्म लग्न से प्रवेश लग्न पहला हो तो पुत्र-हानि, दूसरा हो तो व्याधि, तीसरा हो तो धन लाभ, चौथा हो तो शत्रुनाश, सातवाँ हो तो स्त्री नाश, आठवाँ हो तो प्राणनाश, नौवाँ हो तो पिटक का दाता, दसवाँ हो तो सिद्धि, ग्यारहवाँ हो तो धन लाभ और बारहवाँ हो तो भय होता है। सरलता के लिए देखें-गृह-प्रवेश लग्न फल विचार चक्रम्।

गृह-प्रवेश लग्न फल विचार चक्रम्

जन्म लग्न/राशि से प्रवेश लग्न संख्या	*फल*
पहली हो तो	पुत्रहानि
दूसरी हो तो	व्याधि
तीसरा हो तो	धन लाभ
चौथी हो तो	बन्धुनाश
पांचवी हो तो	पुत्रनाश
छठी हो तो	शत्रुनाश
सातवीं हो तो	स्त्रीनाश
आठवीं हो तो	प्राणनाश
नौवीं हो तो	पिटक का दाता
दसवीं हो तो	सिद्धि
ग्यारहवीं हो तो	धनलाभ
बारहवीं हो तो	भय

प्रवेशकालिक लग्न शुभ ग्रह से युत हो, परन्तु क्रुर से युत नहीं होना चहिए। निन्दित नवांश चर राशि का हो परन्तु शुभ हो और प्रवेशकर्ता की जन्मराशि से उपचय स्थान (3, 6, 10, 11) में हो तो उसमें प्रवेश करना चाहिए।

मेष लग्न में प्रवेश करने से पुनः यात्रा का योग बनता है, कर्क लग्न में प्रवेश करने से व्याधि होता है और मकर लग्न में प्रवेश करने से धान्य-नाश होता है। यह शुभ ग्रह से युत दृष्ट नवांश का फल कहा है। चर लग्न और चर नवांश में गृह प्रवेश नहीं करना चाहिए।

मेष लग्न प्रवेश करने से पुनः यात्रा का योग बनता है, कर्क लग्न में प्रवेश करने से व्याधि होती है और मकर लग्न में प्रवेश करने से धान्य-नाश होता है। यह शुभ ग्रह से युत दृष्ट नवांश का फल कहा है। चर लग्न और नवांश में गृह प्रवेश नहीं करना चाहिए।

वास्तु पूजन मुहूर्त विचार

चित्रा शतभिषा स्वाती हस्तः पुष्यः पुनर्वसुः ।
रोहिणी रेवती मूलं श्रवणोत्तारफाल्गुनी ॥ 27 ॥
धनिष्ठा चोत्तराषाढ़ा भाद्रपदोत्तरान्विता ।
अश्विनीमृगशीर्ष च अनुराधा तथैव च ॥ 28 ॥
वास्तुपूजनमेतेषु नक्षत्रेषु करोति यः ।
स प्राप्रोति नरो लक्ष्मीमिति शास्त्रेषु निश्चयः ॥ 29 ॥

चित्रा, शतभिषा, स्वाति, हस्त, पुष्य, पुर्नर्वसु, रोहिणी, मूला, श्रवण, उत्तराफाल्गुनी, धनिष्ठा, उत्तराषाढ़ा, उत्तराभाद्रपद, अश्विनी, मृगशिरा एवं अनुराधा नक्षत्रों में जो वास्तु पूजन करता है, वह मनुष्य लक्ष्मी को प्राप्त करता है-ऐसा शास्त्रों का निर्णय है।

अन्य शुभाशुभ विचार

अभिजिच्छ्रवणयोर्मध्ये प्रवेशे सूतिकागृहे ।

नृपादीनां ब्राह्मणानां नावधेयं कदाचन ॥ 30 ॥
क्रूरयुक्तं क्रूरविद्धं भुक्तं क्रूरग्रहेण च ।
यद् गन्तव्यं न शस्तं स्यात्रिविधोत्पाददूषितम् ॥ 31 ॥
लत्तया निहतं यच्च क्रान्तिसाम्येन दूषितम् ।
प्रवेशे त्रिविधे त्याज्यं ग्रहणेनाभिदूषितम् ॥ 32 ॥
यावच्चन्द्रेण भुक्तं तादृक्षे नैव तु शोभनम् ।
जन्मभाद् दशमं कर्म संघातर्क्षं तु षोडशम् ॥ 33 ॥
अष्टदशं सामुदायं त्रयीविंशं विनाशकम् ।
मानसं पश्चविंशाख्यं नाचरेदेषु शोभनम् ॥ 34 ॥
स्वोश्चसंस्थे गुरौ लग्ने शुक्रे वा वेश्मसंस्थिते ।
यस्यात्र वेशो भवति तद्गृहं सौख्यसंयुतम् ॥ 35 ॥
स्वोश्चस्थ-लग्नगे सूर्ये चतुर्थे देवपूजिते ।
यस्यात्र वेशो भवति संपदाढ्यं गृहं भवेत ॥ 36 ॥
गुरौ लग्नेस्तगे शुक्रे षष्ठेऽर्के लाभगे शनौ ।
प्रवेशकाले यस्याऽयं योगः शत्रुविनाशदः ॥ 37 ॥
लग्ने शुक्रे सुखे जीवे लाभेऽर्के रिपुगे कुजे ।
वेश्म-प्रवेशो योगेऽस्मिन् शत्रुनाशकरः परः ॥ 38 ॥
गुरुशुक्रौ च हिबुके लाभगौ कुजभास्करौ ।
प्रवेशो यस्य भवति तद् गृहं भूतिदायकम् ॥ 39 ॥
एकोऽपि जीवज्ञशशी-सितानं स्वोच्चगः सुखे ।
स्वीये वा तद्गृहं सौख्यं दायकं लग्नेगेऽपि वा ॥ 40 ॥
अष्टमस्थे निशानाथे यदि योगशतैरपि ।
तदा ते निष्फला ज्ञेया वृक्षा वज्रहता इव ॥ 41 ॥
क्षीणचन्द्रोऽन्त्यषष्ठाऽष्ट-स्थितो लग्नगतस्था ।
भार्याविनाशनं वर्षात्सौम्ययुक्ते त्रिवर्षतः ॥ 42 ॥

जन्मलग्नादष्टमं स्थानं लग्नाद्वाथ तदंशकम् ।
त्यजच्च सर्वं कर्माणि दुर्लभं यदि जीवितम् ॥ 43 ॥
प्रवेशलग्नान्निधने यः कश्चित् पापखेचरः ।
क्रूरर्क्षे हन्ति वर्षार्धाच्छुभर्क्षे वाऽष्टवत्सरात् ॥ 44 ॥
रन्ध्रात्पुत्राद्धनादायात्पश्चमर्क्षे स्थिते क्रमात् ।
पूर्वाशादि मुखं गेहाद्विशेद्वामो भवेद्यतः ॥ 45 ॥
गुरुदेवाग्निगोविप्र ऊर्ध्वपादैर्घनक्षयम् ।
सौम्यं प्रत्यक्छिणे मृत्युर्वशाद्या रुक्सुतार्तिदा ॥ 46 ॥

अभिजित्, और श्रवण नक्षत्र के मध्य मे क्षत्रिय आदि को और ब्राह्मणों को कभी सूतिका गृह में प्रवेश नहीं करना चाहिए।

क्रूर ग्रह से युत, क्रूर ग्रह से विद्ध, क्रूर ग्रह से मुक्त (छोड़ा हुआ) और जिस पर क्रूर ग्रह जाने वाला हो और तीनों उत्पातों से आहत नक्षत्र में प्रवेश नहीं करना चाहिए।

जो नक्षत्र लत्ता दोष से आहत हो, जो नक्षत्र क्रान्ति साम्य दोष से दूषित हो और जिस नक्षत्र पर ग्रहण लगा हो तो उस नक्षत्र को तानों प्रकार के प्रवेश में त्याज्य देना चाहिए। इन तीनों नक्षत्रों को जब तक चन्द्रमा भोग कर छोड़ न दे तब तक शुभ नहीं होते हैं।

जन्म नक्षत्र से दसवाँ नक्षत्र कर्म संज्ञक, सोलहवाँ नक्षत्र संघात संज्ञक, अठारहवाँ नक्षत्र सामुदाय संज्ञक और पच्चीसवाँ नक्षत्र मानस संज्ञक होता है। इनमें शुभ कार्य नहीं करना चाहिए।

यदि लग्न मे गुरु उच्च राशि में हो या शुक्र उच्च राशि (मीन) का होकर चौथे भाव में हो तो ऐसे लग्न में गृह प्रवेश करने पर गृह सुख से युक्त रहता है (चित्र-78 अ और ब)।

उच्च राशि का सूर्य (मेष) लग्न में हो और गुरु चौथे भाव में उच्च का हो तो ऐसे लग्न में गृह-प्रवेश होने से गृह सम्पत्ति से युक्त रहता है (चित्र-80)।

लग्न में शुक्र हो, गुरु चौथे भाव में हो, 11वें सूर्य हो और छठे भाव में मंगल हो तो ऐसे लग्न में गृह-प्रवेश करने से शत्रुओं का नाश होता है (चित्र-81)।

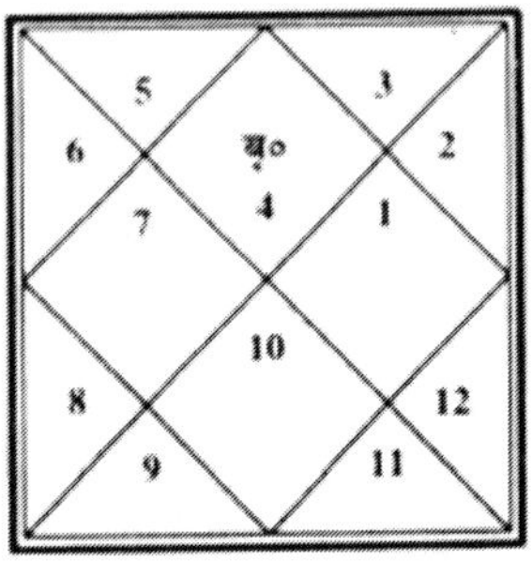

चित्र-अठहत्तर-अ

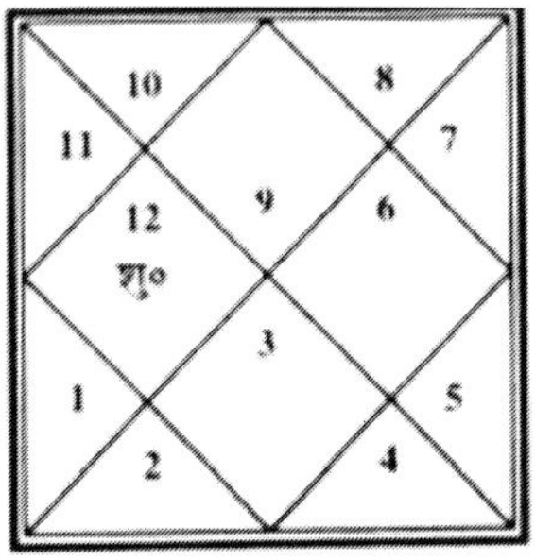

चित्र-अठहत्तर-ब

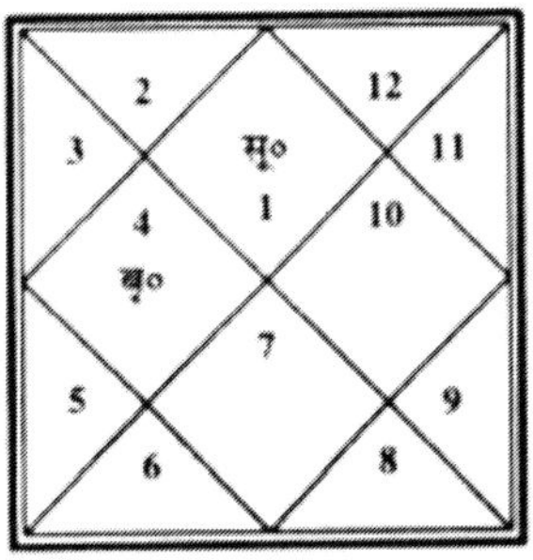

चित्र-उनासी

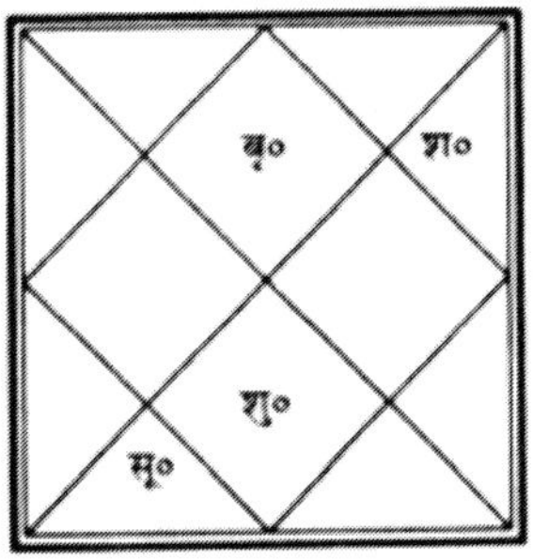

चित्र-अस्सी

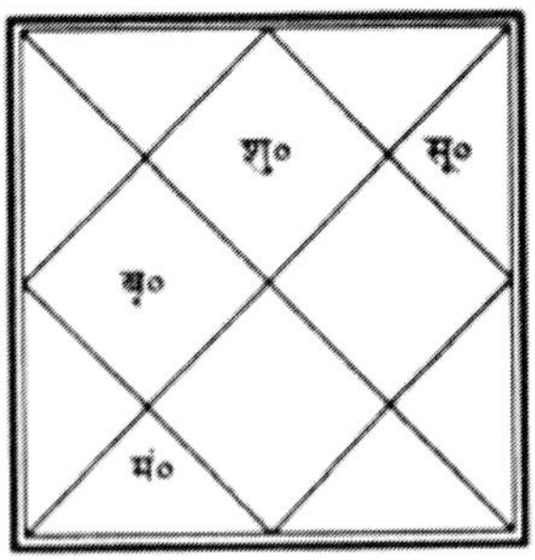

चित्र-इक्यासी

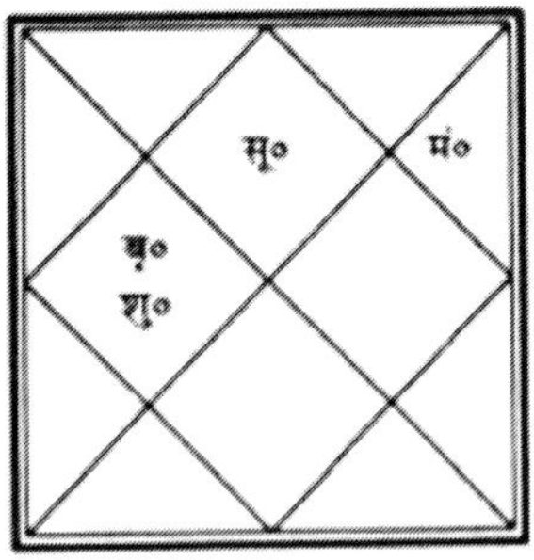

चित्र-बयासी

गुरू व शुक्र चौथे भाव में हो, ग्यारहवें भाव में मंगल हो और सूर्य लग्न मे हो तो ऐसे लग्न में गृह-प्रवेश करने पर धन देने वाला होता है (चित्र-82)।

गुरु, बुध, चन्द्रमा व शुक्र में से एक भी ग्रह अपनी उच्च राशि का होकर चौथे भाव में हो या स्वराशि या लग्न में हो तो ऐसे समय में गृह-प्रवेश करने पर गृह सुखदाता होता है (चित्र-83 अ, ब, स, और द)।

यदि आठवें भाव में चन्द्रमा हो तो अनेक शुभ योगों के होते हुए भी वे इस प्रकार निष्फल हो जाते हैं जैसे वज्र गिरने से वृक्ष व्यर्थ हो जाते हैं (चित्र-84)।

यदि क्षीण चन्द्रमा लग्न से 12, 6 , 8वें भाव में हो तो एक वर्ष के भीतर ही स्त्री की हानि होती है। शुभ ग्रह लग्न में चन्द्रमा से युत हों तो तीन वर्ष में स्त्री की हानि होती है (चित्र-85)।

जन्म राशि या जन्म लग्न से आठवीं राशि और उसका नवांश, लग्न में हो तो ऐसे लग्न में समस्त कामों को कदापि न करें, यदि करेंगे तो जीवन दुर्लभ होता है।

गृह-प्रवेश कालिक लग्न से आठवें कोई पापग्रह मंगल, शनि क्रूर ग्रह की राशि (मेष, सिंह, वृश्चिक) में हो तो छह मास में और शुभ राशि (वृष, तुला, धनु, मीन) पर हो तो आठ वर्ष में स्वामी का नाश हो जाता है।

टिप्पणी-चन्द्र, बुध को परिस्थिति, युति के अनुरूप शुभाशुभ समझकर ही कर्क, मिथुन व कन्या को शुभ राशि मानना चाहिए।

गृह-प्रवेश कालिक लग्न से आठवें भाव से पाँचवे भाव में अर्थात् 12वें भाव में सूर्य हो तो पूर्वमुखी द्वार से गृह-प्रवेश करना चाहिए। गृह प्रवेश कालिक लग्न से दूसरे भाव से पाँचवें भाव में अर्थात् छठे भाव में सूर्य हो तो पश्चिमुखी द्वार से गृह-प्रवेश करना चाहिए। गृह-प्रवेश कालिक लग्न से एकादशा भाव से पाँचवें भाव अर्थात् तीसरे भाव में सूर्य हो तो उत्तरमुखी द्वार से गृह-प्रवेश करना चाहिए।

गुरु, देवता, अग्नि, ब्राह्मण इनको वाम भाग में रखना चाहिए। उर्ध्वपाद नक्षत्र में गृह-प्रवेश करने से धनहानि होती है।

शयन संबंधी शुभाशुभ विचार

प्राक्शिरः शयने विद्याद् दक्षिणे सुखसंपदः ।
पश्चिमे प्रबला चिन्ता हानिमृत्यू तथोत्तरे ॥ 47 ॥
स्वगेहे प्राक्शिरः सुप्याच्छ्वसुरे दक्षिणा शिरः ।
प्रत्यच्छिराः प्रवासे च नोदक्सुप्यात्कदाचन ॥ 48 ॥

उत्तर और पश्चिम दिशा में सिर करके सोने से मृत्यु का भय होता है। चारपाई के बांसों पर सिर करके सोने से रोग और पुत्र को कष्ट होता है।

पूर्व दिशा में सिर करके सोने से विद्या का लाभ और दक्षिण दिशा में सिर करके सोने से सुख-सम्पत्ति का लाभ होता है। पश्चिम दिशा में सिर करके सोने से प्रबल चिन्ता और उत्तर में सिर करके सोने से हानि व मृत्यु होती है।

निज गृह में पूर्व दिशा में सिर करके सोना चाहिए, श्वसुर के गृह में अर्थात् ससुराल में दक्षिण दिशा में सिर करके सोना चाहिए, परदेश में पश्मिच दिशा में सिर करके सोना चाहिए और उत्तर दिशा में सिर करके कदापि नहीं सोना चाहिए।

शय्या व आसन कैसा होना चाहिए

कथयामि समासेन दारुकर्मक्रमेण च ।
आयुशुद्धिं तथा कार्यं यथा गोहरिकुंजरा ॥ 49 ॥
तथैव दोलिकायानं यथाशोभं विधीयते ।
प्रमाणं श्रृणु विप्रेन्द्र यत्प्राप्तोऽहं बृहद्रथात् ॥ 50 ॥
कथयामि तथा शय्यां येन सौख्यमवाप्नुयात् ।
अशनस्पन्दनश्चन्दनहरिद्भूसुरदारुतिन्दुकशाला ।

काश्नमर्थार्जुनपद्मकशाकाम्राः शिंशिपा च शुभाः ॥ 51 ॥
अशनिजलानिलहस्तिप्रपातिता मधुविहग्ङ्कृतनिलया ।
चैत्यश्मशानपथिजार्धशुष्कवाल्ली निबद्धाश्च ॥ 52 ॥
कण्टकिनो ये स्युर्महानदी सग्ङ्मोद्‌भवाद्ये च ।
सुरप्रासादगा ये च याम्यपश्चिदिग्गाताः ॥ 53 ॥
प्रतिनिषिद्धवृक्षजा ये चान्येऽपि अनेकधा ।
त्याज्यास्ते दारवस्सर्वे शय्याकर्मणि दावित् ॥ 54 ॥
कृते कुलविनाशः स्याद् व्याधिः शत्रोर्भयानि च ॥ 55 ॥
पूर्वछिन्नं यत्र दारू भवेदारम्भयेत्ततः ।
शकुनानि परीक्षेत कुर्यात्तस्य परिग्रहम् ।
श्वेतपुष्पाणि दन्त्यश्च दध्यक्षतफलानि च ॥ 56 ॥
पूर्णकुम्भाश्च रत्नाश्च माग्ङल्यनि च यानि च ।
तानि दृष्टा प्रकुर्वीत अन्यानि शकुनानि च ॥ 57 ॥

अब मैं काष्ठ के कर्म को कह रहा हूँ। जैसे गौ, अश्व, हस्ति आय शुद्धि से किये जाते हैं उसी प्रकार शय्या भी आय (विस्तार) से शुद्ध निर्मित करें। उसी प्रकार पालकी और अन्य वाहनों (सवारियों) में भी शोभा के अनुसार बनाना चाहिए। अब उनके प्रमाणों को सुनो जो मुझे बृहद्रथ से ज्ञात हुए हैं।

शय्या हेतु साध्य काष्ठ

शय्या (चारपाई) में ग्राह्य काष्ठ को कहता हूं जिससे मनुष्य को सुख प्राप्त होता है। अशन, स्पन्दन, चन्दन, हरिद्रा, देवदारु, तन्दुक, शाल, काश्मरी, अर्जुन, पद्मक, शाक्, आम्र, शिंशप के वृक्ष की काष्ठ शय्या बनाने में शुभ होती है।

बिजली, जल, वसयु, हाथी, से गिराए हुए वृक्ष, मधुमक्खी, पक्षी के निवास वाले वृक्ष, चबूतरा, शमशान और मार्ग में जो वृक्ष हों, आधे सूखे

हुए वृक्ष, लता से ढ़के हुए वृक्ष, काटे वाले वृक्ष, नदियों के संगम में उत्पन्न वृक्ष, देव मन्दिर में उत्पन्न वृक्ष, दक्षिण और पश्चिम में उत्पन्न वृक्ष, निषिद्ध वृक्ष से उत्पन्न वृक्ष और इसी प्रकार के अनेक वृक्ष की काष्ठ बढ़ई को शय्या के लिए त्याज्य देना चाहिए। पूर्वोक्त कही निषिद्ध काष्ठ से शय्या निर्मित कराने से कुल का नाश व्याधि और शत्रु से भय होता है।

काष्ठ से पूर्व शकुन-अपशकुन देख लें

शय्या के निमित्त जहाँ पर काष्ठ को काटा गया हो, वहाँ शकुनों की परीक्षा करके ही उस काष्ठ को लेकर आएँ। सफेद फूल, दन्ती, दधि, अक्षत फल, जल से पूर्ण कलश, रत्न और अन्य मांगलिक पदार्थों को देखकर एवं अन्य शकुनों की परीक्षा करके काष्ठ का संग्रह चाहिए।

शय्या प्रमाण

यवाष्टकानामुदरे वितुषैरगङ्गुलं स्मृतम् ।
तेन मानेन स्थपतिः शयनादीन् प्रकल्पयेत् ॥ 58 ॥
शतागङ्गुला तु महती शय्या स्याच्चक्रवर्त्तिनाम् ।
अष्टांशहीनमस्यार्द्धं विस्तारं परिकीर्त्तितम् ॥ 59 ॥
आयामस्त्र्यंशको भागः पादोच्छ्रायः सकुक्षिकः ।
सामन्तानां च भवति सा षडूनां तथैव च ॥ 60 ॥
कुमाराणां च सा प्रोक्ता दशोना चैव मंत्रिणाम् ।
त्रिषट्कोना बलेशानां विंशोना च पुरोधसाम् ।
षडंशहीनं तस्यार्धविस्तारं परिकीर्त्तितम् ॥ 61 ॥
आयामस्त्रयंशको भागस्त्र्यंशहीनस्तथैव हि ।
पादोच्छ्रायश्च कर्त्तव्यश्चतुस्त्रिंशागङ्गुलैः क्रमात् ॥ 62 ॥
सर्वेषामेव वर्णानां सार्धं हस्तत्रयं भवेत् ।
एकाशीत्यग्ङलैः कार्या शय्यादेवंविनिर्मताः ॥ 63 ॥

भूसी (छिलके) रहित आठ जौ (यव) का एक अंगुल होता है, इसी अंगुल के प्रमाण से बढ़ई को शय्या आदि बनानी चाहिए।

सौ अंगुल लम्बी शय्या चक्रवात राजा की होती है। इसका आठवाँ भाग इसमें से घटाकार शेष का आधा अर्थात् 43 अंगुल 6 यवों के प्रमाण की शय्या की चौड़ाई होनी चाहिए। लम्बाई का तीसरा भाग अर्थात् 33 अंगुल यव के तुल्य पात्रों की ऊँचाई कुक्षि सहित होती है।

शय्या प्रमाण चक्रम्

किसकी शय्या प्रमाण	*शय्या की लम्बाई*		*चौड़ाई*		*पाए की ऊँचाई कुक्षि सहित*	
	अंगुल	*यव*	*अंगुल*	*यव*	*अंगुल*	*यव*
राजा	100	0	43	6	33	3
सामन्त	83	3	36	4	27	7
राजकुमार	90	0	39	3	30	3
मन्त्री	97	2	42	5	32	4
सेनापति	95	0	41	5	31	6
पुरोहित	95	0	41	5	31	6
समस्त वर्ण	तीन हाथ	0	35	4	37	0
देवता	81	–	–	–	–	–

टिप्पणी–एक अंगुल 8 जौ (छिलके व भूसी रहित) के बराबर होता है।

चक्रवर्ती के शय्या के दीर्घ चौड़ाई–ऊँचाई के छठे भाग के बराबर कम करने से लम्बाई, चौड़ाई और ऊँचाई की शय्या सामन्त की होती है।

दशांश कम राजकुमार की शय्या, छत्तीसवाँ भाग कम मन्त्रियों की शय्या, बीसवाँ भाग कम सेनापतियों व पुरोहितों की शय्या का प्रमाण

होता है। इससे छठा भाग कम जो अर्द्ध भाग है, विस्तार कहा है। इसका तृतीयांश आयाम का प्रमाण होता है, इसको क्रम से 4, 3, 2 से गुणा करने पर जो प्रमाण आए उतने अंगुल ऊँचा पाया बनाना चाहिए।

सभी वर्णों की शय्या तीन हाथ की होती है और 81 अंगुल की शय्या देवता की होती है। सरलता के लिए देखें - शय्या प्रमाण चक्रम्।

शय्या के काष्ठ का फल

असनो रोगहर्ता च पित्तकृत्तिन्दुकोभ्द्वः ।
रिपुहा चन्दनमथो धर्मयुर्यशदायकः ॥ 64 ॥
शिंशिपावृक्षसम्भूतः समृद्धिं कुरुते महान् ।
यस्तु पद्मकपर्यङ्को दीर्घमायुः श्रियं सुखम् ॥ 65 ॥
शालः कल्याणदः प्रोक्तः शालेन रचितस्तथा ।
केवलं चन्दनेनैव निर्मितं रत्नचित्रितम् ।
सुवर्णसुतमध्यासं पर्यङ्कं पूज्यते सुरैः ॥ 66 ॥
अनेनैव समायुक्ता शिंशपा तिन्दुकीति च
शुभासनं तथा देवदारू श्रीपर्णिकापि वा ।
शुभदौ शाकशालौ तु परस्परयुतौ पृथक् ॥ 67 ॥
तद्वत्पृथक् प्रशस्तौ हि कवाचकहरिद्रकौ ।
सर्वकाष्ठेन रचितौ न शुभः परिकीर्त्तितः ।
आम्रेण वा प्राणहरश्चासनो दोषदायकः ॥ 68 ॥

आसना काष्ठ की शय्या रोग को हरने वाली होती है। तिन्दुक काष्ठ की शय्या पित्तकारक होती है। चन्दन काष्ठ की शय्या धर्म, आयु और यश वृद्धिकारक होती है। शीशम काष्ठ की शय्या महा समृद्धि कारक होती है। पद्मक काष्ठ की शय्या दीर्घायु, धन और पशु को देने वाली, शत्रुनाशक एवं सर्व प्रकार की शय्या दीर्घायु, ध

न और पुत्र को देने वाली, शत्रुनाशक एवं सर्व प्रकार की सम्पन्नता को देती है। शाल काष्ठ की शय्या कल्याणकारी होती, यदि शाक के साथ बनाई गई हो। चन्दन काष्ठ से निर्मित शय्या जिसमें रत्न जड़े हो और मध्य भाग में स्वर्ण लगा हो तो ऐसे पलंग (शय्या) की देवता भी पूजा करते हैं। इसी प्रकार की शीशम और तिन्दुक काष्ठ की शय्या भी होती है।

देवदारू और श्रीपर्णी के आसन शुभ होते हैं। यदि शाक और शाल परस्पर युक्त हों तो ये भी शुभ होते हैं। इसी प्रकार अलग-अलग कवाच और हरिद्रक भी होते हैं। सभी काष्ठों से निर्मित शय्या शुभ नहीं होती है। आर्म काष्ठ की शय्या प्राणहर्ता असना-काष्ठा की शय्या भी प्राणहर्ता होती है। असना-काष्ठ दोषकारक होती है।

अन्येन सहितो ह्येष करोति धनसंक्षयम् ।
आमोदुम्बरवृक्षाणां चन्दनस्यन्दनाः शुभाः ।
फलिनां तु विशेषेण फलदं शयननसनम् ॥ 69 ॥
वज्रदन्ताश्च सर्वेषां योगे शुभफलाः स्मृताः ।
प्रशस्तं चन्दनं तेन कार्योऽलकङार एतयोः ।
दन्तस्य मूलपरिधी व्यापतं प्रोह्य कल्पयेत् ॥ 70 ॥
शय्याफलकमूले तु चिह्नश्चासनकोणके ।
न्यूनगिङरिचराणां तु किंचित्किंचित्प्रशस्यते ॥ 71 ॥
भीवृक्षवर्धमानैश्च ध्वजमन्नं च चामरम् ।
छेदे दृष्टे तु ह्यारोग्यं विजयं धनवृद्धिदम् ॥ 72 ॥
प्रहरणाभे जयो रोपो नन्द्यावर्ते लभेन्महीम् ।
लोष्ठे तु लब्धपूर्वस्य देशस्याप्तिर्भविष्यति ॥ 73 ॥
स्त्रीरूपे अर्थनाशः स्याद् भृगङराजे सूतस्य च ।
लाभः कुम्भे निधिप्राप्तिर्यात्राविध्नं च दण्डके ॥ 74 ॥
कृकलासभुजगङाभे दुर्भिक्षं वानरेण च ।

गृध्रोलूकश्येनकाक-सदृशो संकटो महान् ॥ 75 ॥
पाशे वाथ कबन्धे वा मृत्युर्जनविपद् भवेत् ।
समस्त्राते च कृष्णे च शावे दुर्गन्धिवान् भवेत् ॥ 76 ॥
शुक्लैः समैः सुगन्धैश्च स्निग्धैश्छेदैः शुभावहः ।
अशुभा च शुभा ये च छेदास्ते शयने शुभाः ॥ 77 ॥
ईशादिगो प्रदक्षिण्यात्प्रशस्तमथवा तथा ।
अपसव्ये दिक्त्रये च भयं भवति भूतजम् ॥ 78 ॥
एकेन वा विशरणे वैकल्यं पादतः शुभम् ।
द्वाभ्यां न तीर्यंते वातं त्रिचुतः क्लेशबन्धितौ ॥ 79 ॥
सुषिरे वा विवर्णे वा ग्रन्थौ पादे शरे तथा ।
व्याधिः कुम्भेऽथवा पादे ग्रंथिर्गदनरोगदा ॥ 80 ॥
कुम्भाद्यभागे जङ्घायां जङ्घां रोगं तथा भवेत् ।
तस्याश्चाधो पदाधो वा द्रव्यनाशकरः परः ॥ 81 ॥
खुरदेशे यदा ग्रंथिः खुराणां पीडनं भवेत् ।
राशिशीर्ष त्रित्रिर्भागसंस्थोऽपि न शुभप्रदः ॥ 82 ॥

दूसरे काष्ठ से युक्त असना काष्ठ धन का नाश करती है–आम, गूलर, चन्दन, स्यंदन वृक्ष की काष्ठ के पलंग और आसन शुभ होते हैं। फल वाले वृक्ष की काष्ठ के आसन और पलंग शुभ होते हैं। हाथी दांत सभी काष्ठ के साथ शुभ होता है। सभी में श्रेष्ठ काष्ठ चन्दन की है। अतः इन के मूल की परिधि जितना विस्तार मोटाई का करना चाहिए।

शय्या की पाटी के मूल में और आसन के कोने में और पाए आदि में थोड़ा चिह्न शुभ होता है।

श्रीवृक्ष और वर्धमान वृक्ष की काष्ठ की ध्वजा, छत्र और चामर बनवानी चाहिए। यदि उनमें छिद्र दिखे तो आरोग्य, विजय और धन–वृद्धि को देता है। यदि चिह्न शस्त्र के सदृश हो तो विजय, गोलाकार छिद्र

हों तो भूमि लाभ होता है। लोष्ठ (लोढ़ा) सदृश चिह्न हो तो पहले मिले हुए देश का लाभ होता है। स्त्री का रूप दिखे तो अर्थक्षय होता है। भांगरा दिखे तो लाभ होता है। स्त्री कर रूप दिखे तो अर्थक्षय होता है। भांगरा दिखे तो गड़ा धन प्राप्त है और दण्डाकार चिह्न हो तो यात्रा मे विघ्न उत्पन्न होता है।

गिरगिट, सर्प, वानर दिखें तो अकाल होता है। गिद्ध उल्लू, बाज, पक्षी, कौआ सदृश चिह्न दिखे तो अत्यन्त संकट आता है। पाश और कबन्ध दिखाई पड़े तो मृत्यु और विपदा आती है। समस्राव और श्याम शव दिखाई पड़े तो दुर्गन्ध से शुभ होता है।

यदि शुक्ल समान सुगन्धित चिकने छिद्र हों तो लाभ होता है। अशुभ और शुभ जो छिद्र हैं वे शय्या में शुभदायी होते हैं।

ईशान दिया आदि प्रदिक्षण क्रम से छिद्र हो तो श्रेष्ठ होता हैं वामक्रम में तीन दिशाओं में हों तो भूत का भय रहता है। एक बार के छेदन में विकलता पाद में हो तो शुभ होता है, दो बार छेदन से वायु नहीं मिलती है और तीन बार के विशारण से क्लेश और बन्धन होता है।

छिद्र और विवर्ण दिखाई दें और सन्धि व नर पाद में दिखें तो व्याधि होती है। कुम्भ व पाद में ग्रन्थि हो तो मुखरोग होता है।

कुम्भ के प्रथम भाग या जंघा में छिद्र हे तो जंघा का रोग होता है। उसके नीचे व पाद के नीचे छिद्र हो तो महारोग होता है। खुर के स्थान में ग्रन्थि हो तो खुरों में पीड़ा होती है। ग्रन्थि सिर के त्रिभाग में हो तो शुभ नहीं होती है।

छिद्रों के नाम और लक्षण

निष्कुटं चाथ कोलाख्यं धृष्टिनेत्रं च वत्सकम् ।
कोलकं बन्धुकं चैव संक्षेपाच्छिद्रकस्य च ॥ 83 ॥
घटवत्सुषिरं चैव सकङ्टाख्यं च निष्कुटम् ।
छिद्रश्चेत्पापनीलं च कोलाख्यं तद् बुधैः स्मृतम् ॥ 84 ॥

विषमं धृष्टिनयनं वैष्म्यं मध्यदीर्घकम् ।
वामवर्त्ते च भिन्नं च यथावत् वत्सनाभकम् ॥ 85 ॥
कालकं कृष्णवर्णं च बन्धूकं यभ्दवेद् द्विधा ।
दारं सवर्णछिद्रं च तथा पापं प्रकीर्त्तितम् ॥ 86 ॥
निष्कुटे द्रव्यनाशः स्यात्कोलाख्ये कुलनाशनम् ।
शस्त्राद् भयं शूकरे च वत्सनाभं गदप्रदम् ॥ 87 ॥
कालबन्धूकसंज्ञश्च कीटैर्वर्धनशोभनम् ।
सर्वग्रन्थियुतं यश्च दारू सर्वत्र नो शुभम् ॥ 88 ॥
एकद्रुमेण धान्यं स्याद् वृक्षद्वयविनिर्मितम् ।
धन्यं त्रिभिश्च पुत्राणां वृद्धिदं परिकीर्त्तितम् ॥ 89 ॥
अर्थं यशश्चतुर्भिश्च पश्चत्वं पश्चभिः स्मृतम् ।
षट्सप्तरचिते काष्ठे कुलनाशो भवेद् ध्रुवम् ॥ 90 ॥
शिरो मूलं च वृक्षाणामग्ने परदाः प्रकीर्त्तिताः ।
अनारण्ये चन्दने तु यतो मूलं ततः शिरः ॥ 91 ॥
इति प्रोक्तं मया विप्राः शयनासनलक्षणम् ।
भगङे च दोषाः कथिताः स्वामिना सहितेन च ॥ 92 ॥
पादभगङे मूलनाशमरणो धनसंक्षयः ।
शीर्षे तु मरणं विद्यात्पादे हानिर्महा भवेत् ॥ 93 ॥
शुद्धे शुभे दिने चैव कृत्वा तां निशि विन्यसेत् ।
शयीत दक्षिणे गेहे सुस्वप्नं शुभदं भवेत् ॥ 94 ॥

निष्कुट, कोलाख्य धृष्टि नेत्र, वत्सक और बन्धुक–इतने प्रकार के छिद्र संक्षेप में होते हैं।

घड़े के सदृश छिद्र को संकर और निष्कुट कहते हैं। छिद्र अपवित्र और नीले रंग के हों तो उसे कोलाख्य कहते है। विषम छिद्र को धृष्टि नेत्र विषम और मध्य में दीर्घ हों, वामावर्त से भिन्न हो तो

उसे वत्सका कहते हैं। जो काला छिद्र हो उसे कीलक जो दो प्रकार का हो तो उसे बन्धुक कहते हैं। समान वर्ण के छिद्र को दार बौर पाप भी कहते हैं।

निष्कुट में द्रव्य नाश, कोलाख्य में कुलनाश, शूकर में शस्त्रय, वत्सक में रोग होता है। कालक, बन्धुक नाम का छिद्र कीटो की वृद्धि और शुभदायी होता है। जो काष्ट सर्वत्र ग्रन्थियों (गांठों) से युक्त हो वह समस्त कार्यों में अशुभ होता है। एक वृक्ष की काष्ठ से बनी शय्या धन्य और दो वृक्षों से बनी शय्या धन्य होती है। तीन वृक्षों के काष्ठ से बनी शय्या धन और यश को देती है। पाँच वृक्ष की काष्ठ से बनी शय्या मरण देती है। छह या सात वृक्षों की काष्ठ से बनी शय्या निश्चय ही कुलनाश करती है। वृक्षों के सिर और मूल को क्रम से अग्रभाग और पाद कहते हैं। बिना पत्र के चन्दन में जो मूल है वही सिर है। हे विप्रे ! मैंने ये शय्या और आसन के लक्षण और स्वामी सहित उसके अंग के दोषों को कहा है। पाद भंग होने से मूलनाश, भरणी के भंग होने से धनहानि, सिर के भंग होने से मरण और पाद के भंग होने से महा हानि होती है। शुद्ध व शुभ दिन में शय्या को निर्मित कराकर उसे दक्षिण के गृह में स्थापित करके रात्रि में शुभ स्वप्न दिखें तो शुभ होता है।

गृह प्रवेश में कुम्भ चक्र से विचार व फल

घंटाकारं लिखेश्चक्रं रविधिष्णक्रमेण च ।
मुखैकं दिक्षु चत्वारि त्रीणि च गुदकण्ठयोः ॥ 95 ॥
गर्भे चत्वारि देयानि प्रदेशे कुमचक्रके ।
एवं चक्रं समालेख्यं प्रवेशार्थं सदा बुधैः ॥ 96 ॥
अग्निदाहो मुखे प्रोक्तं उद्वासः पूर्वतो भवेत् ।
दक्षिणे चार्थलाभश्च पश्चिमे श्रीयुतो भवेत् ॥ 97 ॥
उत्तरे कलहश्चैव गर्भे गर्भविनाशनम् ।
स्थिरता च गुदे कण्ठे कलशस्य प्रकीर्त्तिताः ॥ 98 ॥

एक घट के आकार का चक्र बनाकर इसमें सूर्य के नक्षत्र से एक नक्षत्र मुख में, चार-चार नक्षत्र चारों दिशाओं में, तीन-तीन नक्षत्र गुदा और कण्ठ में तथा चार नक्षत्र गर्भ में लिखें।

मुख के नक्षत्र में गृह-प्रवेश करने से गृह में अग्नि लगने का भय रहता है। पूर्व के नक्षत्र में गृह-प्रवेश करने से वध होने का भय रहता है। दक्षिण के नक्षत्र में गृह-प्रवेश करने पर धन लाभ होता है। पश्चिम

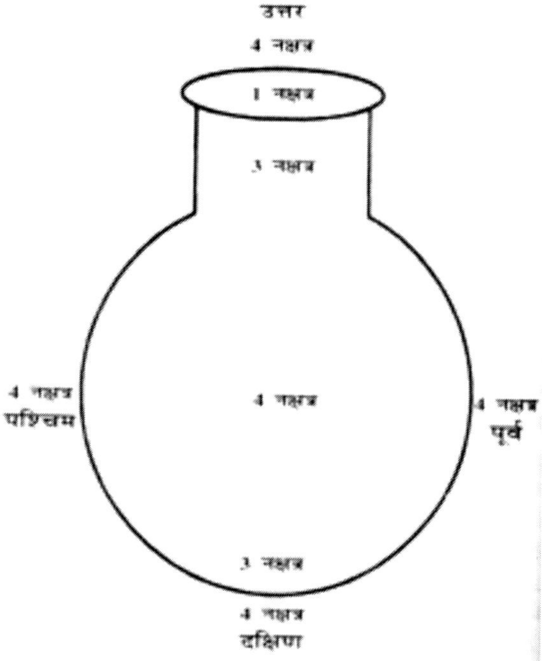

चित्र—छियासी—कुम्भ चक्र

मुख के नक्षत्र में गृह-प्रवेश करने पर लक्ष्मी की प्राप्ति होती है। उत्तर के नक्षत्र में गृह-प्रवेश करने पर कलह होती है। गर्भ के नक्षत्र में गृह-प्रवेश करने पर गर्भहानि और गुदा तथा कण्ठ के नक्षत्र में गृह-प्रवेश करने पर स्थिरता होती है। देखें-कुम्भ नक्षत्र फल चक्रम्।

कुम्भ नक्षत्र फल चक्रम्

स्थान नक्षत्र	संख्या	फल
मुख	1	अग्नि भय
पूर्व	4	वध-भय
दक्षिण	4	धन लाभ
पश्चिम	4	लक्ष्मी प्राप्ति
उत्तर	4	कलह
गर्भ	4	गर्भ हानि
गुदा	3	स्थिरता
कण्ठ	3	स्थिरता

प्रवेश के समय के नियम

स्नात्वा शुचिर्निरालसोऽलकङारेण विभूषितः ।
पूत्रदासरमायुक्तः सामातः सपुरोहितः ॥ 99 ॥
गन्धं पुष्पं च वस्त्रं च परिधायं पुनर्नवम् ।
पुष्पमालान्वितं मार्ग कृत्वा राजा सुखासने ॥ 100 ॥
निवेश्याग्ने तथा राज्ञीं निवेदय विजितेन्द्रियः ।
गीतोत्सवादिभिर्युक्तो गीतवाद्यादिसंयुतः ॥ 101 ॥
अग्रे सूपूर्णान् कलशान् विप्रान् वेदविशारदान् ।
गयकान् गणिकांश्चैव सुवासिन्यो विशेषतः ॥ 102 ॥
व्यस्तैर्यानादिशकुनैर्द्वारमार्गेण भूपतिः ।
वितानैस्तोरणैः पुष्पैः पताकाभिर्विशेषतः ॥ 103 ॥
अलंकृत्य नवं गेहं देहलीं पूजयेत्ततः ।
दिक्पालांश्च तथा क्षेत्रपालं ग्रामपदेवताः ॥ 104 ॥

प्रणम्य विधिवत्पूज्य द्वारमार्गे विशेद् गृहम् ।
पूजयेद् गणनाथं च मातृकां च विशेषतः ॥ 105 ॥
वसोर्धारां पातयित्वा ग्रहांश्चैव तु पूजयेत् ।
वास्तुनाथं च सम्पूज्यं ब्राह्मणान् पूजयेत्ततः ॥ 106 ॥
दक्षिणां च ततो दद्याद् विद्वदभ्यो वित्तशक्तितः ।
गोदानं भूमिदानं च कारयेच्च यथाविधि ॥ 107 ॥
पुरोहितं च दैवज्ञं स्थपतीन् परितोष्य च ।
दीनान्धकृपणेभ्यश्च दद्याद् दानं च भोजनम् ॥ 108 ॥
लिगिङ्नं च विशेषेण बन्धुवर्गं च पूजयेत् ।
दानमानैश्च तान् सर्वातन् परीतोष्य यथाविधि ॥ 109 ॥
भोजयेद् बन्धुवर्गांश्च स्वयं भुंजीत वाग्यतः ।
राजा चान्तः पुरे वध्वा स्त्रीजनैश्च समन्वितः ॥ 110 ॥
भोजयेच्छत्तितः स्वान्तः पुरस्थान् स्वजनांस्ततः ।
विहरेच्च सुखं राजा स्वावासे भार्ययान्वितः ॥ 111 ॥

गृह-प्रवेश के दिन निराहार रहकर स्नान आदि करके पवित्र होकर वस्त्र-आभूषण आदि धारण करके पुत्र, मन्त्री व पुरोहित सहित यजमान गन्ध, पुष्प नए वस्त्र धारण करके, पुष्प माला से गृह को सजाकर और वस्त्र से मार्ग को ढककर राजा सुन्दर आसन पर रानी को आगे करके गीत व बाजा सहित, आगे पूर्ण कलश, वेद के विद्वान विप्रों को आगे करके, विशेष रूप से गणक और सौभाग्यशाली स्त्रियों को आगे करके गृह-प्रवेश करना चाहिए।

यात्रा के समय के शकुनों से युक्त, वितान, तोरण, पुष्प्य, पताका आदि से नूतन गृह अलंकृत करके, देहली का पूजन तथा ग्रहों का पूजन कर वास्तु देवता का पूजन करके ब्राह्मणो का पूजन करें। अपनी शक्ति के अनुसार दान दक्षिणा दें। गोदान व भूमि दान को भी यथा

विधि करें। पुरोहित दैवज्ञ, व कारीगर को सन्तुष्ट करके दीन, अन्धे और कृपण को दान व भोजन दें। साधु और बंधु वर्ग को दान, सत्कार और मान से यथा विधि सन्तुष्ट करके बन्धु-बान्धवों को भोजन कराकर स्वयं भोजन करें। स्वयं राजा अन्तः पुर में बहू और स्त्रियों का यथा शक्ति भोजन कराकर स्वजनों के साथ सुखपूर्वक स्त्री के साथ आवास करें।

8

कुछ महत्वपूर्ण विषय

तलघर (बेसमेन्ट)

वास्तुशास्त्र के अनुसार बेसमेन्ट दुष्परिणामदायक हैं, और आवासीय भवन में कहीं भी बेसमेन्ट नहीं बनाना चाहिए। यदि आवासीय भूखण्ड पर बेसमेन्ट बनाना आवश्यक हो तो पश्चिम और दक्षिण दिशा छोड़कर उत्तर और पूर्व दिशा मे ही बनाना उचित है। भूमिगत तलघर में सूर्य का प्रकाश और हवा का संचार रहे, यह ध्यान मे रखना चाहिए।

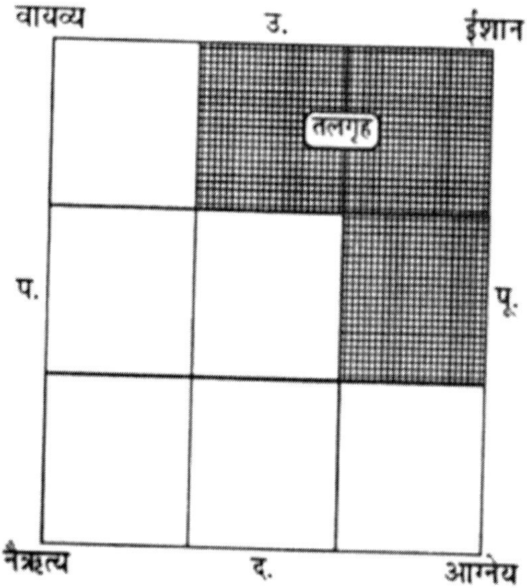

चित्र– भूखण्ड में बेसमेन्ट की स्थिति

आजकल महानगरों में भूखण्डो की कीमतें आसमान छू रही हैं, और भूखण्डों का आकार सिकुड़ता जा रहा है। ऐसी स्थिति में भूखण्ड के स्वामी भूखण्ड की एक-एक इंच जगह का उपयोग करना चाहते हैं और इसलिए आजकल बेसमेन्ट बनाने का प्रचलन।

व्यावसायिक भवनों में भूखण्ड के पूरे आकार पर बेसमेन्ट बनाया जा सकता है। यदि तहखाने से नियंत्रित किए गए व्यापार में बहुधाा पूर्ण प्रयत्न के पश्चात भी केवल 60 प्रतिशत शुभ परिणाम परये गये हैं, अर्थात परिश्रम का पूर्ण फल नहीं मिलता। यदि भूखण्ड पर व्यावसायिक एवं आवासीय दोनों दृष्टि से निर्माण करना हो तो तहखाने का निर्माण पूर्व, उत्तर अथवा ईशान कोण के क्षेत्र में करें, और इस स्थान का प्रयोग पार्किंग और भण्डारण के लिए उत्तम होगा।

तहखाने में शुद्ध हवा और सूर्य के प्रकाश का प्रवेश कम ही होता है। कारण यह है कि तहखाने मे हवा और रोशनी के लिए जो रोशनदान लगे होते है, उनकी ऊँचाई के कारण उन्हें प्रतिदिन खोलना और बन्द करना मुश्किल हो जाता है। भूगर्भ में ध्वनिदोष भी पाया जाता है। भूतल पर जो ध्वनि फुसफुसाहट के रूप में सूनाई देती है, वही ध्वनि भूगर्भ में अत्यन्त ऊँची सुनाई देती है।

तहखाने में यदि शुद्ध हवा और प्रकाश की कमी हो तो वहाँ पर ऊर्जा का बहाव अवरूद्ध होने से वहां कार्य करने वाले व्यक्ति प्राय: सुस्त एवं चिड़चिड़े स्वभाव के हो जाते हैं।

वास्तु अनुसार भूगर्भ गृह को अशुभ माना गया है। बेसमेन्ट से भवन के नीचे एक खोखलेपन का एहसास रहता है। एक ठोस धरातल व्यक्ति की सोच, जीवन और विचारधारा में एक स्थायित्व और परिपक्वता देता है। आवास के नीचे का खोखलापन निवास में पृथवी तत्व की कमी, जोकि स्थायित्व का द्योतक है, का सूचक है। धरातल सशक्त होने से व्यक्ति के मनोबल और आत्मविश्वास में स्वत: वृद्धि होती है।

तहखाने में हल्के रंगो का प्रयोग करें। लाल, नीले और काले रंग का प्रयोग न करें। किसी भी कारण से तहखाने में निवास स्थान न

बनाएँ। तहखाने के उत्तर, पूर्व अथवा ईशान कोण के क्षेत्र को जलीय स्रोतों के रूप में जैसे बोरिंग अथवा जल भण्डार आदि के लिए प्रयोग किया जा सकता है। तहखाने का फर्श बनाते समय विशेष ध्यान दें कि पूरे फर्श का स्तर समान हो। तहखाने की छत की ऊँचाई भूतल की छत की ऊँचाई से ऊँची नहीं होनी चाहिए।

वृक्ष विचार और वास्तु

वृक्ष मानव जीवन का आधार हैं। मानव, प्रकृति, वृक्षों और पौध ों का सदियों से अटूट रिश्ता रहा है। केवल बढ़ते हुए प्रदूषण को रोकने में ही नहीं, अपितू जलवायु एवंम् वातावरण के संतुलन में भी वृक्षों का योगदान सर्वोपरि है। वृक्षों से हमें फल, फूल, औषधि और लकड़ी सब कुछ मिलता है। घर और नगर में पेड़-पौधे लगाना मनुष्य का धर्म है।

बागवानी या लैंडस्केम्पिक (Landscaping) का गृह-विन्यास और नगर-विन्यास से अटूट नाता है। हमारे ऋषि-मुनियों द्वारा वृक्ष स्थापना सम्बंधी शुभारंभ फलों की व्याख्या ज्योतिष और वास्तु संबंधी ग्रंथों में विस्तार से की गई है।

ज्योतिष ग्रंथों के अनुसार हमारे सौरमंडल के विभिन्न ग्रहों का अलग-अलग प्रकार के वृक्षों पर आधिपात्य है। जो वृक्ष ऊँचे हों और अन्तःसार (मजबूत और कठोर तने वाले जैसे शीशम, साखू इत्यादि) हो, उन पर सूर्य का विशेष अधिकार होता है। दूधवाले और स्निग्ध वृक्षों (देवदार इत्यादि) पर चन्द्र का प्रभाव होता है। लता, वल्ली इत्यादि पर चन्द्र और शुक्र का और पुष्पों से युक्त या जिनमें रस हो उन पर भी शुक्र और चन्द्र का अधिकार होता है। झाड़ियों पर राहू और केतू का विशेष अधिकार है।

जिन वृक्षों में रस विशेष न हो और कमज़ोर हों, दुर्भग अर्थात् देखने में अप्रिय लगने वाले और सूखे वृक्षों पर शनि का अधिकार है। कड़वे और कांटे वाले वृक्षों पर मंगल का अधिकार है।

मतान्तर से फल वाले वृक्षों पर बृहस्पति का, पुष्प बहुल वृक्षों पर शुक्र का और पत्र बहुल वृक्षों पर बुध का आधिपात्य होता है। औषधीय जड़ी बूटियों का स्वामी चन्द्रमा है। सभी फलदार वृक्ष बृहस्पति के वर्ग में, बिना फल के वृक्षों पर बुध का और फल, पुष्प वाले चिकने वृक्षों पर शुक्र का अधिकार है।

आर्युर्वेदिक चिकित्सा प्रणाली में किसी ग्रह के अधीन आने वाली वनस्पतियों और औषधियों से ही उस ग्रह–जनक रोग का उपचार किया जाता है। उदाहरण के लिए बुध हमारी मैमोरी या याद्दाश्त का कारक है और ब्राह्मी बूटी जो बुध के आधिपात्य में है उस का इस्तेमाल मैमोरी पिल (Memory Pill) के रूप में किया जाता है।

विभिन्न वृक्षों, पौधों और वनस्पतियों पर अलग–अलग ग्रहों के प्रभाव की जानकारी विभिन्न लग्न या राशि में जन्में जातक के लिए शुभ–अशुभ वृक्षों, पौधों की तरफ भी संकेत करता है। उदाहरणार्थ कर्क लग्न या राशि होने से और चन्द्र प्रधान होने से पानी में लगाए गए मनीप्लांट या कमल जैसे पौधे और फूल घर की उत्तर दिशा में अत्यन्त शुभ होंगे।

ग्रहों के अशुभ प्रभाव से बचने के लिए उपाय ज्योतिष में मंत्रपाठ, हवन, ध्यान और उपाय संबंधी रत्नों का उपयोग किया जाता है। रत्नों के अत्याधिक मूल्यवान होने से कई बार वे सामान्य जन की पहुँच से दूर होते हैं।

ऐसे में कुछ पौधों की जड़ों को रत्नों के विकल्प के रूप में उपयोग किया जाता है, जैसे चन्द्र के लिए मोती की जगह खिरनी की जड़, गुरु के लिए पुखराज की जगह भारंगी की जड़, और सूर्य के लिए माणिक की जगह बेल की जड़ का इस्तेमाल किया जा सकता है।

वास्तुशास्त्रीय ग्रंथों के अनुसार पाकड़ (प्लक्ष) का वृक्ष दक्षिण में, बड़ पश्चिम में, गूलर उत्तर में और पीपल पूर्व में हो तो यह अशुभ है।

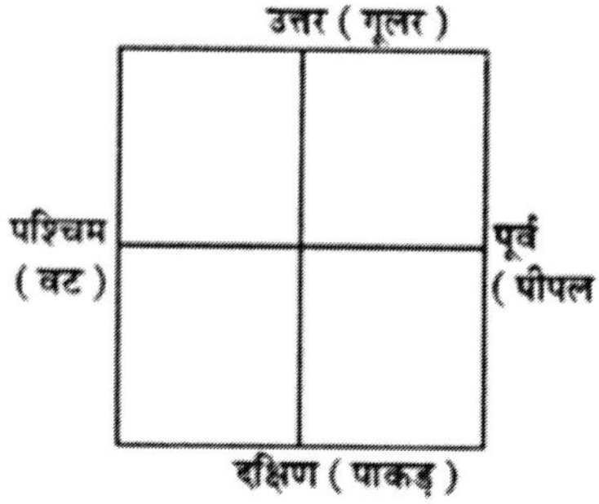

दिशा अनुसार अशुभ वृक्ष

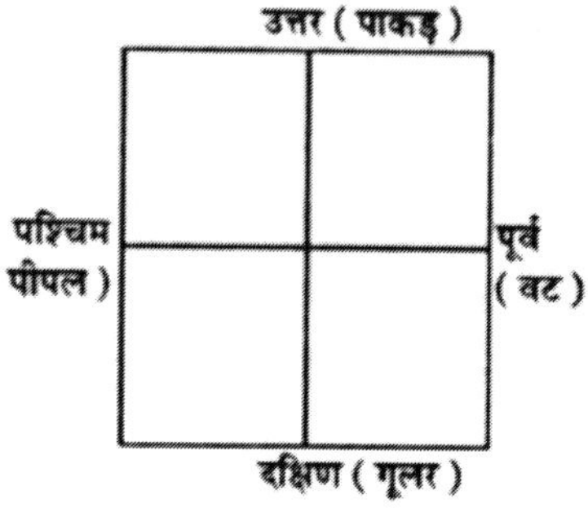

दिशा अनुसार शुभ वृक्ष

इसके विपरीत उत्तर में पाकड़, पूर्व में बड़ दक्षिण में गूलर और पश्चिम में पीपल शुभ है। गृह के समीप कांटेदार वृक्ष (बबूल, कीकर आदि) होने से शत्रुभय, दूध वाले वृक्ष (जैसे आक, कटैली आदि) से धननाश और फलदार वृक्ष संतान के लिए हानिकार होते हैं। इन वृक्षों को घर के पास नहीं लगाना चाहिए और इनकी लकड़ी भी घर में प्रयोग न करें। यदि इन वृक्षों को हटाना किसी कारण संभव न हो तो इनके बीच-बीच में शुभदायक वृक्ष जैसे नागकेसर, अशोक, अरिष्ट, शमी या साल में से कोई लगा देने से दोष निवृत्त हो जाता है।

ईशान कोण की वाटिका में हल्के फूलों वाले पौधे, बेल और लताएँ ओर औषधीय गुणों वाले पौधे, जैसे तुलसी, अनार, वायव्य में बिल्व, उत्तर में कैथ व पाकर, पूर्व में बरगद, दक्षिण में गुलाब एवम् पश्चिम में पीपल लगाना चाहिए। घर के पूर्व, उत्तर-पश्चिम या ईशान कोण में वाटिका या तालाब या कूप बनवाने से अत्यन्त शुभ फल होता है।

हमारे शास्त्रों में वृक्षों की महत्ता और उपयोगिता का अंदाजा इस बात से लगाया जा सकता है कि शास्त्रों के अनुसार जो व्यक्ति एक पीपल, एक नीम, एक बरगद, दस इमली, तीन कैथ, तीन बेल, तीन आंवला और पाँच आम के वृक्ष लगाता है, वह पुण्यात्मा होता है और कभी नरक के दर्शन नहीं करता।

वास्तु के स्वर्णिम सूत्र

वास्तु अनुसार बने भवनों में रहने वाले परिवार सदैव सुखी एवं समृद्ध रहते हैं। उत्तम स्वास्थ्य, मानसिक शान्ति एवं आध्यात्मिक आनन्द की प्राप्ति के लिए निम्न बातों का सदैव ध्यान रखें:-

1 उन्हीं भूखंडों को खरीदें, जिनका दिशाकरण मुख्य दिशाओं उत्तर, पूर्व, पश्चिम एवं दक्षिण दिशा की ओर हो।

2 भवन के सभी ओर चारदीवारी अवश्य बनायें। मुख्य भवन के चारों ओर खाली जगह छोड़ें।

3 वर्गाकार एवं आयताकार भूखण्ड उत्तम है।

4 उत्तर एवं पूर्वी दिशा में अधिक से अधिक स्थान खाली छोड़ें।

5 भवन का मुख्य प्रवेश द्वार वास्तुचक्र अनुसार शुभ पदों में ही स्थापित करें। यह द्वार घर के अन्य द्वारों से बड़ा होना चाहिए। उत्तम होगा, यदि यह द्वार दो पल्लों वाला हो।

6 भवन के केन्द्रीय स्थान (ब्रह्म स्थान को) भार मुक्त रखें। यहाँ बीम, पिलर, कुआँ, सीढ़ियाँ इत्यादि न बनाएँ।

7 नैर्ऋत्य कोण में खुला स्थान न छोड़ें। इस क्षेत्र में मुख्य द्वार अथवा चारदीवारी का द्वार न बनायें।

8 कुआँ अथवा बोरिंग ईशान कोण के क्षेत्र में ही करवायें।

9 ईशान कोण को हमेशा खुला, भार मुक्त और स्वच्छ रखें।

10 गृहस्वामी का शयनकक्ष नैर्ऋत्य कोण या दक्षिण दिशा में बनाएँ।

11 भवन के बीच में आंगन बनाना श्रेष्ठ है। इसका ढाल पूर्व या उत्तर की ओर होना चाहिए।

12 बच्चों का शयनकक्ष पश्चिम अथवा उत्तर दिशा में होना चाहिए। बच्चे सोते समय अपने सिर को पूर्व दिशा में रख सकते हैं।

13 रसोई आग्नेय कोण के क्षेत्र में ही बनायें। खाना बनाते समय मुँह पूर्व दिशा की ओर होना चाहिए। गैस के चूल्हे को आग्नेय कोण में रखें।

14 सीढियाँ दक्षिण, पश्चिम अथवा नैर्ऋत्य कोण में होनी चाहिए। अंतिम सीढ़ी दक्षिण अथवा पूर्व दिशा में होनी चाहिए।

15 उत्तम स्वास्थ्य के लिए दक्षिण दिशा की ओर सिर रख कर सोयें। उत्तर दिशा में सिर कभी न रखें।

16 दर्पण को पूर्व अथवा उत्तर की दीवार में लगायें।

17 दक्षिण एवं पश्चिम दिशा की दीवारें पूर्व एवं उत्तर दिशा की दीवारों से ऊँची होनी चाहिए।

18 मुख्य द्वार के सम्मुख कोई वेध नहीं होना चाहिए।

19 सभी महत्वपूर्ण और शुभ कार्यों को करते वक्त उत्तर मुखी या पूर्व मुखी हो कर बैठें।

20 भवन के ईशान कोण के क्षेत्र में वजन न डालें, भारी निर्माण न करें। और इस क्षेत्र में कूड़ा-करकट न रखें।

21 जिस अलमारी में महत्वपूर्ण दस्तावेज, अमूल्य वस्तुएँ, नकदी, जेवरात आदि रखें हों उसे गृह स्वामी के शयनकक्ष के नैर्ऋत्य कोण में स्थापित करें।

22 पूजा कक्ष ईशान कोण के क्षेत्र में ही रखें। औषधियों की गुणवत्ता में वृद्धि के लिए उन्हें उत्तर अथवा ईशान कोण की अलमारी में रखें।

23 परछत्ती या लॉफ्ट कमरों की दक्षिण या पश्चिम दीवार के साथ बनायें।

24 उत्तर एवं पूर्व दिशा में बालकनी होना उत्तम है। यदि बालकनी नैर्ऋत्य कोण के क्षेत्र में हो तो उसे चिक अथवा ब्लाईण्ड से बन्द किया जा सकता है।

25 रसोईघर एवं टायलेट एक-दूसरे के साथ-साथ न बनायें।

26 रसोईघर मुख्य द्वार के एक दम सामने नहीं होना चाहिए।

27 टूटे दर्पण, टूटी, रुकी हुई घड़ियाँ घर में न रखें।

28 गजलक्ष्मी, स्वास्तिक एवं ॐ जैसे शुभ चिन्ह मुख्य द्वार पर लगायें।

28 विद्यार्थी पढ़ते समय पूर्वाभिमुख या उत्तराभिमुख बैंठे।

29 बीम के नीचे न तो बैठें, न सोयें और न ही कोई कार्य करें।

30 काँटेदार एवं दूध वाले पौधे घर में न लगायें।

31 बरसाती पानी का निकास उत्तर, पूर्व अथवा ईशान कोण की दिशा में होना चाहिए।

32 तुलसी और अन्य औषधीय पौधे घर के ईशान कोण में लगायें।

33 अशोक, अनार, नीम, नींबू, बेल और चम्पक जैसे शुभ वृक्ष नैर्ऋत्य कोण में लगायें।

34 निर्माण से पूर्व भूमि-पूजन शुभ मुहर्त में करें और नये घर में प्रवेश करते समय शुभ मुहर्त की विशेष ध्यान दें।

35 शौचालय को उत्तर-दक्षिण दिशा के समानान्तर बनायें।

36 सीढियों के नीचे पूजास्थल अथवा टायलेट न बनायें। इस स्थान को सामान आदि रखने के लिए प्रयोग करें।

37 छत के ऊपर पानी की टंकियाँ दक्षिण एवम् पश्चिम दिशा में रखनी चाहिए।

38 ईशान कोण के क्षेत्र में टायलेट अथवा भट्टी, आग आदि जलाने की व्यवस्था घर में आर्थिक विपत्ति के अलावा मानसिक तनाव एवं झगड़े आदि का कारण बनती है।

39 मुख्य द्वार का सही दिशा में न होना, मुख्य द्वार के आगे किसी भी प्रकार की रुकावट परिवार की समृद्धि में रुकावट का कारण बनती है।

40 भवन एवं प्रत्येक कक्ष के दक्षिण, पश्चिमी एवं नैर्ऋत्य

कोण के क्षेत्र में भारी सामान जैसे अलमारी, भारी फर्नीचर आदि रखें।

41 बेसमेंट भवन के उत्तर, पूर्व एवम् ईशान कोण में बनाएं।

42 देवताओं की तथा अन्य धार्मिक पेंटिंग्स पूर्वी दीवार पर लगायें।

43 पूजा कक्ष में दिवंगत पुरखों के चित्र न लगायें। ऐसे चित्र दक्षिणी दीवार पर लगाए जा सकते हैं।

44 हिंसा, मृत्यु, बीमारी एवं उदासीन प्रकृति की तस्वीरों को घर में न लगायें क्योंकि यह नकारात्मक विचारधारा को जन्म देती हैं।

45 पूर्व एवं उत्तर दिशा में दक्षिण एवं पश्चिम दिशा की अपेक्षा अधिक खिड़कियाँ एवं दरवाजे रखें।

46 घर के भीतर की सीढ़ियाँ भी मुख्य द्वार के एकदम सामने नहीं होनी चाहिए।

47 घर के बाहर की सीढ़ियाँ भी मुख्य द्वार के सामने नहीं होनी चाहिए और मुख्य द्वार के ऊपर से होकर नहीं जानी चाहिए।

48 अपने घर को साफ-सुथरा एवं बेकार के सामान से मुक्त रखें। पुराने कपड़े, अखबार एवं बेकार के सामान को समय-समय पर फेंकते या निकालते रहना चाहिए। जिन वस्तुओं की बाद में आवश्यकता हो उन्हें व्यवस्थित रूप में एक निश्चित स्थान पर रखें, जहाँ से ज़रूरत होने पर उपयोग में लाया जा सके।

49 नैर्ऋत्य कोण में ढलान अथवा गड्ढा परिवार के सदस्यों में बीमारी का कारण बन सकता है। भवन की दक्षिण दिशा में नीचापन वित्तीय कठिनाइयाँ उत्पन्न कर सकता है।

9

आवासीय भवन के विभिन्न कक्षों की स्थिति और आंतरिक साज-सज्जा

इष्टिका लोष्ठपाषाणमृतिकाजीर्णमायसम्।
तृणं पत्रं बुधैः प्रोक्तं दारू नूत्नं गृहाय वै।

नूतन गृह निर्माण में पुरानी ईंट, पत्थर, लोहा और काष्ठ का प्रयोग न करें।

–समरांगण सूत्रधार

सीढ़ियाँ

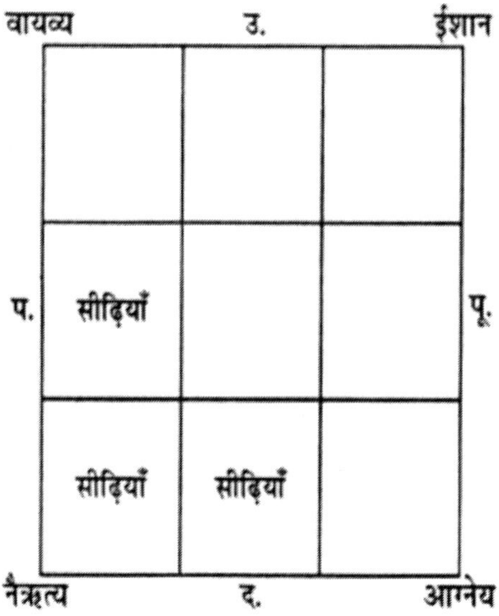

सीढ़ियाँ बनाने के लिए दक्षिण, पश्चिम अथवा नैर्ऋत्य कोण उत्तम स्थान है।

ईशान कोण और ब्रह्म स्थान के क्षेत्र को छोड़कर सीढ़ियाँ किसी भी स्थान पर बनाई जा सकती हैं। सीढियों के नीचे का स्थान सामान आदि रखने के अलावा किसी और कार्य के लिए प्रयोग में नहीं लाना चाहिए।

सीढ़ियों का प्रारम्भ पूर्व से पश्चिम दिशा की ओर अथवा उत्तर दिशा से दक्षिण दिशा की ओर होना चाहिए।

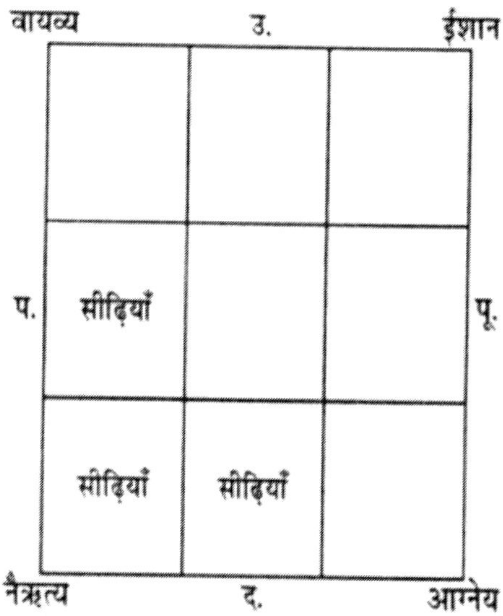

चित्र– भवन में सीढ़ियों की स्थिति

सीढ़ियाँ हमेशा विषम संख्या में होनी चाहिए। गोलाकार सीढ़ियों को अशुभ माना गया है। सीढ़ी इस प्रकार की न हो जो पूरे भवन को घेरती हुई बनायी जाये।

सीढ़ियाँ सदैव अच्छी हालत में रहनी चाहिए। यदि मरम्मत की जरूरत हो तो शीघ्र करवा लें। सीढ़ियों की गलत स्थिति: सीढ़ियों का घुमाव घड़ी की विरुद्ध दिशा में नहीं होना चाहिए।

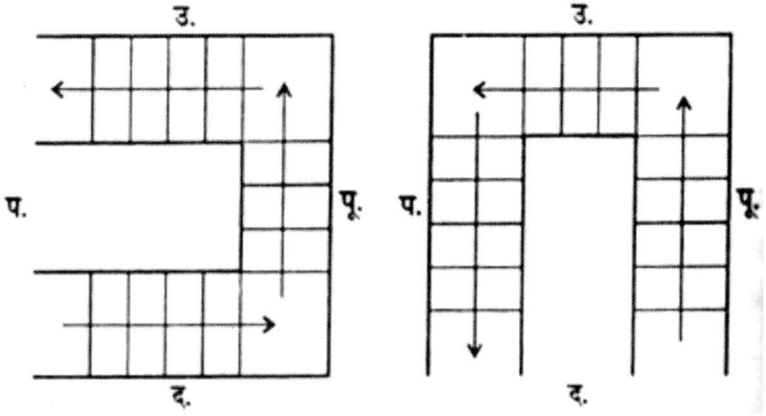

सीढ़ियों की सही स्थिति: सीढियों का घुमाव सदैव घड़ी की दिशा में होना चाहिए। सीढ़ियों का घुमाव पूर्व से दक्षिण, दक्षिण से पश्चिम और पश्चिम से उत्तर होना चाहिए।

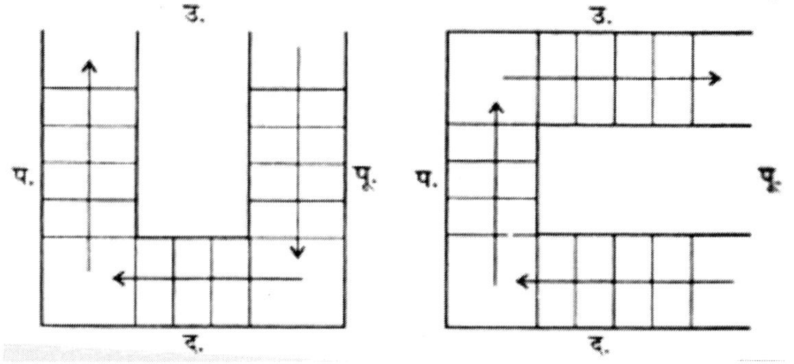

चित्र– सीढ़ियाँ

यदि स्थान के अभाव अथवा किसी और मजबूरी के कारण सीढ़ियों को दक्षिण पूर्व एवं उत्तर पश्चिम की दिशा में बनाना पड़ जाए तो ध्यान रहे कि सीढ़ियों का आरंभ पूर्व से पश्चिम अथवा उत्तर से दक्षिण दिशा की ओर होना चाहिए। इस स्थान पर सीढ़ियों को जितना हल्का रखें उतना उत्तम होगा।

बाहर की ओर की सीढ़ियाँ भी मुख्य द्वार के एकदम सामने नहीं

होनी चाहिए। घर के अन्दर की सीढ़ियाँ मुख्य द्वार के एकदम सामने नहीं होनी चाहिए। अगर ऐसा हो तो हर सीढ़ी पर छोटे-छोटे पौधों के गमले रखे।

आवासीय भवन में विभिन्न कक्षों की स्थिति

बृहतसंहिता, नारद संहिता और वस्तुराजवल्लभ आदि वास्तु की शास्त्रीय पुस्तकें निवास स्थान को सोलह भागों में विभक्त करती हैं। भिन्न-भिन्न कक्षों का विभिन्न दिशाओं में विशेष प्रयोजन के लिए स्थान निर्धारित किया गया है।

द्वार के लिए विशेष स्थान चयन कर लेने के पश्चात् घर के अंदर भिन्न-भिन्न कक्षों के लिए जैसे स्नानागार, रसोईघर, शयनकक्ष और भोजन कक्ष आदि को विशेष स्थान प्रदान किया गया है, जैसे कि स्नानागार पूर्व में, रसोईघर आग्नेय कोण में और शयनकक्ष दक्षिण दिशा में शुभ हैं।

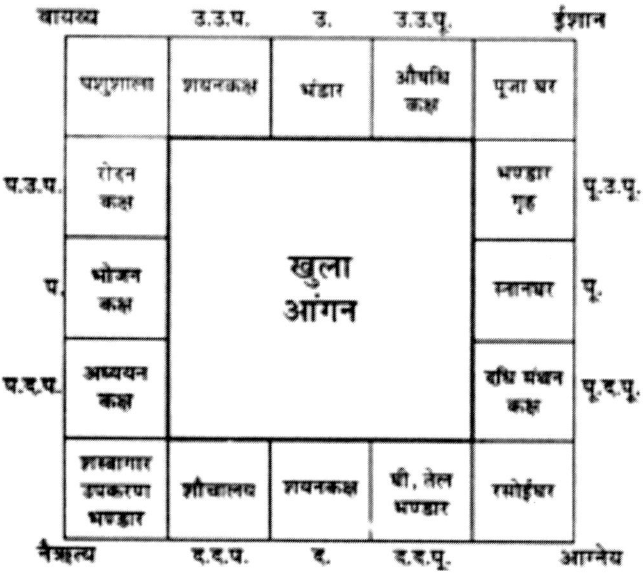

चित्र- भवन में विभिन्न कक्षों की स्थिति

आधुनिक संदर्भ में आवासीय भवनों में इन सोलह कक्षों के

अलावा कुछ वैकल्पिक व्यवस्था भी की जा सकती है। वास्तुशास्त्र के अनुसार विविध कार्यों के लिए भूखण्ड की भिन्न-भिन्न दिशाओं में विभिन्न कक्षों का उल्लेख है।

इन कमरों के लिए वैकल्पिक दिशा और क्षेत्र भी निर्धारित है। यदि मकान में कोई कक्ष गलत जगह पर हो तो उसे उचित स्थान पर बदला जा सकता है।

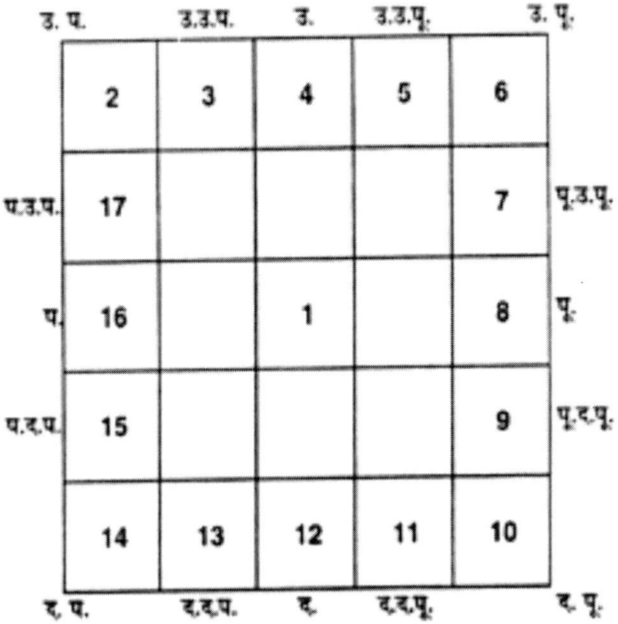

चित्र– आधुनिक संदर्भ में भवन में विभिन्न कक्षों/क्षेत्रों की वैकल्पिक व्यवस्था

1 ड्राईंग रूम, परिवार कक्ष, बैठक, पूजाकक्ष और आँगन।

2 अनाज भण्डारण, रसोईघर, शयनकक्ष, अतिथि शयनकक्ष, गैराज, शौचालय, सैप्टिक टैंक, पशुशाला।

3 कोषागार, पठान कक्ष, स्वागत कक्ष, पानी का भण्डारण, कुआँ, बोरिंग पम्प, बैठक, तहखाना, पूजाकक्ष, लॉन, क्यारियाँ, बच्चों का शयनकक्ष।

4 औषधि कक्ष, पुत्री का शयनकक्ष, कुआँ, नल, बोरिंग, पूजाघर, बैठक, तहखाना, पोर्टिको।

5 पूजाघर, कुआँ, बोरिंग, भूमिगत पानी की टंकी, बरामदा, बैठक, ड्राईंग रूम, पोर्टिको, लॉन, बेसमेन्ट।

6 कुआँ, बोरिंग, पूजाघर, भण्डारगृह, बेसमेन्ट, लॉन।

7 स्नानागार, गोबर गैस, स्टोर, पूजाघर, बालकनी, लॉन, बच्चों का कमरा, अध्ययन कक्ष।

8 रसोईघर, सीढ़ियाँ, शौचालय, स्नानघर, बायलर, जनरेटर, मेन स्विच बोर्ड।

9 रसोईघर, ऑफिस, पोर्टिको, गैराज, शौचालय, लॉन, जनरेटर/इनवर्टर।

10 स्टोर, द्वार, शयनकक्ष, भोजनकक्ष, सीढ़ियाँ, शौचालय।

11 शयनकक्ष, स्टोर, सीढ़ियाँ, छत पर पानी की टंकी, बड़े वृक्ष।

12 शौचालय, स्टोर, शयनकक्ष, छत पर पानी की टंकी, बड़े वृक्ष।

13 भारी सामान के लिए स्टोर, कच्चे माल का भंडार गृह, परिवार के मुखिया का शयनकक्ष, सीढ़ियाँ, छत पर पानी की टंकी, बड़े वृक्ष।

14 अध्ययन कक्ष, शयनकक्ष, स्टोर, सीढ़ियाँ, शौचालय, वृक्ष।

15 भोजन कक्ष, पानी की टंकी, शौचालय, सीढ़ियाँ, वृक्ष, बच्चों का शयनकक्ष।

16 बैठक, शयनकक्ष, भण्डारण, शोकगृह, पोर्टिको, पाकशाला, सैप्टिक टैंक।

17 शयनकक्ष, ड्राईंग रूम, भोजन कक्ष, अध्ययन कक्ष, सैप्टिक टैंक, गोबर गैस प्लान्ट, पानी की टंकी।

आधुनिक संदर्भ में कक्षों का आवंटन

आज के आधुनिक युग में एकाकी और छोटे परिवार होने के

कारण न तो इतने बड़े स्थान की कोई उपयोगिता है और न ही इतना स्थान उपलब्ध ही हो पाता है। इन सब बातों को ध्यान में रखते हुए आधुनिक संदर्भ में निवास स्थान का वर्गीकरण (आवंटन) निम्न प्रकार से किया जा सकता है।

	वायव्य	उ.	ईशान	
	अनाज का भण्डारण कपड़े धोने का स्थान टायलेट/स्नानघर सैप्टिक टैंक, गैराज, अतिथि गृह	कोषागार, दवाइयों का कक्ष पठन कक्ष ड्राईंग रूम/बैठक	पूजा का कमरा बरामदा बैठक पोर्टिको	
प.	भोजन कक्ष बच्चों का शयन कक्ष पठन कक्ष	खुला आँगन	स्नान घर, बच्चों का पठन कक्ष तरल पदार्थों का भण्डार-घर जैसे तेल, घी और दूध आदि	पू.
	गृहस्वामी का शयन कक्ष, सीढ़ियाँ, भंडार गृह	शयन कक्ष भण्डारण कक्ष	रसोई-घर गैराज बिजली की मोटर का स्थान	
	नैऋत्य	द.	आग्नेय	

चित्र– आधुनिक संदर्भ में कक्षों का आवंटन

बरामदा

बरामदा घर का अनौपचारिक स्वागत स्थल है। यह स्थान मुख्य भवन की पूर्व अथवा उत्तरी दिशा में होना चाहिए। हम सड़क, पार्क अथवा गली आदि सार्वजनिक स्थलों से होकर घर के लॉन अथवा बरामदे में प्रवेश करते हैं और इसके बाद घर में प्रवेश करते हैं। बरामदे को भवन के पूर्व अथवा उत्तर दिशा में बनाना अत्यन्त लाभप्रद है। इसे एक छोटे से स्वागत क्षेत्र का रूप भी दिया जा सकता है। उसे इस स्थान पर बिठाया जा सकता है, जिस आगन्तुक को आप घर के अन्दर प्रवेश नहीं देना चाहते

घर की पवित्रता और स्वच्छता के लिए जूतों का रैक अथवा अलमारी रखने की व्यवस्था बरामदे के वायव्य कोण में की जा सकती है। इस स्थान पर जूते उतार कर घर में पहनने वाली चप्पल आदि पहन लेनी चाहिए। ईशान कोण के क्षेत्र में छोटे से वॉश-बेसिन की व्यवस्था की जा सकती है।

बरामदे में पूरी तरह खुला या उसमें हवा की व्यवस्था के लिए अधिक से अधिक खिड़कियाँ होनी चाहिए। उत्तरी और पूर्वी दिशा में पूर्ण शीशे की खिड़कियों का उपयोग किया जा सकता है। दक्षिणी एवं पश्चिमी दिशा में फर्नीचर एवं भारी गमलों और पौधों को लगाना उचित है। पूर्व और उत्तर दिशा में हल्के गमले और हल्की कुर्सियों की व्यवस्था की जा सकती है।

पूजा कक्ष

पूजा कक्ष के लिए स्थल

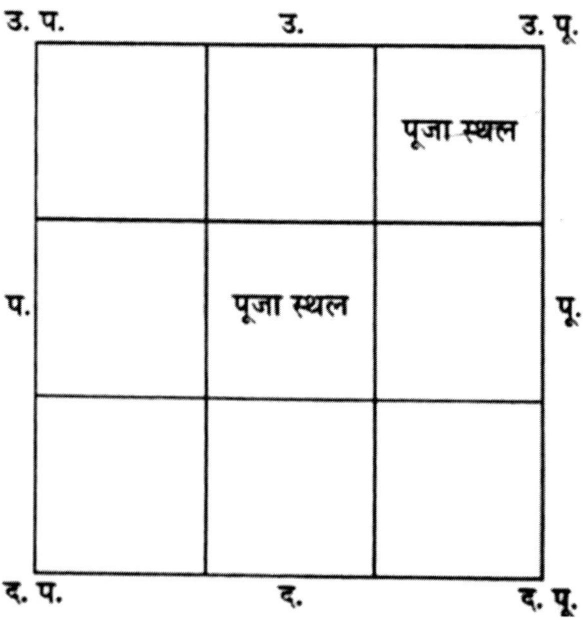

चित्र–पूजाघर की स्थिति

पूजा स्थल उत्तर–पूर्व दिशा (ईशान कोण) में ही होना चाहिए। यह स्थान पूजा और ध्यान लगाने के लिए सर्वश्रेष्ठ है। भगवान शिव इस स्थान के अधिष्ठित देवता है।

यह स्थान व्यक्तिगत अथवा पारिवारिक सदस्यों की पूजा–अर्चना के लिए है। विशेष पूजा, त्यौहारों, पर्व आदि पर पूजा, कथा, हवन आदि घर के मध्य स्थान अथवा आँगन में आयोजित किये जा सकते हैं।

बड़े भूखण्डों, व्यवसायिक संस्थानों अथवा सोसायटी आदि में मंदिर अथवा धार्मिक स्थल की व्यवसायिक भूखण्ड के मध्य में की जा सकती है। प्रतिदिन की पूजा के लिए ईशान कोण सर्वोत्तम है।

पूजा कक्ष की आन्तरिक सज्जा

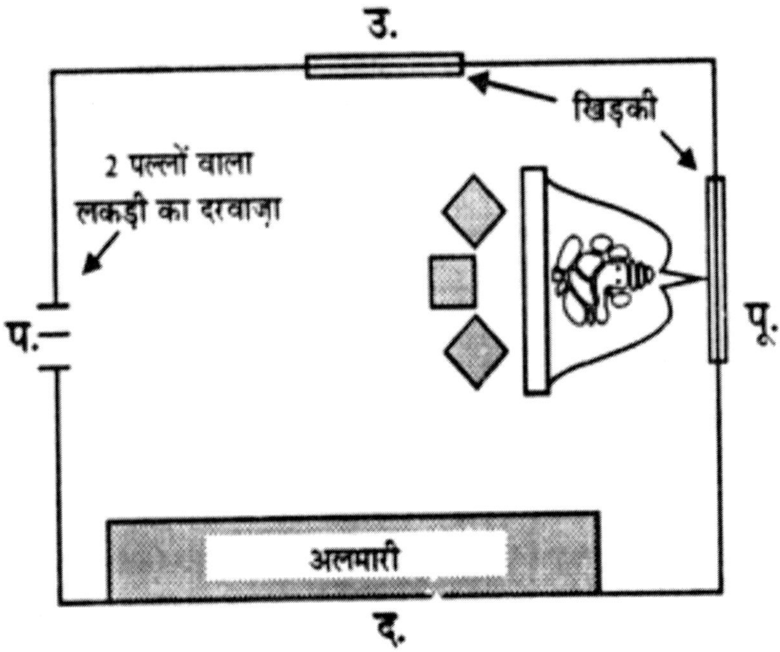

चित्र–पूजा घर की आंतरिक सज्जा

पूजा करते समय साधक पूर्वाभिमुख अथवा उत्तराभिमुख होना चाहिए। इष्ट देवता की मूर्ति अथवा फोटो उत्तर या पूर्व की दिशा में ऊँची चौकी बना कर उस स्थल पर रखनी चाहिए। पूजा स्थल शयन कक्ष में अथवा दक्षिण दिशा की ओर कदापि नहीं होना चाहिए। पूजा स्थल शौचालय के साथ अथवा उसके ऊपर या नीचे कदापि नहीं होना चाहिए पूजा स्थल सीढ़ियों के नीचे भी नहीं होना चाहिए।

यदि पूजा स्थल की परिधियों में ही हवन करना आवश्यक हो तो कुण्ड आग्नेय कोण में ही रखें। कप-बोर्ड और अलमारी कमरे की दक्षिण और पश्चिम दिशा में रखना उत्तम है। पूजा स्थल का द्वार शुभ पद विन्यास में स्थापित करें अथवा दीवार के मध्य में द्वार की स्थापना करें। द्वार उत्तम लकड़ी का दो पल्लों वाला होना चाहिए। पूजा स्थल के द्वार की दहलीज अवश्य होनी चाहिए। पूजा स्थल की खिड़कियाँ उत्तर और पूर्व दिशा में रखना श्रेयकर होगा। पूजा स्थल का फर्श यदि सफेद अथवा हल्के नीले रंग का होना चाहिए।

पूजा के कमरे में मूर्तियों के सिवा कुछ भी न रखें। आजकल लकड़ी की पूजा की चौकी बनाने का प्रचलन है उसी में दराज़ बनाकर अतिरिक्त सामान भर दिया जाता है, यह बिल्कुल गलत है।

देवताओं को ठोस धरातल पर स्थित करें, उनके नीचे दराज़ जैसी खोखली जगह बिल्कुल गलत है। ऐसा करने से वैभव बढ़ेगा। पूजन में सोना, चाँदी, ताँबा, पीतल अथवा मिट्टी के बर्तनों से पूजा शुभ है लेकिन लोहा काम में न लें, स्टील को भी लोहा मानें। दो शिवलिंग, दो शालग्राम, दो शंख, तीन दुर्गा और तीन गणेश की पूजा निषिद्ध है।

पिरामिडनुमा छत वाले पूजा स्थल में यदि परिवार के सभी सदस्य घन्टा/आधा घन्टा व्यतीत करें तो वे एक विशेष स्फूर्ति ओर आनंद का अनुभव करेंगे। पिरामिडनुमा छत पूजा स्थल के लिए उत्तम है। पूजा स्थल सदैव स्वच्छ और साफ रहना चाहिए। देवताओं की खण्डित मूर्तियाँ एक-दूसरे के सम्मुख न रखी जाएँ। पूजा स्थल में दिवंगत पुरखों की तस्वीरें इष्ट देवताओं के साथ न रखें।

यदि पूजा कक्ष अलग से बनाने की सुविधा न हो तो रसोई अथवा अन्य स्थान पर देवताओं की मूर्तियाँ अथवा तस्वीरें रखी जा सकती हैं। परन्तु इन्हें रखते समय विशेष ध्यान रहे कि मूर्तियाँ और तस्वीरें कक्ष के ईशान कोण में रखी जाये। यदि मंदिर रसोईघर में रखा गया है तो इस बात का ध्यान रखें कि मंदिर स्टोव अथवा गैस के चूल्हे की ऊँचाई से ऊपर की सतह पर ही स्थापित किया जाए। यदि भूखण्ड बड़ा हो तो मंदिर ईशान कोण में अथवा ब्रह्म स्थान पर ही बनाएँ। पूजा और ध्यान के समय मुख सदैव उत्तर अथवा पूर्व की ओर ही होना चाहिए। फैक्टरी, कारखाने और सामूहिक सोसायटियों के लिए भी मंदिर ईशान कोण या भूखण्ड के ब्रह्मस्थान में बनाएं। पूजा स्थल में रोशनदान अथवा खिड़कियाँ बनाने से प्राकृतिक रोशनी एवम् ऊर्जा का उचित प्रावधान किया जा सकता है।

गैराज

भवन में गैराज की स्थिति

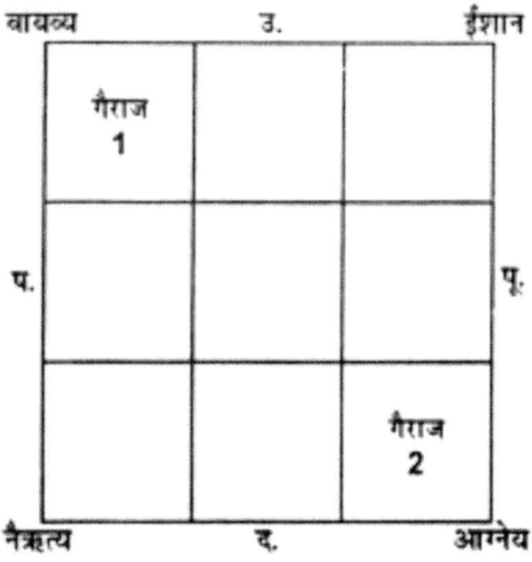

चित्र– भवन में गैराज की स्थिति

वायव्य कोण का क्षेत्र मोटर कार आदि की व्यवस्था के लिए उत्तम है अथवा आग्नेय कोण को भी इस उपयोग में लाया जा सकता है। परन्तु गैराज का निर्माण नैर्ऋत्य कोण में कदापि न करें। यदि पोर्टिको का निर्माण करना चाहें तो उत्तर, पूर्व अथवा ईशान कोण में बनाएं। गैराज की दीवार मुख्य भवन और भूखण्ड की चारदीवारी के सहारे नहीं होनी चाहिए।

पोर्टिको की छत को सहारा देने के लिए ईशान कोण के क्षेत्र में कोई स्तम्भ (पिलर) न बनाएँ अथवा कैल्टीलीवर छत का प्रयोग करें जो कि मुख्य छत से कुछ नीची हो। पोर्टिको की छत की ऊँचाई मुख्य भवन की छत से एक या दो फुट नीचे होनी चाहिए। जब गाड़ी को खड़ा किया जाय तो गाड़ी का मुख उत्तर अथवा पूर्व दिशा की ओर होना चाहिए।

गाड़ी खड़ी करने के लिए उत्तर एवं पूर्व दिशा में तहखाना (बेसमेन्ट) भी उचित है। पोर्टिको अथवा गैराज की दीवारों के लिए सफेद, पीला और हल्के रंग का पेंट उत्तम है। गैराज में काला अथवा ग्रे रंग का पेंट न करें।

यात्रा आरम्भ करते समय दिशाशूल का सिद्धांत सदैव ध्यान में रखें। विशेष दिनों में विशेष दिशा में यात्रा करना वर्जित है अथवा दुर्घटना का भय हो सकता है। निम्न दिशाओं में सामने लिखे वारों में यात्रा नहीं करनी चाहिए:-

पूर्व	–	***सोमवार***
आग्नेय	–	सोमवार, बृहस्पतिवार
नैर्ऋत्य	–	रविवार एवं शुक्रवार
पश्चिम	–	रविवार एवं शुक्रवार
वायव्य	–	मंगलवार
उत्तर	–	मंगलवार एवं बुधवार
ईशान	–	बुधवार एवं शनिवार
दक्षिण	–	बृहस्पतिवार

रसोईघर

निवास स्थान में रसोईघर का स्थान

कहा जाता है 'जैसा भोजन, वैसा मन'। स्नेह पूर्वक बनाया गया स्वादिष्ट भोजन घर के सभी सदस्यों के जीवन में ऊर्जा, स्वास्थ्य और उत्साह का संचार करता है। अतः रसोई घर में कार्य करने वाली गृहिणी के लिए उसका कार्यस्थल यानि कि रसोईघर का ठीक स्थान पर होना, स्वच्छ, सुरूचिपूर्ण और सभी सुविधाओं से परिपूर्ण होना आवश्यक है।

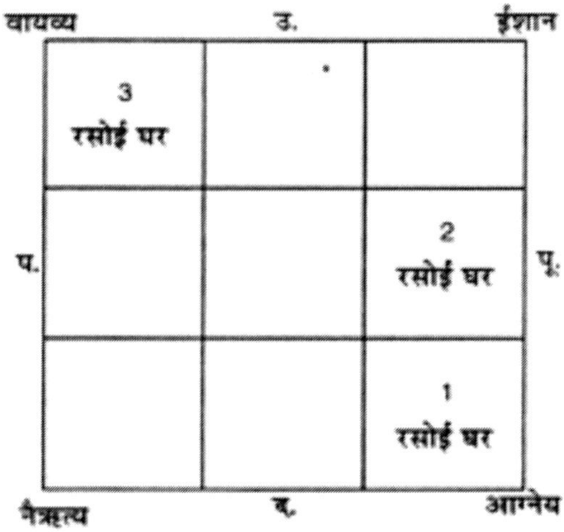

चित्र– आवास में रसोईघर की शुभ स्थिति

अग्नितत्व हमारे निवास में अपने शुद्ध रूप में रसोईघर में विद्यमान होता है। इस महत्वपूर्ण तत्व का हमारे स्वास्थ्य, यश और सम्पन्नता पर प्रभाव होता है। यदि किसी कारणवश आग्नेय में रसोईघर बनाना संभव न हो तो पूर्व में बनाया जा सकता है। अग्नितत्व के ठीक संचारित होने के लिए रसोईघर का आग्नेय कोण में होना शास्त्रसम्मत है।

नैर्ऋत्य कोण में रसोई बनने से घर में लड़ाई झगड़ों में वृद्धि, परेशानी और दुर्घटना का भय रहता है। ईशान कोण में बनी हुई रसोई

मानसिक तनाव का कारण बनती है, खान-पान का खर्चा बढ़ जाता है और अपव्यय की स्थिति रहती है। वायव्य कोण में बनी रसोई में खर्चा अधिक होता है और कभी-कभी अग्नि दुर्घटना का भय रहता है। यदि वायव्य कोण में रसोई हो और संयुक्त परिवार की बहुएँ वहाँ काम करती हों तो उनका मन रसोई में नहीं लगेगा, परिणामतः वे एक दूसरे पर आरोप-प्रत्यारोप लगाती पाई जाएंगी। यदि आग्नेय कोण में रसोईघर की व्यवस्था न हो सके तो पूर्व अथवा वायव्य कोण उत्तम रहेगा। एक छोटे से बदलाव से आपके बिगड़े काम बनने लगेंगे। यदि रसोई आग्नेय कोण में न हो तो इतना ज़रूर कीजिए कि रसोईघर जहाँ भी हो, उसमें आग्नेय कोण में रसोई बनाइए।

रसोईघर की आंतरिक सुसज्जा

गैस का चूल्हा जो रसोईघर की स्लैब पर रखा जाता है व पूर्वी आग्नेय में होना चाहिए। ऐसी स्थिति में रसोई में कार्य करने वाले का मुख स्वतः ही पूर्व दिशा की ओर होगा जो कि वास्तु सम्मत है। रसोईघर की टूटियाँ, वाशबेसिन, पीने का पानी इत्यादि रसोइघर के ईशान कोण में होना चाहिए। फर्श का ढलान भी उत्तर-पूर्व की तरफ होना चाहिए। यदि रसोईघर में फ्रिज रखना हो तो उसे पश्चिम दिशा की दीवार के साथ रखें। बिजली के उपकरण, मिक्सी, टोस्टर, ओवन, माईक्रोवेव इत्यादि आग्नेय कोण या दक्षिणी दिशा में रखें। रसोई का सामान रखने के लिए स्लैब/अलमारी इत्यादि दक्षिण अथवा पश्चिम दिशा में बनाएँ। मसालों, दालों और अनाज भंडारण की व्यवस्था वायव्य कोण में होनी चाहिए।

रसोईघर आकर्षक एवम् सुरूचिपूर्ण होना चाहिए। रसोईघर की खिड़कियाँ बड़ी होनी चाहिए। यदि ये खिड़कियाँ उत्तर अथवा पूर्व में हों तो उत्तम होगा। यदि आपके किचन में प्राकृतिक प्रकाश की कमी हो तो पर्याप्त मात्रा में कृत्रिम प्रकाश जैसे बल्ब, ट्यूबलाईट आदि की व्यवस्था होनी चाहिए। प्राकृतिक रोशनी और हवा की व्यवस्था भी होनी चाहिए।

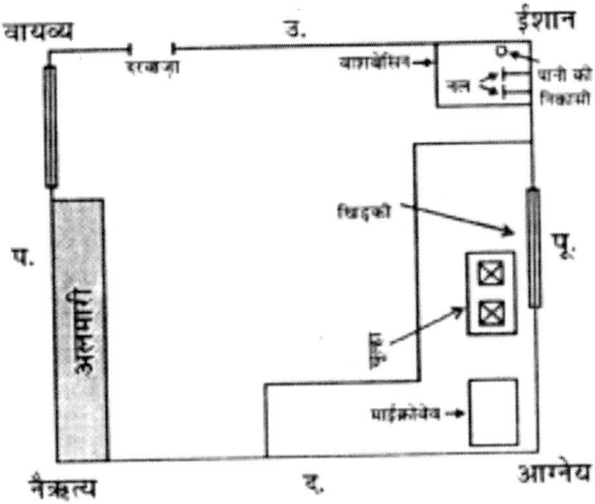

चित्र– रसोईघर की आंतरिक सज्जा

गैस का चूल्हा ऐसे स्थान पर रखें जहाँ पर कार्य करने वाले को पर्याप्त स्थान मिले। रसोईघर में कार्य करते समय गृहिणी की पीठ रसोई के प्रवेश द्वार की तरफ नहीं होनी चाहिए। यदि रसोई घर में कार्य करने वाला व्यक्ति अपने को कसा हुआ या घुटन महसूस करेगा तो उसका प्रभाव भोजन की गुणवत्ता पर पड़ेगा। यदि रसोई छोटी हो तो उसमें हल्के रंग का पेन्ट करें। हल्का गुलाबी, संतरी अथवा हल्का पीला (क्रीम) और सफेद रंग ऐसी स्थिति में उत्तम है। यह ध्यान रहे कि रसोईघर स्वच्छ, साफ और व्यवस्थित रहे। गैस बर्नर का हमेशा साफ और अनअवरूद्ध रहना स्वास्थ्य वर्धक और समृद्धिवर्धक है। गैस के चुल्हे को सदैव साफ रखें। गैस/चूल्हा स्टोव परिवार के धन और समृद्धि का द्योतक है।

रसोई के द्वार को छिपाने के लिए हल्का सा पर्दा भी मध्य में डाला जा सकता है। गैस का चूल्हा बाहर के द्वार से दिखाई नहीं देना चाहिए। रसोईघर को कदापि टायलेट के ऊपर या सीढ़ियों के नीचे न बनाएँ। इस प्रकार के रसोईघर स्वास्थ्य, धन और भाग्यहानि के कारण बनते हैं।

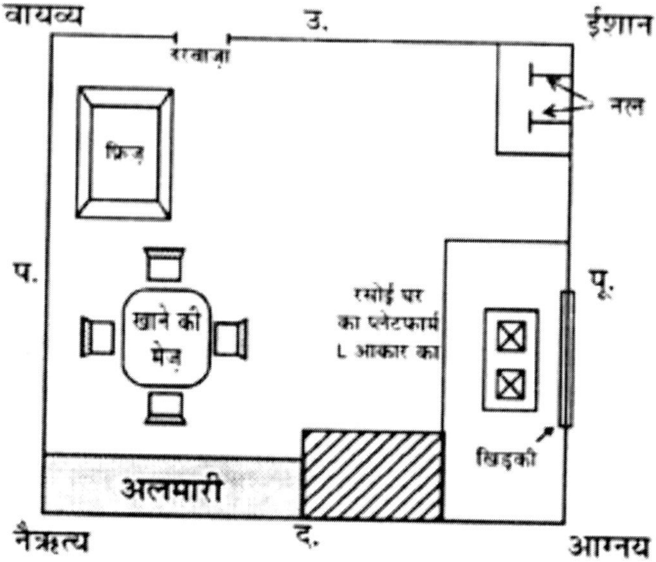

चित्र– रसोईघर की आंतरिक सज्जा

रसोईघर में पानी और अग्नि का एक साथ स्थापन विरोधाभासी स्थितियों को जन्म देता है। घर की स्त्री जिसे रसोई में रहना होता है उसका मानसिक संतुलन इस प्रकार के विरोधी तत्वों के सामंजस्य से बिगड़ जाता है और दैनिक कलह जैसी स्थितियाँ पैदा होती है। इसी भाँति फ्रिज की ठंडक का गैस चूल्हे से आमना–सामना या कपड़े धोने की मशीन का चूल्हे से आमना–सामना, पानी की टंकी और गैस चूल्हे का एक सीध में होना इस प्रकार के परिणाम लाता है। इसका एकमात्र उपाय जल या अग्नि में से एक का स्थान बदल देना है। यदि यह संभव न हो सके तो कम से कम इतना करें कि फ्रिज या मशीन का मुख और चूल्हे का मुख एक दूसरे का आमना–सामना न करें।

भण्डार ग्रह

वर्ष भर के खाद्यान्न का भंडार वायव्य कोण में, घी–तेल का भंडार, आग्नेय और दक्षिण के बीच और भारी सामान/शास्त्रागार इत्यादि

नैर्ऋत्य कोण में बनाने का प्रावधान था। पुराने समय में दूध, दही का भंडार पूर्व और आग्नेय कोण के बीच बनाया जाता था। आजकल इतने कक्षों की महानगरों में न तो कोई उपयोगिता है न ही स्थानाभाव से यह संभव है। इस स्थिति में एक भंडार गृह या स्टोर भवन के वायव्य कोण में बनाना शास्त्र सम्मत है। वायव्य कोण में वजनदार सामान का भण्डारण इस कक्ष की दक्षिण एवं पश्चिम दिशा में करना चाहिए। वायव्य कोण के स्थान पर अनाज एवं दूसरी वस्तुओं का भण्डारण करने से घर में अनाज इत्यादि की कभी कमी नहीं होती।

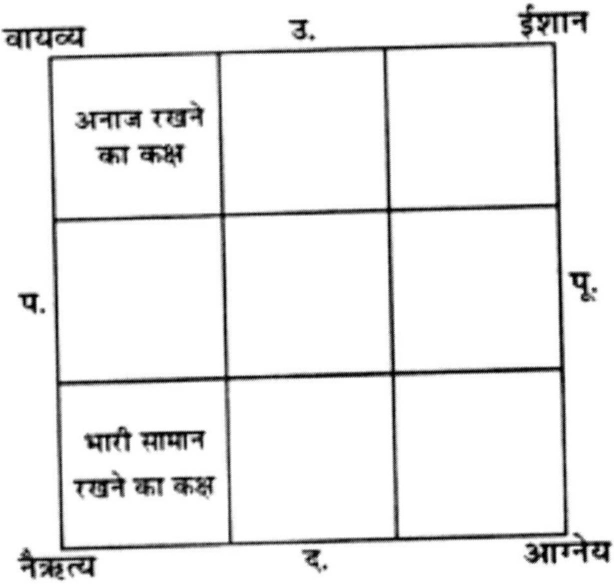

चित्र– भवन में भंडार गृह की स्थिति

तेल, घी, गैस का सिलेण्डर, मिट्टी का तेल भण्डार–गृह के आग्नेय कोण में रखें। प्रतिदिन प्रयोग में आने वाली वस्तुओं का संग्रह कक्ष के वायव्य कोण में करें। भण्डार गृह का द्वार उत्तर अथवा पूर्व दिशा में होना चाहिए। खिड़कियाँ आदि भी पूर्व अथवा उत्तर दिशा में होनी चाहिए। भण्डार गृह को धूल और कीड़ों आदि से बचा कर रखें।

नैर्ऋत्य कोण के भंडार गृह का द्वार दक्षिण-पश्चिम में न रखें। यदि लोहे का सामान अथवा लोहे की मशीनें एवं उपकरण या भारी लकड़ी के सामान के लिए भंडार गृह बनाना चाहते हैं तो इसे वायव्य कोण की जगह नैर्ऋत्य में बनाएं। इस कमरे की दीवारों एवं फर्श पर सीलन एवं दरारें नहीं होनी चाहिए। इस कक्ष को कभी भी किराये पर न दें। मुख्य भवन एवं भूखण्ड की चारदीवारी के बीच स्टोर बनाते समय नैर्ऋत्य कोण की चारदीवारी की सहायता ली जा सकती है। भरी ट्रंक आदि दक्षिणी दिशा अथवा पश्चिमी दिशा में रखना उत्तम है। छोटे परिवार के लिए भण्डार गृह का निर्माण दक्षिण, पश्चिम अथवा निवास स्थान के वायव्य कोण में करना उत्तम है।

स्नानागार

भवन में स्नान-घर के स्थल का चयन

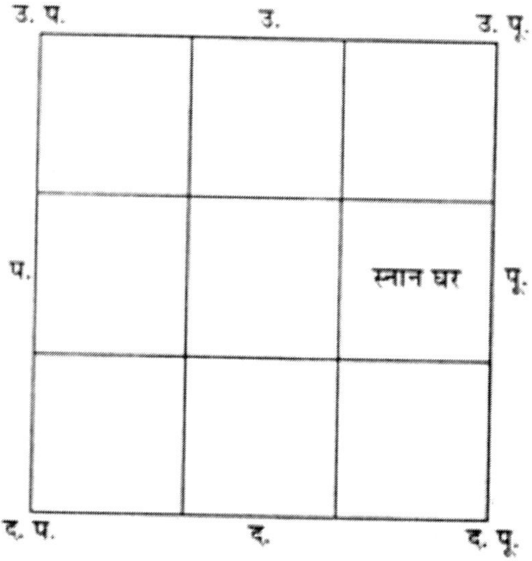

चित्र– स्नानघर की उचित स्थिति

पूर्व दिशा को स्नानागार के लिए वास्तु अनुसार उत्तम माना गया है। स्नानघर को ब्रह्म स्थान, आग्नेय कोण और नैर्ऋत्य कोण में बनाना

वास्तु अनुसार वर्जित है। सुबह की सूर्य की पराबैंगनी किरणें मनुष्य के स्वभाव के लिए उत्तम है। जब यही किरणें स्नान करते समय जल के साथ मिल जाती हैं तो मनुष्य के शरीर पर अतिउत्तम प्रभाव डालती हैं तथा इन किरणों की गुणवत्ता कई गुना अधिक हो जाती है।

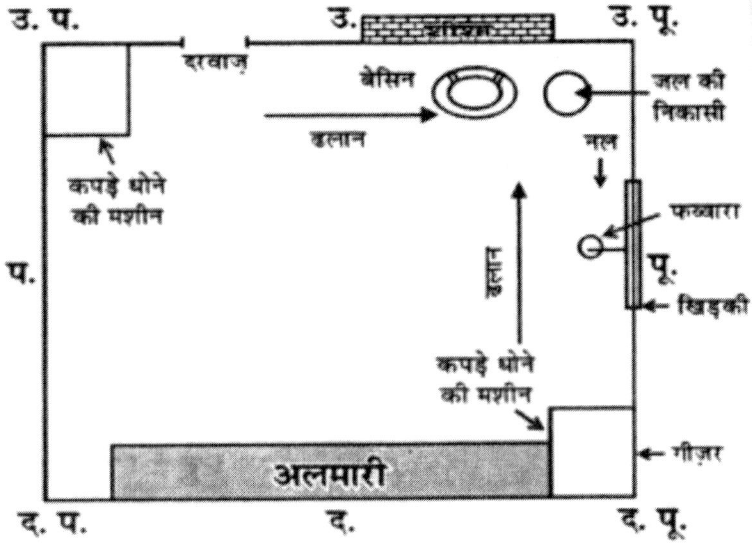

चित्र– स्नानघर की आंतरिक सुसज्जा

स्नानागार के नल की टूटियाँ और फव्वारे आदि उत्तर और पूर्वी दिशा में रखे जा सकते हैं। वॉश–बेसन और शीशा उत्तर अथवा पूर्व की दीवारों में लगाए जा सकते हैं। भीतर फर्श की ढलान ईशान कोण की ओर होनी चाहिए। रोशनदान अथवा खिड़की पूर्व अथवा उत्तर दिशा में ऊँचाई पर होने चाहिए। स्नानघर का द्वार नैर्ऋत्य कोण में नहीं होना चाहिए। गीज़र आग्नेय कोण में ही होना चाहिए इसे कदापि ईशान कोण में न लगाएं।

वायव्य कोण अथवा आग्नेय कोण में ही कपड़े धोने की मशीन रखी जाये। दक्षिण दिशा की ओर अलमारी आदि की व्यवस्था की जा सकती है। यदि स्नानघर में ही वस्त्र बदलने का कक्ष बनाना चाहते हैं

तो उसे स्नानागार के पश्चिम अथवा दक्षिण दिशा में ही बनाएँ। मैले कपड़े स्नानघर की वायव्य दिशा में रखना उचित होगा। स्नानघर में प्रकाश और हवा की व्यवस्था अवश्य होनी चाहिए। स्नानघर को सदैव स्वच्छ रखें। स्नानघर में किसी भी प्रकार की बदबू न पैदा होने दें। नल टपकने वाले नहीं होने चाहिए।

दरवाजों में चरमराहट की आवाज न हो इसके लिए समय-समय पर ग्रीसिंग अथवा तेल आदि लगाते रहना चाहिए। स्नानघर को हल्के रंगों से अथवा हल्के रंग की टाइलों से सुन्दर और मोहक बनाएँ। नीले रंग की विभिन्न शेड्स की टाईल्स का स्नानघर में प्रयोग उचित है। स्नानघर में दर्पण रूपी टाईल्स का प्रयोग न करें।

इसके बजाय बड़े आकार के दर्पणों का प्रयोग उचित है। स्नानघर में ताज़गी रखने के लिए प्राकृतिक हवा और एग्जास्ट पंखे का प्रावध ान रखें।

फर्श के लिए सिरामिक टाईल्स को उत्तम माना गया है। स्नानघर और शौचालय पृथक-पृथक होने चाहिए, परन्तु आजकल प्राय: टायलेट और शौचालय इकट्ठे बनाये जा रहे हैं।

भोजन कक्ष

प्राचीन काल में भोजन अधिकतर रसोईघर में ही ग्रहण किया जाता था। आजकल के समय में भोजन कक्ष का विस्तार रसोईघर के साथ अथवा ड्राइंग रूम के साथ कर दिया जाता है। यदि पाकशाला आग्नेय कोण में स्थित है तो भोजन कक्ष पूर्व अथवा दक्षिण दिशा में बनाना चाहिए।

'यदि रसोईघर वायव्य कोण में है तो भोजन कक्ष रसोईघर के उत्तरी अथवा पश्चिमी दिशा में बनाना चाहिए। यदि स्थान का अभाव न हो तो प्राचीन वास्तुग्रंथों के आधार पर भोजन कक्ष पश्चिमी दिशा में बनाना सर्वोत्तम है।

यदि निवास स्थान बड़ा और खुला है तो रसोई घर आग्नेय कोण

में और भोजन कक्ष पश्चिमी दिशा में उत्तम है।

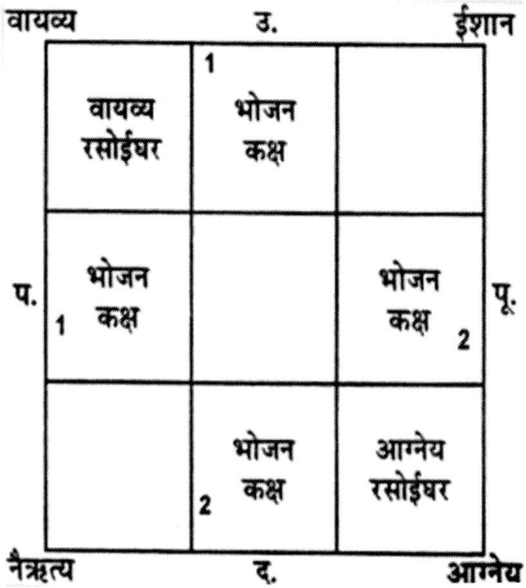

चित्र– भवन में भोजन कक्ष की सही स्थिति

भोजन कक्ष की आन्तरिक सुसज्जा

शास्त्रों के अनुसार भोजन करते समय बोलना नहीं चाहिए परंतु आधुनिक सोच के अनुसार भोजन कक्ष परिवार के सदस्यों का आपस में बैठकर विचारों का आदान–प्रदान एवं भोजन का आनंद लेने का स्थान है। परिवार के सदस्य आपस में धीमी एवं मधुर वाणी में वार्तालाप करें, भोजन करते समय परिवार के किसी भी सदस्य की कमियों की बात न करें। भोजन कक्ष में टेलीविजन की अपेक्षा हल्का संगीत सुनने की आदत डालें।

टेलीविजन आपसी वार्तालाप की संभावना को ही समाप्त कर देता है। अतः भोजन के समय टेलीविजन से मुक्त होकर घर के सौहार्दपूर्ण वातावरण का आनंद लें। भोजन करते समय मित्रों एवं परिवार के सदस्यों के साथ सहज और मधुर वातावरण बना कर रखें जिससे

भोजन और वार्तालाप दोनों का आनंद उठाया जा सके। भोजन कक्ष स्थान खुला, आरामदेह एवं स्वागतमय होना चाहिए।

आयताकार डाइनिंग टेबल उत्तम है। भोजन कक्ष का मुख्य आकर्षण भोजन की मेज है। भोजन कक्ष को फर्नीचर से न ठूँसें। डाइनिंग टेबल को नैर्ऋत्य कोण में रखना चाहिए। डाइनिंग चेयर आराम देह होनी चाहिए। वाश-बेसिन उत्तर अथवा पूर्व दिशा में लगाएँ और पानी का निकास ईशान कोण की ओर हो।

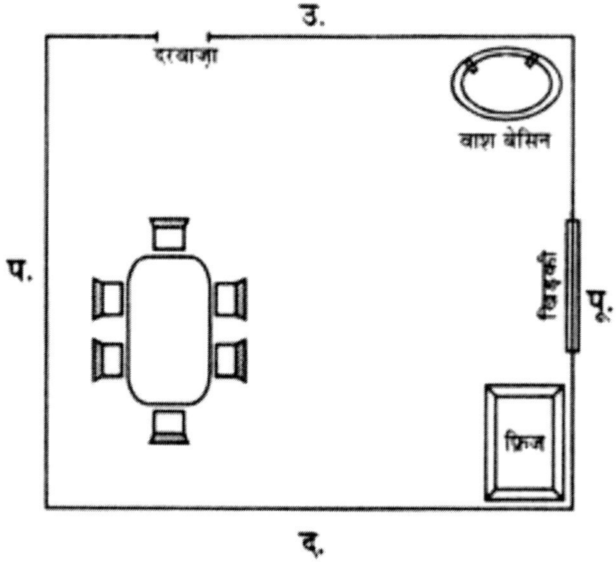

चित्र– भोजन कक्ष की आंतरिक सुसज्जा